V

Robert Coover

CASABLANCA, SPÄTVORSTELLUNG

Aus dem Amerikanischen
von Karin Graf

Rowohlt

Die Originalausgabe erschien 1987 unter dem Titel
«A Night At The Movies Or, You Must Remember This»
bei Linden Press/Simon & Schuster, Inc., New York
Redaktion Thomas Überhoff
Schutzumschlag- und Einbandgestaltung Walter Hellmann
Umschlagillustration Ian Pollock

1. Auflage April 1990

Satz aus der Palatino auf Linotron 202
von Utesch Satztechnik GmbH, Hamburg
Druck und Einband Franz Spiegel Buch GmbH, Ulm
Printed in Germany
ISBN 3 498 00883 8

Unsere Spesen? Rod, ich glaube, das ist die Mitte einer wunderbaren Freundschaft . . .

Dieses Lichtspielhaus können Herren und Damen gleichermaßen unbesorgt besuchen, da hier keine jugendgefährdenden Filme gezeigt werden.

Programm

Vorschau auf kommende Attraktionen

Das Phantom im Kino 9

Serie der Woche

Nach Lazarus 40

ABENTEUER! Schießerei in Gentry's Junction 57

Ausgewählte Kurzfilme

Gildas Traum 80
Im Bild 82
Wischblenden 85

KOMÖDIE! Charlie im Haus der Reue 95

Pause

Für die Kleinen

Cartoon 153

Reisebericht

Milford Junction, 1939: Kurze Begegnung 158

Musikalisches Zwischenspiel

Ich tanze mich in dein Herz hinein 168

LIEBESFILM! You must remember this
(. . . a kiss is just a kiss) 178

Das Phantom im Kino

Wir sind verloren, Professor! Der Planet rast wie verrückt auf die Erde zu, und keine Macht der Welt kann ihn aufhalten!» – «Warum erzählen Sie mir das?» fragt der Professor unwillig und schnüffelt unter seinen Achseln. «Hmm. Entschuldigen Sie mich, meine Herren», fügt er hinzu, schaltet seine wissenschaftlichen Instrumente aus und wendet sich zu ihrem offensichtlichen Verdruß ab, «ich muß ein Bad nehmen.» Aber in seiner Badewanne sitzt bereits ein böser Herrscher aus dem All. Selbst hier also schon! Er setzt sich auf den Badezimmerhocker und kaut verzweifelt an seinem Bart, während er mit den Fingern zwischen den alten weißen Zehen rubbelt. Der außerirdische Herrscher, dessen Kopf aussieht wie ein umgedrehter Putzeimer, spritzt den Professor mit seiner Eisenklaue naß und stößt ein quiekendes, aber bösartiges Kichern aus. «Sie werden Rost ansetzen da drin», brummelt der Professor zunehmend gereizt.

Der untersetzte Gangster mit seinem Derby und dem dreiteiligen Anzug mit Ansteckblume und spitzem Einstecktuch watschelt unbeteiligt durch ein Zimmer voller abgebrühter, Witze reißender, wasserstoffblonder leichter Mädchen, läßt die Asche seines riesenlangen Zigarillos auf sie fallen und schaut von Zeit zu Zeit auf das klotzige Trumm von Taschenuhr in seiner Hand. Sein Gesicht hat einen spöttischen, selbstvergessenen Ausdruck, als wolle er sagen: Ah, was für ein Wunder! Was für ein Geheimnis! Die ewige Illusion! Und doch ... Es ist ein offenes Geheimnis, daß er ein toter Mann ist, deshalb verzeihen die

Mädchen ihm seine miesen Angewohnheiten, pusten in ihre Dekolletés und lassen ordinäre Bemerkungen und Sprüche fallen, wie sie einer so lustigen Schar angemessen sind. Weniger Nachsicht bringen sie jedoch für die Sehnsucht des kleinen Schlitzohrs nach dem Unaussprechlichen auf, und wahrscheinlich werden sie, ehe er abgemurkst wird (ob er es überhaupt durchs Zimmer schafft? Niemand rechnet damit), ein paar alte Partylieder anstimmen, bloß um die Atmosphäre zu lockern. «Wie wär's mit ‹Die sterilisierte Erbin›?» wispert eben jetzt schon eine. «Oder ‹Der Engel der Hängenden!›» – «‹Laß jucken Kumpel!›» – «Mädchen, Mädchen...!» seufzt der Gangster nachsichtig mit auf- und abwippendem Zigarillo. «‹Blast die Kerze aus!›»

Der Mann und seine Frau kriechen, einem mächtigen Code aus der Traumzeit der Rasse gehorchend, in getrennte Betten, ihre einzige sichtbare Konzession an eheliche Leidenschaft ist ein zärtlicher Austausch von Pyjamas über einen Wandschirm hinweg. Unter den schneeweißen Tagesdecken aus Chenille streicheln sie die fremden Schlafanzüge und singen einander mit Liedern von Glauben, Treu und Redlichkeit in den Schlaf. «Mein Becher», haucht die Frau in ihrem zwitschernden Sopran, als die Kamera ganz nah an ihre bebenden Lippen, den Glanz in ihrem Auge herangeht, «ist gefüllt bis zum Rande!» Und ihr Mann, dessen Augenlider flattern, als bete er oder sei am Einschlafen, erwidert: «Deine huldvolle Stimme, meine Liebste, hier und doch nicht hier, gemahnt mich an das süße durchscheinende Nebeneinander von Gegenwärtigkeit –» (hier versagt ihm die Stimme, seine Wangen blähen sich auf) «– und Verlust!»

Der gutaussehende junge Priester mit dem jungenhaften Lächeln kniet vor der Trennwand und singt der Nonne, die auf der Toilette in der nächsten Kabine sitzt, ein ganz anderes Lied vor. Ein unangenehmer tiefer Ton ist zu hören; es könnte alles mögliche sein, sogar ein Gebet. Insgeheim geht es hier nicht so sehr um religiösen Ausdruck als um filmische Manipulation unschuldiger Heldinnen: die einzige Zeile der Nonne ist genaugenommen gar keine, und selbst ihr mattes Lächeln scheint ihr Gewalt anzutun.

Der Mann mit der Axt in der Stirn tritt in das flackernde Licht. Seine in Blut gebadeten Augen schielen, als wollten sie sehen, was da sein Hirn spaltet. Seine Brust ist von einem Speer durchbohrt, seine Lende von einem Schwert. Er stolpert, fällt zu leise aufbrausendem Gelächter und Applaus. Seine Zuschauer, immer noch lachend und applaudierend, während das Licht im Film vom Betrachteten auf die Betrachter schwenkt, erheben sich nun und begeben sich zu den Ausgängen. Die verschlossen sind. Panik bricht aus. Vielleicht brennt es. Oben auf dem faltenschlagenden Samt stolpert und fällt, stolpert und fällt noch immer der Mann mit dem gespaltenen Schädel. *«O mein Gott! Nehmt die Axt!»* schreit jemand, der an der Tür rüttelt, und ein anderer erwidert: *«Es hat keinen Zweck! Sie ist nur eine Metapher!» – «Was –?!»* Das hier ist schlimmer, als alle dachten. *«Ich bin nur wegen der Kurzfilme im Beiprogramm gekommen!»* ruft jemand ganz widersinnig. Sie pressen ihre tränenüberströmten Gesichter gegen die standhaften Türen und lauschen entsetzt ihrem eigenen Applaus und Gelächter, das jetzt so laut anschwillt, bis es den alten majestätischen Kinopalast ausfüllt, bis ihnen die Brust weh tut und die Hände brennen.

Ach ja, das waren noch Zeiten, denkt der Vorführer, der in seinem leeren Kinopalast die Spulen wechselt. Goldene Zeiten, um ein gebrauchtes Wort zu beflügeln. Heute stehen die Türen stets offen, und niemand kommt herein. Seine Filme spielen in einer so tiefen Stille, daß sie nicht einmal gespenstisch ist. Immer noch kehrt er den riesigen Zuschauersaal aus, das große Foyer und die Galerie mit ihren Statuen und Erfrischungsständen, das marmorne Treppenhaus, den terrassierten Balkonbogen, sogar den Orchestergraben, die Bibliothek, Toiletten und Telefonzellen, aber das einzige, was er je zutage fördert, ist dann und wann ein Bonbonpapier oder Popcornbecher, den er selbst weggeworfen hat. Der Vorführer tut das absichtlich, weil er hofft, daß er es eines Tages vergißt und sich mit der Illusion überrascht, in Gesellschaft zu sein, aber bis jetzt war sein Gedächtnis immer entmutigend genau. All dieser menschliche Abfall – die in die dicken Teppiche getretene Schokolade, das Kinderpipi auf den Sitzen der ersten Reihen und der Kaugummi darunter, klebrige Kondome auf dem Balkon, die gebrauchten Papiertaschentücher, zerdrückten Pappbecher und zahnlosen Kämme, gesprungenen Haarnadeln, mit Binden verstopften Kloschüsseln und Wasserspender voller Kaugummi, Spucke und aufgeweichter Zigarettenkippen – hatte ihn immer erzürnt, aber heute sehnt er sich noch nach dem winzigsten Anzeichen für die Anwesenheit eines anderen. Und sei es Scheiße im Hochzeitsbrunnen oder schwarze Haarpomade auf den Plüschpolstern. Es fühlt sich wie einer jener Besucher auf einem fremden Planeten, die auf der vergeblichen Suche nach dem verräterischen Auswurf des Lebens durch endlose Ödnis stolpern. Wie eine verstoßene Waise auf der Suche nach einem verlorenen Erbe. Wie ein Detektiv ohne Anhaltspunkt, nicht einmal in der Lage, ein Verbrechen festzustellen.

Oder, à propos, da ist doch dieser sterbende Held in dem alten Fremdenlegionärsfilm (Wo ist das Meisterwerk eigentlich? Er sollte es suchen und es zum Trost in einer einsamen Nacht noch einmal laufen lassen), der Zentimeter um Zentimeter durch die unendliche Leere der Wüste kriecht und den Sand zwischen den Fingern wendet, weil er verzweifelt hofft, etwas herauszusieben – einen abgestorbenen Halm vielleicht, eine Versteinerung, ja auch nur einen Flaschenverschluß –, das ihm bestätigen könnte, daß Hilfe, wenn nicht in der Nähe, so doch zumindest früher einmal greifbar gewesen ist. Plötzlich sieht er oder meint, weit weg am Horizont zwischen den wogenden Dünen einen riesigen Luxusdampfer vor Anker liegen zu sehen. Er kriecht an Bord und findet den Weg in den Speisesaal erster Klasse, wo Herren im Smoking mit beschlagenen Gläsern anstoßen und mit Damen in Abendkleidern und glitzernden Juwelen schäkern. «Wasser –!» keucht er heiser vom Fußboden, was überraschenderweise alle zum Lachen bringt. «Also gut, dann Whiskey!» keucht er, aber die Herren sind damit beschäftigt, den Damen galant in die Rettungsboote zu helfen. Der Dampfer, so scheint es, sinkt gerade. Die Männer versammeln sich an Deck und singen kernige Balladen über geistesgestörte Banditen. Als das Schiff untergeht, verdurstet der Fremdenlegionär letzten Endes noch im Ertrinken, ein Idiot gewissermaßen, Fixpunkt seiner eigenen verlorenen Hoffnungen, und veranschaulicht damit die maßgebliche Verhaltensregel für das Söldnerleben, die ihnen der befehlshabende Offizier damals auf dem Außenposten predigte: «Ehre, meine Herren, darf man nicht mit dem Widerspruch an sich verwechseln!»

Die unartigen Kinder auf der Leinwand haben jetzt, völlig unberührt von solchen Verwechslungen, einen abkühlenden Kuchen gestohlen, ihre Lehrerin am Stuhl festgeklebt, eine Katze verbrannt und einen alten Bullen in der Kirche losgelassen. Nun sind sie oben in einem Heuschober, verstecken sich vor dem Arm des Gesetzes und hecken ihr nächstes großes Abenteuer aus. «Warum zünden wir nicht die Schule an?» schlägt einer von ihnen vor und grinst sein kleines sommersprossiges zahnlückiges Grinsen. «Oder den Schulrat?» «Oder stecken ihm ein Hornissennest unter den Hut?» «Oder in die *Hose*!» Darüber kichern und feixen sie alle. «Toll! Aber wer beschafft uns das Hornissennest?» Lächelnd wenden sie sich der Kleinsten zu, die, von einem Ohr zum anderen mit Kuchen beschmiert, in der Ecke hockt. «Leckt miss am Arss», sagt sie mit dem Daumen im Mund. Das Kind mit der Zahnlücke schlägt sich in gespieltem Entsetzten mit der Hand vor die Stirn, rollt die Augen und fällt rückwärts nach hinten aus dem Scheunentor.

Unterdessen, oder vielleicht in einem anderen Film, klettert das kleine Waisenmädchen, das so an ihnen allen hängt, auf der wackligen Holzleiter in den Heuschober hoch. Zweifelsohne erwartet es ein grausames Schicksal. Das wird durch die Position der Kamera angedeutet, die ihm auf den Fersen folgt, als untersuche sie die Löcher in seiner Unterwäsche. Vielleicht sind es auch bloß Wasserflecken – es ist ein alter Film. Er läßt ihn rückwärts laufen und bringt den Popo des Waisenmädchens wieder die Leiter herunter, um genauer nachzuschauen. Aber es hat keinen Sinn. Es ist für immer unscharf, rätselhaft. Immer ist da diese unüberbrückbare Distanz zwischen dem Auge und seinem Objekt. Selbst auf der großen Leinwand.

Na, und selbst *wenn* ich sie überbrücken sollte, denkt der Vorführer, was dann? Es wäre wahrscheinlich eine so endgültige Erfahrung, als umarmte man ein schwarzes Loch – wie in all den alten Detektivfilmen, in denen der Privatdetektiv beim näheren Hinschauen nur, stark vergrößert, seine eigene nagende Schuld entdeckt. Nein, nein, sei zufrieden mit deinen nebulösen Einstellungen, deinen gemalten Kulissen und schaukelnden Schiffsmodellen, deinen Blutkapseln spuckenden sterbenden Helden, deinen verblichenen unschuldigen Heldinnen auf Klosterklos oder Heuschoberleitern. Oder wo immer sie sein könnten. In einem abstürzenden Flugzeug, einer Ballett-Truppe oder einer Menge im Kino, von Riesenaffen oder Riesenameisen verschleppt oder von Grizzlies in den weißen Weiten des Klondike an die Brust genommen. Das Wunder der Kunst ist Wunder genug. Hier ist sie beispielsweise an die Eisenbahngleise gefesselt, der Mund geknebelt, der Busen wogend, während die riesige Lokomotive auf sie zuhält. Ihr erstickter Schrei geht über in das schrille Pfeifen des Zugs, als Soundeffekte, Beleuchtung, Kameraführung, Schauspielkunst und selbst die Ausstattung – die gleißenden Bänder der Stahlschienen laufen parallel zu dem nassen Knebel in ihrem Mund, ihre sich bauschenden Röcke sind ein Abbild der fernen Hügel – für einen Augenblick in einer konzeptionellen und ästhetischen Einheit zusammenkommen. Es verschlägt einem den Atem, so wie den Männern, die einst das angeblich Göttliche schauen konnten, Projektionen, die viel weniger überzeugten als diese hier, weniger wahre Ehrfurcht und Erschauern auslösten.

Manchmal bringen diese Flitzebilder auf seiner großen Leinwand, diese ... *Fotzschau auf wonnige Abstraktionen*, wie er sie gerne ankündigt, tatsächlich seine Zähne zum Klappern. Vielleicht ist es bloß dieser einsame Raum mit seiner Grabkammeratmosphäre, die schrecklicher ist als bloße Stille, aber wenn der Film abläuft, die Musik anschwillt, die Colts rauchen oder Räder rattern, scheint er dort oben Engel zu sehen, oder so etwas wie Engel, Tücher vor dem Gesicht und Tournüren in den Röcken, mit einem unheimlichen überirdischen Licht leuchtend. Oder einem außerirdischen, was das betrifft – nein, es ist unheimlicher. Es ist, als würden ihre Knochen (als ob sie Knochen hätten!) von innen heraus brennen. Sie scheinen dann, ganz gleich, wie wahllos er die Ausschnitte zusammengewürfelt hat, in einem schrecklichen dauerhaften Bann befangen zu sein, als verfolge die Bedeutung selbst sie (und ihn! und ihn!), als sei sie fauchend am Rand des Bildes auf dem Sprung, mit geifernden gebleckten Reißzähnen.

Wenn seine eigenen Projektionen und die monumentale Leere des Zuschauerraums ihn so heimsuchen, schaltet er alles ab, macht überall im Haus die Lichter an und wandert durch den verlassenen Kinopalast, versieht seine verzierten und vergoldeten Räume mit Lebenszeichen, wenn es auch nur seine eigenen sind. Er läßt die Ventilatoren und Generatoren summen, setzt die knirschenden Liftmechanismen in Betrieb, dreht alle Brunnenhähne auf, wirbelt die Wolkenstreifen in der Kuppel auf und stellt die Sterne an. Was von ihnen übriggeblieben ist. Um die Schatten zu verjagen, läßt er die schweren Ziervorhänge mit ihren Troddeln und Fransen und allen dazugehörigen Reklamevorhängen rauschen und rutschen, schaltet die Scheinwerfer und Rampenlichter an, zieht die Leinwand hoch und den durchsichtigen Gazevorhang herunter, läutet die Turmglocke im Proszenium, tutet ins uralte Horn des Platzanweisers. In diesem Haus gibt es genug Strom, um eine kleine Stadt zu erleuchten, und er gebraucht ihn, titscht ihn durch den Palast, als blase er einen Ballon auf. Allein die riesige Schalttafel zu enträtseln hilft, diese ärgerlichen Erscheinungen zu vertreiben: Wenn sie verblassen und seine Gedanken über die Tafel schweifen, als würden sie neu verdrahtet – *Popp! Knall! Wrrr!* –, hat er im Nacken ein Gefühl, als löse sich eine Eisenklaue. Dann geht er auf die Galerie und wirft die Popcornmaschine an, die Registrierkasse, den gurgelnden Zierbrunnen. Er stößt die großen Doppeltüren auf. Er läßt die Samttaue herunter. Er drückt auf das Signal, das den Vorstellungsbeginn anzeigt.

Es gibt auch Geheimräume, bei den periodischen Umbauten des Palastes abgetrennt oder unter Beton vergraben, und manchmal, wenn er die großen Räume flieht, zieht er geduckt durch den niedrigen Irrgarten von unterirdischen Tunnels, grüne und lila Zuckerwaffeln knabbernd, das steife durchsichtige Papier in seiner Faust knisternd wie das Geräusch von Feuer im Radio, um sie aufzusuchen: die alten Garderoben, Hundezwinger und Ställe, Billardsalons, Duschen, Ambulanzzimmer, Turnhallen, Friseursalons, Garagen und Übungszimmer, Requisitenräume und Werkstätten, alle längst außer Gebrauch, mit gesprungenen Spiegeln, abbröckelnden Wänden und zerrissenen Plakaten, mit den angeknabberten Fetzen alter Theaterkostüme und schimmeligen Filmmagazinen übersät. Eine Geisterstadt in einer Geisterstadt. Er durchforstet sie nach Souvenirs, um seinen einsamen Vorführraum zu schmücken: der Messingknopf einer Platzanweiserin, die Papierpuppen eines Kinderstars, alte Programme und Rollen mit Eintrittskarten, getönte Zellophanplättchen und gigantische Buchstaben für die Außenreklame. EINE GESCHICHTE VOLL LEIDENSCHAFT, BLUTVERGIESSEN, VERLANGEN UND TOD! war der letzte Anschlag gewesen, den er draußen angebracht hatte. Vor Jahren. DIE UNHEIMLICHSTE LIEBE, DIE EIN MANN JE ERLEBT HAT! DEN SCHLUSS NICHT VERRATEN! Der einzige Grund, aus dem er sich daran erinnert, ist, daß ihm die Vs ausgegangen waren und er VERRATEN in ERRATEN ändern mußte. Vielleicht war deshalb niemand gekommen.

Er bleibt nie lange dort unten. Es heißt, es gebe unter diesem

Labyrinth aus ferner Vergangenheit noch tiefergelegene Ebenen, treppenförmige Verbindungen zu allen unterirdischen Gängen der Stadt, aber wenn dem so ist, dann hat er sie nie gefunden und es auch nicht versucht. Es ist eine Art letzte Grenze, die er trotz seiner zwanghaft romantischen Veranlagung lieber nicht erforscht, und früher oder später treibt ihn die dunkle Angst, die dieses Zögern hervorruft, zurück in die hellerleuchteten Räume über der Erde. Rote Linien, in vergangenen Zeiten auf die Tunnelböden gemalt und noch sichtbar, zeigen den Rückweg an, und wie er so geht, die Nase nach unten und von anhaftenden Schatten umhüllt, ertappt er sich dabei, daß er sich einmal mehr nach den heimeligen Annehmlichkeiten seines kleinen Vorführraums sehnt. Nach seinem Feldbett und der Kaffeekanne und den freundlichen, an die Wand gehefteten Standfotos. Seinem ausgestopften Pfau aus irgendeinem abgebauten Rivoli oder Tivoli und seinem liebsten goldenen Kartenknipser mit dem Silberfiligran. Seinen Tüten mit hartgekochten Eiern und Nüssen. Den wunderbaren alten Dias zum Projizieren von Schnee und Sandstürmen oder absinkenden Wolken für imaginäre Himmelfahrten (das waren noch Zeiten!) oder fallenden Rosen, von aufsteigenden Luftballons oder fliegenden Elfen und dem Dia, auf dem schlicht und einfach steht (er ruft es immer laut in den widerhallenden Zuschauerraum): «BITTE LESEN SIE DIE TITEL FÜR SICH ALLEIN. LAUTES LESEN STÖRT IHRE NACHBARN.» Desgleichen sehnt er sich nach seinen gestapelten Sammlungen von Klatschpostillen, Trickfilmrollen und Partituren für die große Wurlitzer. Nach seinem zerrissenen alten Plakat für *Hearts and Pearls: oder The Lounge-Lizard's Lost Love* mit seinem unvergeßlichen Aufreißer: «Der Film, der Ihr Leben ändern könnte!» (Und das hat er! Und wie!) Und nach all seinen Spulen und Büchsen und Körben und Schnipseln und Rollen Film. Film!

Ach ja! *Abenteuer!* denkt er, nimmt bei den letzten Stufen zum Raum mit dem Personalaufzug immer zwei auf einmal und – *rawumms!* – ins helle Licht hinein. *Komödie!* Nun läuft er durch das große Foyer, schaltet dabei alles ab, zieht die Dunkelheit hinter sich her wie ein flatterndes Cape. Ist noch alles da? Wie konnte er das alles zurücklassen? Atemlos steigt er die Marmortreppe hinauf, seine Absätze stampfen dumpf, als verfolgten sie ihn, und weiter in den Durchgang zum Vorführraum. Entsetzen und Erregung breiten sich in seiner Brust aus wie ein Crescendo strahlender Titel, wie ein ablaufender Vorspann – *Liebesfilm!*

«Entschuldigen Sie mich», maunzt die Katzenfrau mit kehliger Stimme und luchst ihn, ihre Haut aufziehend, über die Schulter hinweg an, «während ich in etwas Bequemeres schlüpfe ...» Der Superheld, dessen Unterwäsche am Hintern und an den Knien Beulen wirft, ist im tiefsten Innern bloß ein Junge vom Land, dem beigebracht wurde, jedes menschliche Tun als gut oder schlecht, ordentlich oder dynamisch zu erkennen, deshalb weiß er nicht, ob er sich in die Hosen machen oder fliegen soll. Was nützt ihm sein berühmter Röntgenblick *im Augenblick*? «Aber – aber alle Zügellosigkeit führt nur zur Tragödie!» stöhnt er, als sie ihr heißes Geschlecht gegen ihn preßt. «Ja? Was soll's, zum Teufel», flüstert sie und bläst ihm ins Ohr, «was tut das nicht?» Ei der Daus! Warum hat er plötzlich Lust zu weinen?

«Liebe!» singt die unschuldige Heldin. Es ist ihre einzige Zeile. Sie singt sie wieder: «Liebe!» Der Film ist von Anfang bis Ende voller Paarungen oder angedeuteter Paarungen, es ist schwer, die Heldin in der Menge zu finden. «Liebe!» Ein Schlachtruf, ein Krieg, vielleicht eine Invasion. Plötzlich Explosionen. Querschläger. Massenpanik. «Liebe!» Sie ist wie eine hängengebliebene Schallplatte. «Liebe!» *«Aufhören!»* Leiber purzeln von Wällen, Pferde galoppieren durch die Tore. «Liebe!» *«Jetzt ist alles anders!»* schreit jemand, vielleicht er selbst. «Liebe!» Sie ist unverbesserlich. *«Sie soll aufhören, um Himmels willen!»* Nun brüllen sie alle und schießen mit allem, was sie haben, auf *sie*: mit Pfeilen, Kanonen, Todesstrahlen, Blasrohren, Torpedos – «Liebe ...!»

Der Affenmann, der aus einem feuchten Traum von einem Klammeraffen und einem Ameisenbär erwacht, findet sich an einem merkwürdigen Ort, bedeckt nur von einem klebrigen Lendentuch in der Größe einer Serviette und konfrontiert mit einer wunderschönen Hohenpriesterin, die zwei Zigaretten gleichzeitig anzündet, ihm eine gibt und murmelt: «Sag mir mal, Fettarsch, hast du schon mal das Gefühl gehabt, daß du gehen wolltest, und dabei trotzdem das Gefühl, daß du bleiben wolltest?» Er sucht nach Worten, mit denen er ohnehin Schwierigkeiten hat, deshalb tritt er hinaus auf den Balkon, um seine Zigarette aufzuessen. Er scheint in eine riesige Stadt gebracht worden zu sein. Die kleinen Lichter tief unten (Heilige Urahnen! Die Sterne sind heruntergefallen! denkt er und betastet vorsichtig seine verbrannte Zunge) zittern, als würden sie von der sie umhüllenden Dunkelheit bedroht. Die Hohepriesterin tritt hinter ihn und fährt ihm mit der Hand unter den Lendenschurz. «Schlecht drauf, Dschungeljunge?» Weltverbundenheit, weiß er, ist die Frucht des Baums der Leidenschaft, der sowohl Zorn als auch Begierde hervorbringt, aber er weiß eigentlich nicht, was er mit diesem Wissen tun soll, und auch nicht, was mit dieser ausbeuterischen Hand der Zivilisation, die seine edle Unschuld so ausnutzt. Außer vielleicht, nach den Elefanten zu schreien.

«Weg von diesem Hebel!» kreischt der Wissenschaftler, der in sein Labor stürzt. Aber es ist niemand da, er ist ganz allein. Er und all diese Fetzen und Flicken menschlichen Fleisches, die er über die Jahre zusammengestückelt hat. Es gibt nicht einmal einen Hebel. Das ist, wie alles in seinem verrückten, irregeleiteten Leben, bloß Wunschdenken. Er ist ein absoluter Versager und ein dünkelhaftes Arschloch dazu. Wer ist er, daß er Leben schaffen soll, wenn ihm noch nicht einmal einfallen will, daß er sich die Zähne putzen soll? Dieses Ding, das er da gemacht hat, ist Scheiße. Es riecht noch nicht einmal gut. Wahrscheinlich sind es all die Neuerungen, die ihm den Rest gegeben haben. All diese Geschlechtsteile! Na ja, sie waren leichter zu finden

als Hirne, es ist nicht allein seine Schuld, und niemand kann leugnen, daß er aus Liebe gehandelt hat. Er erinnert sich an einen Film (oder meint es: da ist ein Montageeffekt), in dem der verrückte Wissenschaftler, der da erfolgreich war, wo er selbst mit seiner deprimierenden geistigen Frische versagt hat, seinem Geschöpf die Fakten des Lebens beibringt und beim Gebrauch der Ellbogen anfängt. «So wie ich es sehe, Kleiner, kannst du die Ehre vergessen und es auf die Moneten anlegen.» «Ach, jetzt begreife ich, daß die Welt für die, die sie durchwandern müssen, keinen Sinn hat», erwidert das Monster melancholisch, reißt sich den Ellbogen ab und zerschlägt seinem Schöpfer den Schädel damit, «aber man muß so tun, als ob.»

Vielleicht verursacht das, denkt er und bestückt ein paar Projektoren gleichzeitig, seine eigene hartnäckige romantische Sehnsucht – nicht eine Sinnsuche, sondern bloß ein nostalgisches Spiel mit der Vorstellung davon, denn: was sonst soll man mit dem verdammten Knochen in der Hand machen? Manchmal, wenn ein Film ihm nicht genug zu sein scheint, projiziert er zwei, drei, mehrere gleichzeitig und schafft so seine eigenen Leinwandaufteilungen, Montagen, Simultanbilder. Oder er nimmt Vielfachprojektoren, um einen Fluß unwahrscheinlicher Überblendungen zu produzieren, verblüffende harte Schnittfolgen und eingefrorene Bilder, als bliebe ein Herz stehen, verwirrende Gegenüberstellungen von langsamen und schnellen Laufgeschwindigkeiten oder Ein- und Ausblenden, als atmete jemand mühsam. Manchmal gestaltet er dichte Collagen von aufeinanderkrachenden Fahrzeugen oder sich paarenden Liebenden oder Soldaten, Cowboys und Gangstern mit Knarren, die alle unisono drauflos ballern, bis der Effekt der einer Zeitrafferaufnahme von vorbeiziehenden Wolken ist, von Wellen, die an die Küste spülen. Er läßt einen Helden durch alle Episoden einer Serie auf einmal laufen, läßt ihn verbrennen, in die Luft sprengen, begraben, ertrinken, erschießen, herunterkommen, aufhängen, mit Säure übergießen oder entzweischneiden, alles gleichzeitig, oder er erwählt eine Lieblingsunschuld und bestürmt sie mit einer dichten Pastiche von Piraten, Seeleuten, Banditen, Zigeunern, Mumien, Nazis, Vampiren, Marsmenschen und Schuljungen, bis der entsetzte Ausdruck auf ihrem jeweiligen Gesicht dem blassen Schimmer einer Art verschwommener mystischer Bejahung des Universums weicht. Was nicht unerwarteterweise ziemlich dumm aussieht. Und manchmal läßt er die Projektorlampen ganz aus und lauscht bloß in der Dunkelheit dem Geräusch von Klecksen und Dämonen, von Robotern, galoppierenden Hufen und quietschenden Reifen, von knarrenden Türen, Schreien, Lust- und Angstgestöhn, Hupen und Knurren und sich schneuzenden Nasen, dem Aufschlag von Fäusten auf Gesichter und von Leibern aufs Pflaster, von Pfeilen auf Zielscheiben, von Raketen auf Monde.

Manche dieser Tricks sind seine Erfindung, andere liefert ihm der Zufall – eine durchgebrannte Sicherung, der Adjustierhebel eines gekippten Projektors, ein falsch beschrifteter Film, eine Fliege auf dem Objektiv. Eines Abends spielt er beispielsweise mit einer Collage aufeinandergelegter Katastrophenfilme, als die Schichten so dicht aufeinanderkommen, daß die Bilder aneinanderkleben. Als er schließlich einen Film ablösen kann, findet er ihn seines brechenden Dammes beraubt, aber übersät mit Flugzeugtrümmern, geschmolzener Lava, herabstürzendem Mauerwerk, Eisblöcken, umgeknickten Palmen und einem aschenen Kapitän aus anderen Filmen. Das bringt ihn auf die Idee («Was ist denn los, Kapitän?» fragte eine Frau mit vor Grauen und Ernst ganz kleiner Stimme, als die Bilder wieder auseinanderrutschten, und vielleicht hätte er über diese Frage nachdenken sollen, ehe er weitermachte), zwei oder mehr projizierte Bilder übereinanderzuschieben wie Pinselstriche, sozusagen eines mit dem anderen zu bemalen, etwa so, daß ein galoppierender Cowboy einem Slapstick-Komödianten in die Quere kommt und, wenn die Filme auseinanderlaufen, mit Sahnetorte auf dem Gesicht am Ort der Schießerei eintrifft; oder daß die sterbende Heldin, wenn sie aus der Montage mit einem Zirkusfilm hervorkommt, sich an ihren todgeweihten Gliedern am Trapez schaukelnd vorfindet, während ihr weinender Geliebter in dem anderen Film ein Elefantenbein umarmt; oder daß der junge Soldat, wenn er tapfer aus dem Schützengraben springt, von einem College-Footballteam eins um die Ohren bekommt, während die Cheerleaders im Niemandsland die Pompons weggeschossen bekommen.

Auch er hat plötzlich das Gefühl, im Niemandsland auf einem hohen Trapez mit Sahnekuchen auf dem Gesicht festzusitzen, aber er kann nicht aufhören. Es macht zuviel Spaß. Oder etwas Ähnliches. Er treibt Pferde in wilder Hatz durch hochgelegene Hotelzimmer und aus den Fenstern hinaus, schiebt die ekelerregende Narbe eines Monsters auf einen Eßteller und zerbricht ihn, macht einer Brust einen Bart und kleidet einen Hurrikan in ein Tütü. Er weiß, daß dieses Einreißen von Grenzen etwas Unlauteres oder vielleicht sogar Gefährliches hat, aber es ist auch befreiend und vergrößert seine Filmothek deutlich. Und es ist notwendig. Der Vorführer versteht vollkommen, daß die Krise, die der hochnäsige Testpilot erleidet – erleiden *muß* –, wenn er sich beim Kunstflug im Doppeldecker hinauslehnt, um seiner Freundin zu winken und sich unerwartet eine Meile unter Wasser in den Fängen eines riesigen Tintenfisches wiederfindet, während die U-Boot-Mannschaft eine Meile über der Erde wie wahnsinnig Luft tritt, bloß die grundlegende Krise seines eigenen Herzens ist. Dies oder gar nichts, Jungs: geht unter oder fliegt!

Deshalb zieht er mit einem gewissen reuigen, aber auch albernen Fatalismus einen Räuber- und Gendarmfilm über eine Familienkomödie, in der die lächerliche geschwätzige Hausfrau in der Küche vor sich hinlabert, während sie ihrer Familie Frühstück macht. Als die Einstellungen ineinanderlaufen, wird das Baby geradewegs aus seinem Hochstuhl in die Luft gejagt, der Polizeichef, der sich unter einem hochgeworfenen Pfannkuchen duckt, klemmt sich die Hand im Abfalleimer ein, und die Hausfrau, die sich vorbeugt, um ihren Mann zu küssen, während sie ihm von der erstaunlichen Warzenkur ihres Onkels erzählt, fällt in einen offenen Kanaldeckel. Sie ist immer noch zu hören, setzt ihren traurigen Monolog irgendwo unten in den Abwasserrohren der Stadt fort, als die beiden Filme sich wieder trennen und der Gangster, in der Küche zurückgelassen, jetzt den schläfrigen Abschiedskuß des zur Arbeit aufbrechenden Mannes bekommt. Angeekelt zieht der Ganove seine Knarre, um den Kerl zu durchlöchern (Wo zum Teufel bleibt Lefty? Was ist mit der verdammten Bank passiert?), aber in der Hand hält er bloß einen tropfenden Schneebesen.

Lefty (wenn es Lefty ist) flieht gerade in einem kurzgeschlossenen Daimler, von Polizeiautos mit heulenden Sirenen durch die Straßen der übervölkerten Metropole gejagt. Knarren sprühen Mündungsfeuer in alle Richtungen, Bürger schlagen und purzeln hin, als würde ihnen der Bürgersteig unter den Füßen weggerissen. Gleich darauf will die Heldin, in einem offenen Boot auf hoher See treibend, mit glasigen Augen ihre angekratzte Ehre dem letzten ihrer Mitschiffbrüchigen hingeben, einem kahlköpfigen Seemann mit Augenklappe und Holzbein. Die anderen sehen von außerhalb des Bildes zu, sehen, was die Kamera sieht, als der Seemann sich vorbeugt, um von ihr Besitz zu ergreifen. «Elend ist der normale Zustand des Universums», flüstert er zärtlich und leckt ihr das Salz vom Ohr, während das Boot sinnlich schaukelt, «deshalb kannst du diesen armen Würstchen keinen Vorwurf machen, wenn sie sich mit einem Blick auf das gute alte Rein-Raus-Spiel ein bißchen beruhigen wollen.» Als ihre Lippen sich leinwandfüllend in angstvoller Ergebenheit teilen, fährt die andere Kamera zu einer dramatischen Aufsicht auf die kreischende Autojagd durch die verstopften Straßen der Stadt zurück: er überblendet die Bilder und läßt Lefty mit Karacho in ihre schöne Mundhöhle krachen, wobei ihr ein Backenzahn rausfliegt und der Gaumen in Brand gerät, während der Seemann plötzlich die Mauern eines Wolkenkratzers abschleckt und seinen Damentröster im Überflutungskanal der Stadt hat. «Gottverdammich und schlag mich mit Blindheit!» schreit er, ruckt seinen Finger heraus, und das Rettungsboot geht unter.

In all diesen Verschiebungen erkennt er natürlich seine einsame Suche nach der unmöglichen Paarung, der verrückten Verklammerung von Polaritäten, als sei die Ferne zwischen dem Entsetzen und der Komik des Nichts irgendwie erotisch – eine Art Pornographie. Kein Wunder, daß der Seemann darum bat, ihm die Augen herauszurupfen! Er legt zu schnelle Einstellungen über eingefrorene, den Flug von Raketen über das Pfählen des Vampirherzens, das Angesicht des Todes über rammelnde Arschbacken, Käsekuchen über Gefangene in Ketten, und all das, um sich immer wieder zu beweisen, daß nichts und alles wahr ist. Slapstick *ist* gleich Liebesfilm, Heldenepos gleich Revuenummer. Küsse töten. Rückprojektionen sind der letzte angemessene Maßstab für die Freiheit, und große Stars sind Uhren: nichts ist besser als die Gegenwart. Das Nichts, wie eine Nonne mit einem Springmesser, spielt sich schneller und schneller ab, und der Zweck (jenes unbestimmbare Etwas) ist ein Happy-End. Oder vielleicht auch nicht.

Und dann . . .

AM NÄCHSTEN TAG

. . . wie die alten Titel damals gesagt hätten, als die Zeit einen weißen Hut trug und heldenhaft von Horizont zu Horizont galoppierte, geschieht es. Die Erfüllung seiner schlimmsten Begierden. Wahrscheinlich hätte er den Western nicht auf die Seite kippen sollen. Bestenfalls eine verwegene Übung, denn diese Geschöpfe des Lichts mögen unabhängig von der Schwerkraft sein, seine Projektoren sind es nicht: jedesmal wenn er es versucht, rasseln Stückchen heraus, und ziemlich oft sitzt er am Ende mit einem Zimmer voll von aus der Spule gesprungenem Film da, der sich ihm wie tödlicher Efeu um die Ohren kringelt. Aber er hat gerade begonnen, eine Stripshow vom Broadway über eine Kneipenschlägerei zu legen (ah, die

Liebe, sinnt er, dieses Geschöpf banger Angst, wenn die große dämonische Ödnis des maskulinen Raumes den idealisierten Stoß femininer Zeit empfängt), als ihm in einem launigen Augenblick einfällt, einmal zu versuchen, die Choreographie von Faust und Fuß gegen die von Gesicht und Fußboden zu vertauschen, indem er die Saloonszene auf die Seite stellt.

Woraufhin die unschuldige Tanzelevin, die für den kranken Star einspringt, glühend im ersten süßen Ansturm bevorstehenden Ruhms ins Scheinwerferlicht hinaustanzt, bloß um mit hervorquellenden Augen in einen bodenlosen Tumult von Fäusten, Stühlen und fliegenden Flaschen zu fallen – *schwupps!* –, die nasse Theke hinunterzurutschen und mit den Füßen zuerst durch eine Schwingtür am Ende des Bildes zu verschwinden. Wunderbar! lacht der Vorführer. Das war es wert! Der grauhaarige alte Goldschürfer, der die Schlägerei angefangen hatte und dann besoffen umgekippt war, wacht nun, als die Bilder beginnen, sich zu trennen, in den glänzenden Unterhöschen und rosa Ballerinaschuhen der Elevin auf der Bühne auf und kämpft mit dem merkwürdigen Gefühl, daß die Schwerkraft anscheinend nicht weiß, wohin sie ihn fallen lassen soll. Deshalb geben seine Knie nach und deuten einen Knicks an, während seine Eier, die wie leere Satteltaschen aus den Beingummis des Höschens der Stripperin hervorbaumeln, nach oben zu seinen Ohren zu schweben scheinen. Er öffnet den Mund, vielleicht um zu singen oder auch um zu schreien oder einen Drink zu schnorren, und sein Gebiß schwebt heraus wie eine Sprechblase. «Dath ith entwürdigend!» keift er und schnappt nach Luft, als er unter donnerndem Beifall in zwei Richtungen zugleich fällt. *«Thum Teufel mit euren Augen!»*

Drüben im Saloon scheint der Streit mittlerweile beigelegt zu sein. Alle Augen, die nicht von Fäusten oder vom Alkohol geschlossen sind, blicken auf die Schwingtür. Er richtet den Projektor auf, um den steifen Hals zu lockern, den er von dem Versuch hat, den Film seitlich anzuschauen, nimmt mißmutig das Rasseln und Rattern von durcheinanderpurzelnden Teilen darin zur Kenntnis und wünscht, er könnte noch einmal den doofen froschäugigen Ausdruck auf dem Gesicht der verblüfften Elevin sehen, als ihr der Boden unter den Füßen weggezogen wurde. Es folgt ein kurzes reißendes Haspeln, als der Film ungleichmäßig durch das Filmfenster läuft, aber ein fachmännisches Tippen an eine Transportrolle stellt schnell die Hauptillusion der Zeit wieder her. Von der es nicht viel gibt. Die Schwingtür rührt sich nicht. Kiefer hängen herunter. Augen starren. Es bewegt sich nicht viel außer den mahlenden Projektorspulen hinter ihm. Dann fährt die Kamera langsam vor, die Tür schwingt vor ihr auf. Der Blick fällt auf eine kahle Lehmfläche im Vordergrund und Dünen in der Ferne, unberührt und absolut leblos. Die tanzende Unschuld ist verschwunden.

Er dreht den Knopf für den Rückwärtslauf, aber etwas in der Maschine klemmt. Das Bild wird dunkel. Hastig, mit zitternden Händen, schaltet er sie ab, knallt die Spulen auf einen Ersatzprojektor, läßt dann beide Filme zurücklaufen und fährt sie übereinander. Es scheinen bereits Veränderungen stattgefunden zu haben: jemand, der aus dem Saloonfenster geworfen wurde, wird wieder hereingeworfen, im Mund ein Extra-Gebiß, die Bühne ist wieder in dem Musical eingesetzt. Hat er zuviel Zeit verloren? Als die Bilder getrennt sind, befindet der alte Goldschürfer sich zwar wieder in dem Saloon in der Stadt, wenn auch noch im Kostüm der Elevin und mit dem Ei im Gesicht, aber die Elevin selbst ist nirgends zu sehen. Der kranke Star ist gar nicht mehr krank, sondern zurück im Rampenlicht und schmettert ein altes Cowboylied über einen, der mit beiden krummen Beinen in der Gegenwart steht. *«Geisterreiter!»* dröhnt sie, mit den Hüften wackelnd, als wolle sie Fliegen verscheuchen. «In einer kalten *Nacht*, da gib gut *acht* –»

Er macht mit beiden Filmen Schluß und legt den gemeinen Gangsterfilm mit dem kleinen Waisenmädchen ein: die Wasserflecken sind da, aber die Leiter zum Heuschober ist leer! Sie ist auch nicht in dem Nonnenkloster – der Priester schnulzt vor einer leeren Kabine, als beichte er vor dem inthronisierten

Nichts – und nicht in dem abstürzenden Flugzeug oder in der in Panik geratenen Menge oder in den Armen, wenn man das sagen kann, des Kleckses! Der Zug fährt über ein zur Schleife gebundenes Band! Der Vampir saugt Wind!

Er stellt die Projektoren ab und lauscht angespannt. Stille bis auf das leise Knistern von abkühlendem Film und sein Herz, das ihm in den Ohren pocht. Erst hat er Angst, seine Kabine zu verlassen. Was geht da draußen vor? Er erwärmt kalten Kaffee auf seiner Kochplatte und betrachtet seine an die Wand gehefteten Pressefotos. Er kann sie nicht finden, aber vielleicht war sie von Anfang an nicht dabei. Er ist sich nicht einmal sicher, daß er sie, eine bloße Unschuld, erkennen würde, wenn sie da wäre – ihre Beine vielleicht, aber nicht ihr Gesicht. Doch in diesem Kannibalenfilm beispielsweise, wurde dort nicht ein Mädchen am Spieß geröstet? Er kann sich nicht erinnern. Und wessen abgerissenen Hitzeschild hält jener geflügelte intergalaktische Herrscher, dessen Augen vor Geilheit und Überraschung glasig sind, in seiner Klauenfaust? Der Kaffee kocht über, zischt und sprüht auf der Platte wie schnippende Finger. Er zieht den Stecker heraus und stürzt hinaus, prallt ungeschickt vom Türrahmen ab, fühlt sich so schwindelig und aus dem Gleichgewicht wie jener alte Goldschürfer in den Strümpfen und rosa Schühchen, er weiß nicht, wohin er fallen soll.

Der höhlenartige Zuschauerraum, der scheinbar allein durch seine Weitläufigkeit von Geflüster widerhallt, scheint gleichzeitig geschrumpft und geweitet zu sein: die pustelige Kuppel drückt ihn mit ihrer schrecklichen Endlichkeit nieder, obwohl doch die Gänge sich wegzustrecken und die Leinwand, auf die er zustolpert, immer weiter in die Ferne zu rücken scheinen. «Warte!» ruft er, und die Bühne prescht vor und knallt ihm gegen die Brust, wirft ihn in die erste Sitzreihe. Dort liegt er einen Augenblick, starrt hinauf zu dem, was, könnte er die Schalttafel erreichen, ein sternenerleuchteter Himmel wäre, und erinnert sich an eine alte Bibelerzählung, in der die Ältesten einer von den Erzengeln verdammten Stadt ihre aufrührerischen Bürger anflehten, ihre Frevelhaftigkeit (vergleichbar etwa der auf einer Straßenkirmes mit Tanzmädels) zu zügeln, ehe es zu spät war. «Könnt ihr nicht einfach Freunde sein?» hatten sie gerufen, und er fragt sich jetzt: Warum nicht? Er ist so einsam...

Mit diesem archaischen Wunsch, der in der dunklen Grube seines Herzens glimmt wie eine Kerze in einer alten Laterna magica, rappelt er sich auf und sucht benebelt den Weg die Hintertreppe hinauf. Verdammnis hängt schwer über seinem Kopf wie der wasserbefleckte Hintern des kleinen Waisenmädchens. Mit einer Art wollüstigen Entsetzens stöbert er in den Seitenflügeln, hofft zu finden, was er am meisten zu finden fürchtet. Er tritt gegen die Troddeln und den Faltensaum des großen Vorhangs, rüscht die Hausvorhänge und Reklamevorhänge, untersucht die Leinwand: hat sie ein Loch? Nein, sie ist hier und da ein bißchen verfärbt, stellenweise fadenscheinig, aber eigentlich so wie immer. Genauso wie die Schalttafel, die Scheinwerferbatterien, die Soffitten, die bemalten Vorhänge, Girlanden und Laufschienen oben. Alles scheint völlig normal, was, wie der Vorführer aus langjähriger Erfahrung weiß, so ungefähr die schlimmste Lage ist, in der er sich befinden könnte. Er probiert das Haustelefon, steckt die Nase in die leeren Mülltonnen, betritt mutig den dämmrigen Durchgang hinter der Leinwand. Und nun führt uns unsere Geschichte diesen Schattenpfad hinab, murmelt er vor sich hin, versucht sich zusammenzunehmen und fühlt sich wie ein Polizist, der sein erstes Revier abschreitet, Gefahr hinter jeder merkwürdig vertrauten Ecke, wenn es eine gäbe in diesem schmalen Canyon. Alte Zeilen fallen ihm ein wie der Katechismus: Sie war die Art Mädchen, die... Nicht wissend, welches Schicksal... Einige der Handelnden leben noch... Er ist sich der Silhouetten bewußt, die drohend direkt über seinem Kopf flackern – verkrampfte Hände, gespreizte Beine, Schurken mit Hüten –, aber wenn er hinschaut, sind sie nicht da. Es ist alles in deinem Kopf, flüstert er und lacht irre in sich hinein. Das scheint etwas in ihm zu lösen. Er entspannt sich. Er fängt an, eine kleine Melodie zu pfeifen.

Und dann sieht er es. Direkt vor seiner Nase inmitten seiner kostbaren Leinwand: ein verrücktes, tückisches Netz von kleinen Löchern! Das unmelodische Pfeifen entweicht aus seinen gespitzten Lippen wie Luft aus einem durchstochenen Reifen. Erschreckt weicht er zurück. Einschüsse –?! Nein, so sauber sind sie nicht, und die Wand dahinter ist unbeschädigt. Es sieht eher aus, als habe jemand auf der anderen Seite gestanden und mit Pfennigabsätzen auf die Leinwand eingetreten. Ihm bleibt beinahe die Luft weg. Er stolpert herum auf die andere Seite, voll Angst, was er dort finden oder sehen wird. Aber die Bühne ist leer. Vielleicht hatte er auch gerade davor Angst. Beklommen, von allen leeren Sitzen beobachtet, nähert er sich den in die Leinwand gestanzten Löchern. Sie bilden ungeschlachte Druckbuchstaben, nicht unähnlich denen, die bei Außenreklamen verwendet werden, und sie lauten: ACHTUNG VOR DEM MITTERNACHTSMANN!

Er schnappt nach Luft, und das Geräusch hallt leise durch den ganzen Zuschauerraum, als erschaudere der Palast selbst. Seine unersetzliche Filmwand ist ruiniert. Seine Projektionen werden für immer diese schreckliche Aufschrift tragen, als sei die Zeit selbst gebrandmarkt. Angewidert tritt er zurück – gerade in dem Augenblick, als die riesigen Asbestvorhänge herunterkrachen. *Wa –?!* Er duckt sich, kommt den Reklamevorhängen, die wie seidene Peitschen über ihn fegen, in den Weg. Die Lichter flackern an und aus, gehen wieder an, Farben ändern sich kaleidoskopartig. Er meint Flüsse anschwellen, Wolken wie Bleigewichte fallen zu sehen. Er kämpft sich durch das schlingernde Hin und Her der faltenschlagenden Vorhänge zur Schalttafel durch, aber als er dort ankommt, ist niemand da. Der Feuerschutz ist hochgezogen, die Reklamevorhänge sind anständig in den Seitenkulissen verstaut wie Kleider in einem Schrank. Der Gazeschleier mit seinen zerschlissenen Metallfäden ist vor der Leinwand heruntergegangen. Der Hausvorhang teilt sich, die Lichter sind dunkel geworden. O nein . . .!

Während er in den Zuschauerraum hinuntergesprungen ist

und den Gang hinaufstürmt, hat die Musik eingesetzt. Wenn es Musik ist. Sie scheint rückwärtszulaufen, und Gekreisch und Gehupe und ungestümes Gelächter sind daruntergemischt. Er kämpft gegen eine steigende Flut blendenden Lichts, das sich, mit flackernden Schatten aus der Vorführkabine wimmelnd, auf ihn niedersenkt und wie Gammastrahlen auf seinen Körper prasselt. «Ich brauche den Speer nicht, es ist nur ein junger Löwe!» knurrt jemand durch die Kuppel, eine Bombe jault, und hinter ihm kracht es, als fiele ein großer Spiegel herunter. «Paß auf! Es ist – *aaarrghh!*» «'tschuldigung, Madame!» «Heilige Scheiße, wie nennt man *das?!*» «Die Liebe blüht in gefährlichen Tagen und –» «Du willst doch nicht etwa sagen –?!» Der Tumult wird stärker – «*Was* für eine schreckliche Wahrheit?» –, und seine Bewegungen beschleunigen sich wie in einem Traum. Er weiß, nur wenn er den Überhang des Balkons erreicht, kann er dem Wüten des Projektors entkommen, aber während er noch gegen diesen Lichtsturm ankämpft – «Ich fürchte, du hast einen tödlichen Fehler begangen!» –, spürt er, wie sein Körper, als würde er von einem fremden Wesen aus dem Weltraum in Besitz genommen, seinen Widerstandswillen verliert. «Nein! Nein!» schreit er, über seine eigene Darbietung staunend, prescht voran und fällt, vorübergehend geblendet, in den nach Moschus riechenden Schutz der hinteren Reihen.

Er liegt da im Dunklen, hält ein kaltes, verbolztes Stuhlbein umfaßt, während hinter ihm der Sturm tobt, und fragt sich: was *jetzt*? Das ruft ihm einen alten Kriegsfilm in Erinnerung, in dem die beiden überlebenden Besatzungsmitglieder eines in Feindesland abgeschossenen Flugzeugs sich als vorderes und hinteres Ende einer Kuh verkleiden, um fliehen zu können. Sie werden von einem feindlichen Bauern gefangen und mit dem Dorfbullen in eine Scheune gesperrt, wobei der alte Bauer vor sich hin murmelt: «Kälber oder Steaks! Kälber oder Steaks!» «Was *jetzt*?» schreit der hintere Flieger, als der Bulle sie besteigt, und der vordere, der gerade am Heu schnüffelt, sagt: «Also, alter Kumpel, ich schätze, das hängt davon ab, ob du schwanger wirst oder nicht.» Das sind über den Daumen gepeilt seine eigenen Möglichkeiten: er kann nicht weg, und Bleiben macht es vielleicht schlimmer, als er verkraften kann. Das donnernde Licht schleckt bereits an seinen Fersen wie ein heranbrausender Zug, und er fühlt sich ungefähr so, wie sie sich, an die summenden Gleise gefesselt und geknebelt, gefühlt haben muß: «Nicht alle von uns werden lebendig zurückkehren, Männer, und bevor wir hinausziehen, will ich –» «Oh, John! Bitte nicht!» «Verrückt? Ich, der ich das Geheimnis des Lebens gelöst habe, mich nennt ihr verrrückt?» *WheeeeeooOOOOoo-ooo!* «Bitte! Ist denn *nichts* heilig?» Er schleppt sich den Gang hinauf, krallt verzweifelt – «Fangt mich, wenn ihr könnt, ihr Bullen!» – die Finger in den Teppich und müht sich dann, von etwas wie der Sehnsucht der abgeschossenen Flieger nach heimatlichen Weidegründen getrieben – «Wir akzeptieren ihn, er ist einer von uns, einer von uns ...» –, auf die Füße. Wenn ich bloß den Vorführraum sichern kann, denkt er und poltert voran wie ein Fiesling aus der zweiten Garnitur, vielleicht ...

Aber er kommt zu spät. Es ist ein Katastrophengebiet. Er kann noch nicht einmal zur Tür hinein, der Weg wird ihm von einem glänzenden Dickicht ineinander verhedderter Filme versperrt, das sich ihm wie eine monströse Mißgeburt entgegenspult. Er hackt sich hindurch, um die Projektoren abzustellen, aber sie sind gar nicht mehr da, nichts ist mehr da außer hier und da einer Aufwickelspule, einem oder zwei Malteserkreuzgetrieben, die wie hingeworfene Münzen aussehen, oder einem mit einem Lippenstiftkuß verschmierten Objektiv. Sein ausgestopfter Pfau, sieht er durch das raschelnde Filmgestrüpp, ist gerupft worden. Cellophanplättchen kochen in seiner Kaffeekanne. Dumpf, unfähig sich zu rühren, starrt er auf den Trümmerhaufen. Es ist, als habe sein Verstand ihn irgendwie verlassen und in seinem Schädel eine weitläufige Leere hinterlassen. Zerrissene Pressefotos und Orgelpartituren, Filmbüchsen, geborstene Glasdias, Rollen mit perforierten Eintrittskarten liegen verstreut herum wie kolossale Enden. Quer über sein an die Wand geheftetes Plakat von *Hearts and Pearls* hat sie gekritzelt: ERST DIE JAGD, DANN DAS GELAGE! Das einzige Pressefoto, das noch an der Wand hängt, ist das mit den Kannibalen, nur daß jetzt tatsächlich jemand auf dem Spieß steckt. *Er.* Der Spieß beginnt sich zu drehen. Er flieht, eine Hand über die brennenden Augen geschlagen, die andere durch die knatternden Filmtentakel grabend, die nun anscheinend versuchen, ihn zu erwürgen.

Er schwankt hinauf auf die Galerie, reißt sich Streifen von klebendem Zelluloid vom Hals, sein Verstand ringt mit den stark vereinfachten Grundsätzen von Bewegung und Mord. Er schaltet das Licht an. Nichts. Auch die in die Wand eingelassenen Lampen, die Leuchten auf dem Pfosten der Marmortreppe, die Kronleuchter im großen Foyer funktionieren nicht. Dunkelheit umhüllt ihn wie wirbelnder Nebel, Bedrohliches brodelt darin. Er dreht sich um, will weglaufen und knallt gegen eine hohe Säule. Wenigstens, denkt er, sie umklammernd, ist sie nicht umgefallen. Der Marmor fühlt sich warm an, und er drückt ihn an sich, als das wahnsinnige Kichern der Unschuld hohl durch den im Dunkel liegenden Palast rasselt und wie ein vorbeiziehender Wind oder eine Plage zirpender Heuschrekken über seinen Kopf hinwegzieht. Beinahe scheint die Säule sich zu bewegen, als drehe sich der ganze Raum wie ein Zyklorama langsam um sich selbst. Er erinnert sich an einen alten Film, in dem der Mörder auf einem Karussell in der Falle sitzt, das sich unkontrollierbar dreht, Funken sprüht und schrillt und Holzpferde in die gaffende Menge schleudert wie Terroristen bei einem Selbstmordkommando. Auch den Mörder: Und der Vorführer läßt los und lernt endlich, während er hilflos über den polierten Fußboden schlittert, die ausdrucksvollen Begleiterscheinungen eines Falls auf den Hintern kennen. Er knallt jedoch in keine gaffende Menge, sondern gegen den Trinkbrunnen im Raum mit dem Personalaufzug, dessen glatte Keramikhaut sich so kalt anfühlt wie synthetisches Fleisch. Er kann das tiefe Gurgeln und Platschen von Wasser hören, als flössen überall im Kinopalast die Brunnen über. Ja, seine Hose ist naß, und seine Zehen quatschen in den Schuhen.

Er ist nicht weit, erkennt er, von der Treppe, die zu den unteren Räumen führt, und als er auf Händen und Knien dort hinüberpanscht (vielleicht denkt er an Bombenunterstände in Kriegsfilmen oder den mütterlichen Bauch eines Wals), kommt ihm der Gedanke, daß er sich dort unten eine Weile verstecken könnte. Über alles nachdenken. Aber am Treppenabsatz spürt er einen kalten Zug; er beugt sich vor und fährt mit der Hand durch den Raum: die Treppe ist weg, er wäre direkt in die gesetzlosen Regionen hinabgestürzt! Es ist nicht völlig dunkel da unten, denn wie Projektionen auf Rauch meint er eine düster aufgewühlte Masse von Balltänzern, Feldwebeln, Cartoon-Katzen und rastlosen Eingeborenen zu sehen, die verschwinden, während sie noch stumm zu ihm hochwogen. Ist das die Unschuld zwischen ihnen? Die in dem Grasrock, der die Augen aus den Höhlen quellen? Zu spät. Weg, wie von unausdenklichen Abgründen da unten verschluckt.

Er zwinkert und weicht zurück. Der Raum ist stehengeblieben, Stille hat sich herabgesenkt. Die Brunnen sind still. Der Boden ist trocken, ebenso seine Hose, seine Schuhe. Ist es vorüber? Sind sie weg? Er findet eine Lakritzschnecke in der Tasche und steckt sie, ohne nachzudenken, zwischen seine klappernden Zähne. Woraufhin sich mit einem knarrenden Geräusch, wie beim Öffnen einer Schranktür, eine Gipsstatue aus ihrer Nische neigt und, gerade als er sich nach hinten gegen die Wand wirft, zu seinen Füßen zerschellt. Die Lakritzschnecke ist verschwunden. Vielleicht hat er sie ganz geschluckt. Vielleicht war sie nie da. Ihm fällt ein Film ein, den er einmal sah, über eine Gruppe von außerirdischen Verschwörern, die ihre ruchlosen Treffen in einem Vergnügungspark in einem alten Spiegelkabinett abhielten, das längst nicht mehr genutzt wurde und nun («nun» im Film) mit viel übleren Überraschungen als wallenden Böden und buhenden Geistern aufzuwarten hatte. Der

Held, der bloß versucht, die Welt zu retten, betritt das Spiegelkabinett und wird allem, von Todesstrahlen und herabfallendem Mauerwerk bis hin zu eisernen Jungfrauen, Zeitfallen und diabolischen, Leben wiedergebenden Maschinen ausgesetzt, als solle seine Identität durch das, was die frohlockenden Spiegelkabinettbetreiber in ihrer außerirdischen Sprache «die Stilistik der Abwesenheit» nennen, problematisiert werden. In solch einem Irrgarten wahrscheinlicher Unwahrscheinlichkeit kann der Held sich keiner Sache sicher sein außer seiner eigenen unstillbaren Begierden und seines verrückten, so festen wie absurden Glaubens an die Macht geheimer Gänge. Immer gibt es irgendwo noch eine Tür. Deshalb ist er nicht überrascht, als er, bis zur Hüfte in Killerechsen und blauen Merkurianern, auf der anderen Seite der mit Säulen und Kronleuchtern ausgestatteten Grube, in die er geworfen wurde, verschwommen so etwas wie eine stabile bäuerliche Holzleiter erspäht, die strahlend an einer im Schatten liegenden Wand lehnt. Nur das heimtückische Nagen an seinen Knöcheln überrascht ihn, als er sich in ihre Richtung durchkämpft, der modrige Atem der Merkurianer, der Anblick wasserbefleckter Unterwäsche auf der Leiter über ihm, als er beginnt, sie zu erklimmen. Oder sind es Löcher? Er steigt nach oben, greift danach, wie immer dieser leidenschaftlichen Inbesitznahme der Wirklichkeit verfallen. Doch sie verschwinden ihm unter der Hand, ebenso wie die Leiter: er entdeckt, daß er fast zehn Meter hoch an der Wand des großen Foyers hängt und nichts in der Hand hält als eine abgerissene Eintrittskarte. Es ist ein langer Abstieg, aber er kommt im Handumdrehen unten an.

Er liegt auf dem harten Terrazzoboden, zusammengerollt wie ein Salonlöwe in einem güldenen Käfig (sind seine Beine gebrochen? Sein Schädel? *Etwas* tut weh), und lauscht dem Wispern und Zwitschern in der Kassettendecke hoch über ihm, dem gespenstischen Klingeln der Kronleuchterprismen, obwohl er weiß, daß dort hinaufzuschauen heißt, verloren zu sein. Es ist, wie der Hafendetektiv in dem verworrenen alten Film über die berüchtigte Iron Claw und die rührseligen Konfigurationen des Massenmordes es ausdrückte: «Erschreckend ist nicht so sehr, daß du nur siehst, was du sehen willst, verstehst du, sondern die Entdeckung, daß das, was du angeblich nur siehst, weil du es sehen willst... *dich sieht*...» Als er dort an der feuchten, schäbigen Uferstraße im Schatten eines stillen Kranauslegers steht und zusieht, wie der Nachtnebel sich gleich erotischen Traumbändern um die Schleppkähne und Schaluppen legt, scheint der Detektiv große Geistergalionen hereinsegeln zu sehen, oder möchte sie sehen, mit einäugigen Piraten, die bewegungslos wie fahler Weihnachtsbaumschmuck von den Rahnocken hängen, und er wird von einer Sehnsucht nach Gefahr und Abenteuer durchdrungen – noch eine weitere Tür, sozusagen, eine andere Kuppel – und gleichzeitig von einer lähmenden Angst vor dem Unbekannten überfallen. «Ich bin bedroht», flüstert er, zu der schwankenden Straßenlampe hinaufschauend (Aber hat er sich nicht gerade selbst gewarnt?), «von einer Dunkelheit jenseits aller Dunkelheit...» Die Piraten, Machete in der Hand und Messer zwischen den Zähnen, fallen von der Takelage, als wollten sie die gleichgültigen Schaluppen aufschrecken, aber noch während sie fallen, lösen sie sich auf in irrlichternde Schemen toter Polizisten und herumschleichender Taschendiebe, Streuner und Prostituierter. Eine von ihnen sieht irgendwie bekannt aus, etwas an der Art, wie ihre Zigarette wie ein Glühwürmchen zwischen ihren gespenstischen Lippen tanzt (vielleicht *ist* es ein Glühwürmchen, und die Lippen sind sein perverser Traum von Lippen) oder daran, wie die Nonnentracht naß an ihren Schenkeln klebt, als sie eine dunkle Gasse hinunter verschwindet. Also folgt er ihr. Sie führt ihn, wie er es geahnt hatte, in eine rauchgeschwängerte Kaschemme voller Debütantinnen auf Bummel in den Slums und Matrosen in gestreiften Hemden, an deren Tür er von einem narbigen und mißmutigen Marokkaner angehalten wird. «Iron Claw...?» murmelt er heiser in die gehöhlte Hand, sich eine Zigarette anzündend. Der Marokkaner macht eine Kopfbewegung zur Bar, der Geste der Absolution nicht unähnlich, und er schlendert hinüber, fühlt sich ein bißchen leer, wie er durch die angeödeten Nachtschwärmer gleitet, so, als habe er einen Teil von sich an den Docks zurückgelassen, unter der schwankenden Lampe zusammengerollt wie ein Stück von der Spule gesprungenen Vorspanns. Als er seinen Revolver auf die Theke stützt, fällt ihm auf, daß er durch ihn hindurchsehen kann. «Wenn Sie hinter der Iron Claw her sind», murmelt der Barkeeper, mit einem schmutzigen Lappen nervös ein Glas abwischend, und fällt dann auf die Theke, ein Messer im Rücken. Ihm fällt auf, daß er auch durch den Barkeeper hindurchsehen kann. Der Schankraum ist leer. Irgendwo hat er seine Zigarette fallen lassen. Vielleicht ist der Barkeeper darauf gefallen. Die Lichter werden heller. Eine kalte metallische Hand ist in seiner Hose. Er schreit auf. Dann merkt er, daß es seine eigene ist.

Er liegt, immer noch zusammengerollt, unter dem Kronleuchter. Aber nicht im großen Foyer seines Kinopalastes, wie er gehofft hatte. Es scheint eine Art französischer Ballsaal aus dem 18. Jahrhundert zu sein. Menschen in Gamaschen, Gehröcken und Perücken tanzen Menuett um ihn herum, so blind für seine Anwesenheit wie taub für das ferne Puff und Paff des Musketenfeuers auf der Straße. Er schaut an dem Kronleuchter vorbei zur Spiegeldecke hoch und ist überrascht, nicht sich, sondern die Unschuld zu sehen, die mit leicht geöffneten Lippen auf ihn herablächelt. Ein unheimliches Licht schimmert magisch von ihren schneeweißen Zähnen und glüht in ihren Augenwinkeln wie kleine Kohlen, glimmt dort mit dem Feuer seltsamer Sehnsüchte. «Sie ist durch und durch der Typ des modernen Mädchens», meint er jemanden sagen zu hören, «gleichermaßen vertraut mit Tennis und Tango, Tischgesprächen und Tee. Ihre schimmernden Zähne sind wunderbar, wenn sie lächelt. Und sie lächelt oft, denn ihr Leben scheint ein einziger Film voller Vergnügungen zu sein.» Ihr Lächeln wird breiter, selbst noch als ihre Augen glasig werden und der Glanz in ihnen nun wie Doppelprojektoren brennt. «Warte!» ruft er, aber der Raum kippt, und zum Geklingel und Geklapper von durcheinanderfallenden Gegenständen rutschen alle Leute im Ballsaal hinaus auf den Marktplatz, wo das Schreckensregime sie einsackt wie hingeklatschte Fische.

Und Aristokraten und verrückte Filmvorführer sind nicht ihr einziger Fang. Andere Milieus gleiten vorbei wie glitzernde Gazevorhänge, zu Boden sinkende Säbelrasseler, Cowboys, kleine Tramps, singende Familien, Lokomotivführer und Komödiantentruppen, ein Zeitungsjunge auf einem Fahrrad, Zigeuner, Mumien, Piloten in Lederkappen und Wunderhunde, vernachlässigte Ehefrauen, römische Soldaten in schimmernden Brustpanzern, Banditen und Goldgräber und ein redender Esel, alle fallen, zusammen mit aufgeweichten Zigarettenkippen, Pressefotos und plattgedrückten Popcornbechern, zu sanftem Geplätscher von Lachen und Beifall, das er schon einmal gehört zu haben meint. «Noch so ein schöner Schlamassel!» kann man den Esel klagend wiehern hören, als der Pöbel, hinter Polizeibarrikaden auf dem dunklen, aber festlichen Opernplatz zurückgedrängt, nach Blut und Hirn schreit. «Die Öffentlichkeit hat immer recht!» kreischen sie. «Laßt das Gelage beginnen!»

Lichter ziehen im Bogen über den Himmel, und irgendwo in der Ferne wird leise ein uraltes Horn geblasen, ein Summer ertönt. Er wird hochgezerrt und in die Reihe zwischen einer betrunkenen Herzogin und einem Trickfilmschwein gestoßen, die zum donnernden Pfeifen einer unsichtbaren Orgel dahinmarschieren. Der Gang zur Guillotine, mit einem dicken Teppich ausgelegt, ist mit roten Samtschnüren gesäumt und führt zu einer Marmortreppe, wo, auf einer Plattform so hoch wie eine Reklametafel, ein Henker unter einer Kapuze neben seinem gigantischen Kartenknipser wartet wie ein geduldiger Platzanweiser. Eine Stimme zählt über Lautsprecher, lauter als die dröhnende Orgel und das elektrische Glockenspiel, noch einmal ihre Verbrechen auf (Hochmut wird erwähnt, Ruhmsucht, Verschwendung und Überfluß) und beschreibt sie alle als «Geschöpfe der Nacht, eine Sammlung der erstaunlichsten Scheusale der Welt, diese widerlichen, durch ikonische Transaktionen Emporgekommenen, die Schande einer Nation im dritten Jahrhundert ihres Werdens, Ihnen nun im überwältigendsten dramatischen Schauspiel aller Zeiten vorgeführt!» Er hört, wie das Messer der Guillotine sich hebt und fällt, hebt und fällt gleich einem Filmtransportmechanismus in Zeitlupe, wie Schreie und Jubelrufe der Zuschauer mit jedem Zufallen der Klappe aufbranden. «Hier liegt ein Irrtum vor!» wimmert er. Wenn er nur an die Schalttafel käme! Wo ist das AUSGANG-Schild? Gibt es nicht immer...? «Ich gehöre hier nicht hin!» «Ja, das ist der Lohn des Kinos», murmelt die betrunkene Herzogin hinter ihm und zieht ein Strumpfband ab, um es in die Menge zu werfen. Flecken tauchen auf seiner Kleidung auf und bleiben zurück, als er weitergeschoben wird, als sei vielleicht die Luft selbst fadenscheinig und verblaßt, und blendende Blitze tanzen zu seinen Füßen wie Einstiche, durch die helles Licht einfällt.

«Es ist alles in deinem Kopf», meint er die Platzanweiserin am Fuß der Treppe flüstern zu hören, als sie ihm mit ihrer kleinen Taschenlampe den Weg hinauf zeigt, «deshalb schlagen wir ihn ab.»

«Was –?!» schreit er, aber sie ist weg, eine Kleindarstellerin bis zum Ende. Das Trickfilmschwein hat seinen stotternden Abgang gemacht, und der Henker hält seinen Kopf hoch wie ein Gewinnlos in der Lotterie oder einen Bingoball. Der Filmvorführer klettert die hohe Marmortreppe hinauf und sucht nach seinen eigenen Schlußzeilen, aber er scheint keine Sprechrolle zu haben. «Sie gehen zu früh», bemerkt der Henker unter der Kapuze ohne eine Spur von Ironie, als er die Beine unter ihm wegtritt. «Sie werden die Hauptattraktion verpassen.» «Ich dachte, ich wäre das», murmelt er, aber der erbarmungslose Henker zieht es vor, ihn nicht zu hören. Er beugt sich vor, alle Hoffnung zerstoben, um den kalten verbolzten Fuß der Guillotine zu umklammern, und als er das tut, bemerkt er den Kaugummi, der darunter klebt, das daruntergeworfene Bonbonpapier, das Aroma von frischem Pipi in Plüschpolstern. Endlich Gesellschaft! bemerkt er trocken zu sich, als das Beil fällt und er sich endlich (so etwas wie Rettung in letzter Minute) jenem großen Strom der laufenden Bilder überläßt, der den Zustand der Sterblichkeit charakterisiert, und sich aus irgendeinem Grund an einen Film erinnert, den er einmal sah (*Die Rache des Soundso* oder *Die Rückkehr des, Der Fluch des . . .*), in dem –

Nach Lazarus

Titel und Vorspann werden gegen einen durchgehend weißen Hintergrund ein- und ausgeblendet, der später als heller, aber bewölkter Himmel zu erkennen ist. Stille, dann in der Ferne, allmählich lauter werdend, eine dumpfe Stimme: «*Ich bin auferstanden! Ich bin auferstanden!*» Als die Rufe lauter werden, treffen sie auf ihr Echo, bis beide völlig ineinander aufgehen und sich zu einer Art dumpfer Schwingung entfalten, die mit dem letzten Titel ausgeblendet wird.

Langsamer gleichmäßiger Schwenk hinunter zu einem Dorf in einer ausgedehnten Ebene unter dem bewölkten Himmel. Die Kamera bewegt sich über eine Lehmstraße ins Dorf, die allmählich zur Hauptstraße wird und zur Kathedrale führt, dem dominierenden Kennzeichen des Dorfes. Die Häuser entlang der Straße sind klein, bescheiden, dicht aneinandergedrängt, die Außenwände aus Lehm, manche von ihnen weiß gekalkt. Das Licht ist durchdringend, aber nicht gleißend; praktisch keine Schatten. Um die Türen einiger Häuser ist ein dunkler Rahmen gemalt, und leere Blumentöpfe stehen auf Fensterbänken oder liegen darunter. Keine Bäume, kein Gras, keine Blumen; keine Tiere; alles ist leer und still. Die Türen sind geschlossen, die Fenster mit Läden versperrt. Lange feste ruhige Einstellungen. Immer wieder kommt die Kathedrale ins Bild, während die Kamera langsam herumschwenkt, aber nie rückt sie in den Vordergrund, nie in den Mittelpunkt, bleibt bloß Hintergrund.

Immer noch Stille, während die Kamera tiefer in das Dorf vordringt und gelegentlich innehält, wenn sie einen Schwenk über kleine Straßen oder Gassen macht. Diese sind schmaler als die Hauptstraße, ausgefahren, gewunden. Ein- oder zweimal zögert die Kamera bei einer Seitenstraße, zoomt leicht hinein, hält inne, fährt zurück, schwenkt weg, macht weiter. Schließlich, bei einer Seitenstraße, die sich in nichts von den anderen unterscheidet, zoomt sie leicht hinein, zögert und tastet sich dann langsam vor, verläßt die Hauptstraße.

Über der Seitenstraße liegt das gleiche durchdringende schattenlose Licht, die gleiche Stille und Leere. Die Häuser sind, wenn das überhaupt möglich ist, noch ärmlicher und dichter aneinandergedrängt. Die Bewegung der Kamera, wenn auch immer noch ohne Eile, wird unruhiger, als sie über die ausgefahrene Straße fährt. Sie biegt jetzt häufig in noch kleinere Seitenstraßen ab, eine in schlimmerem Zustand als die vorangegangene, und folglich wird die Kamerabewegung immer unbeständiger. Von Zeit zu Zeit hält die Kamera kurz inne, um sich auf das eine oder andere kleine Detail zu konzentrieren: eine verriegelte Tür, ein verschlossenes Fenster, eine einsame trockene Pflanze, ein kleiner niedriger Zaun, ein Felsbrocken, die Struktur einer Lehmwand.

Die Straßen verengen sich, ihr Zustand wird schlimmer und desgleichen die holpernde Bewegung der Kamera, bis sie beinahe nichts mehr scharf halten kann. Stop. Belanglose Ansicht eines Dachausschnitts. Kurze ruckende Bewegung. Stop. Belanglose Ansicht der Straße, einer Hausecke. Ruckende Bewegung. Stop. Ansicht eines Hauses, das genauso aussieht wie die anderen, und des schmalen Zwischenraums zwischen ihm und dem Nachbarhaus. In diesem Raum, zwischen den Häusern, aber in vollem Licht (immer noch keine Schatten), ist eine Kordel gespannt, und daran hängt ein kleiner Fetzen zerrissenen weißen Stoffs. Schwenk zum Haus und langsames Heranzoomen: Lehmwand, mit Läden versperrte Fenster, verschlossene Tür. Der langsame Zoom geht weiter, über die Tür und auf den Griff zu.

Ein jähes kurzes flatterndes Geräusch, wie von Fledermausflügeln, aber laut, durchbricht die Stille. Die Kamera schwenkt zurück zu dem weißen Fetzen an der Leine: er hängt schlaff und leblos wie zuvor. Die Kamera beginnt, nach einem Zögern, langsam zur Tür zurückzuschwenken. Das Tuch, immer noch in Sicht, bewegt sich leicht (kein Ton): die Kamera hält, schwenkt zurück zum Tuch, wartet.

Jähes lautes Klicken, erschreckend verstärkt. Die Kamera schwenkt brüsk an dem Vorderfenster mit geöffnetem Laden vorbei zur Tür, die noch verschlossen ist, zoomt auf die Klinke, hält inne. Die Klinke bewegt sich nicht, doch nach kurzem Warten beginnt die Kamera zögernd zurück zum Fenster zu schwenken, dessen Läden jetzt offenstehen. Dahinter, in der Dunkelheit, starrt ein bleiches verhärmtes Gesicht heraus, wie im Zorn. Oder abschätzend. Dann zieht das Gesicht sich in den Schatten zurück und hinterläßt nur die Dunkelheit. Die Kamera zögert und zoomt dann sehr langsam auf das Fenster.

Wieder das laute Flattern von Stoff oder Flügeln: rascher Schwenk zur Wäscheleine. Schärfeneinstellung. Das zerrissene weiße Stück Stoff hängt bewegungslos, aber sein unteres Ende hat sich nun um die Leine gewickelt, so daß es in einer zerfetzten Schleife hängt.

Die Kamera schwenkt ruhig und fest über das mit Läden versperrte Fenster zur Tür, aus der nun eine alte Frau tritt. Sie ist beinahe ganz vornübergebeugt, in Schwarz gemummt, mit dicken Röcken bis zum Knöchel. Ihre Schuhe, von denen wir nur ab und zu die Spitzen sehen, sind blank poliert. Ein schwerer schwarzer Schal, um den Kopf geschlungen, verbirgt ihr

Gesicht den Blicken. Sie zieht die Tür mit einem leisen Klicken zu, dem gleichen Klicken, das zuvor schon, wenn auch nicht so verstärkt, zu hören war, und geht mit dem Rücken zur Kamera die alte ausgefahrene Straße hinunter. Die Kamera zögert und folgt dann in diskreter Entfernung.

Die alte Frau humpelt durch eine ausgefahrene Seitenstraße nach der anderen; die Bewegungen der Kamera sind unberechenbar, sie hat ziemliche Schwierigkeiten, die Frau im Blickwinkel des Objektivs zu behalten. Stille, bis auf das Geräusch ihrer Füße, die durch den Straßenstaub schlurfen. Wenn sie um Ecken biegt, wie sie es immer wieder tut, verliert die Kamera sie einen Augenblick aus dem Blick, aber wenn die dann dieselbe Kurve nimmt, macht sie die Frau ein paar Schritte vor sich wieder ausfindig. Beinahe unmerklich werden die verlassenen Straßen breiter, wird der Weg besser, die Bewegung gleichmäßiger.

Plötzlich, nachdem sie eine letzte Kurve genommen hat: die Stufen der Kathedrale, die hoch über der Kamera aufragt – rascher Zoom zurück über den offenen Platz vor der Kathedrale und die Hauptstraße hinunter, bis das Bild die gesamte Kathedrale umfaßt. Die alte Frau hat die nun fernen Stufen halb erklommen, überwindet eine nach der anderen, vornübergebeugt, die Röcke gerafft, ein langsamer und beschwerlicher Aufstieg. Endlich kommt sie oben an, das Portal der Kathedrale tut sich auf, um sie zu empfangen, und sie schreitet hindurch und wird von der Dunkelheit drinnen verschluckt.

In der Ferne, ganz schwach: dumpf trommelnde Paukenklänge, gemessen, schwermütig, wie das amphorische Schlagen eines verstockten, aber entschlossenen Herzens. Sehr langsamer Zoom in Richtung Kathedrale, wobei die Musik ein bißchen lauter wird.

Plötzliche Nahaufnahme des offenen Frontportals der Kathedrale, in dem ein Priester steht; im gleichen Augenblick bricht die Beerdigungsmusik donnernd los. Das Gesicht des Priesters, der auf das Dorf hinausstarrt, ist das, das vorher im Fenster der Hütte der alten Frau zu sehen war: hohe Stirn, bleich, eingefallen, mit dünnen, verkniffenen Lippen und großen Augen, die wie im Zorn daraus hervorsehen oder abschätzend oder sogar: entsetzt.

Zum verhaltenen Takt des Requiems steigt der Priester, immer noch vor sich hin starrend, die Stufen der Kathedrale herab. Die Kamera bleibt auf den Priester gerichtet, aber hinter ihm werden weitere schwarzgekleidete Menschen sichtbar, die sich zum gleichen schwermütigen Rhythmus voranbewegen und etwas tragen, was schließlich als Sarg zu erkennen ist. Als er unten ankommt, geht der Priester über den offenen Platz und die Hauptstraße herunter, auf die Kamera zu.

Die Kamera konzentriert sich jetzt nicht mehr auf den Priester, sondern schaut über seine Schultern, um die drei Männer zu fixieren, die Seite an Seite hinter ihm gehen. Wie der Priester sind sie hager und würdevoll, in schwarze Roben gekleidet, ja sogar ihre Gesichter sind identisch mit dem des Priesters. Sie starren vor sich hin und schreiten langsam im Takt der Beerdigungsmusik aus.

Hinter diesen drei Männern kommt der Sarg: riesig, schwarz, reich geschnitzt, elegant, poliert und glänzend in dem durchdringenden weißen Licht des bewölkten Tages, auf den Schultern von zwölf Männern getragen, sechs auf jeder Seite. Wie die drei Helfer sind sie Doppelgänger des Priesters: die gleiche bleiche Stirn und hohe Wangenknochen, große starrende Augen usw. Sie tragen schwarze Anzüge, frische weiße Blumen im Revers. Unter ihrer Last bewegen sie sich übertrieben schaukelnd im Rhythmus des Requiems voran. Einer der Sargträger schreckt kurz zusammen, oder es entschlüpft ihm vielleicht ein Lächeln, und er unterdrückt es schnell.

Hinter dem Sarg kommen die Trauernden, sämtlich Frauen, alle vornübergebeugt und in schwarze Tücher und dicke schwarze Röcke gehüllt. Zwischen ihren schlurfenden Füßen steigt Staub auf und schwebt umher, aber das Glitzern ihrer blankpolierten Schuhspitzen ist noch dadurch zu sehen. Eine der Frauen schaut kurz in die Kamera: wieder das gleiche Gesicht. Viele Frauen folgen dem Sarg, ihre gekrümmten Rücken wie ein dunkles Meer, wie schwarze Schafe in einem Pferch. Eine Frau wirkt erregter in ihrem Schmerz als die anderen, ihre Schultern beben; sie schaut auf: sie lacht tonlos in sich hinein oder muß vielleicht niesen. Oder weinen. Sie senkt den Kopf wieder.

Die Kamera zoomt langsam weg von den Frauen und schwenkt nach oben zum Sarg, der jetzt, hin- und herschaukelnd, direkt über ihr ist. Wenn er zur Seite schwingt, spielen Licht und Schatten über die Details der Schnitzerei an der Seite, aber wenn er zurück über die Kamera schaukelt, ist er nur eine massive schwarze Masse gegen den durchgehend weißen Himmel.

Die Kamera fährt langsam hoch, bis sie auf gleicher Höhe mit dem schaukelnden Sarg ist: er schwingt von der Kamera weg und schaukelt dann auf sie zu. Die Sargträger darunter starren ausdruckslos vor sich hin. Der Sarg ist offen.

Die Kamera fährt noch höher, bis sie direkt über dem Sarg und auf die voranschreitende Prozession unten gerichtet ist. Der Tote sieht, nicht überraschend, genauso aus wie die anderen, obwohl seine Augen in der Totenstarre ein wenig deutlicher hervortreten, verschleiert und blicklos wirken, und seine Lippen, trocken und rissig, in einem bestürzenden Todesgrinsen über die Zähne zurückgezogen sind. Er ist auf weichen Samtkissen aufgebahrt, in ein steifes schwarzes Gewand ähnlich dem der Sargträger gekleidet, trägt eine verwelkte weiße Blume im Revers. Seine dünnen weißen Hände mit langen Fingernägeln sind über der Brust gekreuzt.

Schnitt zur gleichen Kameraposition wie in der ersten Szene nach dem Vorspann, Dorf in mittlerer Entfernung usw. Die Prozession, vom Priester und seinen drei Helfern angeführt, kommt über die Hauptstraße aus dem Dorf. Die Musik, beim Schnitt abrupt leiser geworden, wird nun langsam wieder lauter, als die Prozession sich nähert. Die Straße ist von Trauergästen gesäumt, alle in Schwarz gekleidet, die Frauen mit schwarzen Tüchern, die Männer mit schwarzen Anzügen; alle halten die Köpfe gesenkt. Es gibt Hunderte von diesen Trauergästen, in mehreren Reihen stehen sie entlang der Straße, von der Kamera bis hinten zur Kathedrale. Wenn einer von ihnen zufällig aufschaut, entpuppt sich sein oder ihr Gesicht als identisch mit dem des Priesters, der Sargträger, des Toten usw. Einer von ihnen scheint sich auf die Lippen zu beißen, ein anderer rollt die Augen, die Schultern eines weiteren beben ein wenig usw., drei oder vier solcher Ausnahmen gibt es in der Menschenmenge.

Die Prozession zieht auf Höhe der Kamera und daran vorbei, die Musik schwillt zu voller Lautstärke an und ebbt dann langsam ab. Die Kamera auf der Straße dreht sich, um – in extremer Nahaufnahme – zu folgen, und hält dann inne, um die alten Frauen vorbeigehen zu lassen. Weißer Staub, von ihren polierten Schuhen aufgescharrt, wirbelt wie Nebel um ihre Röcke.

Als die letzte der alten Frauen vorbeigeht, folgt die Kamera ihnen, beobachtet nun von hinten, wie die Prozession mit dem schaukelnden Sarg langsam auf eine Gruppe Zypressen in mittlerer Entfernung zugeht. Abgesehen von diesen Zypressen sind die Felder kahl. Die Kamera folgt der Prozession in diskretem Abstand, erst gleichmäßig ruhig und dann langsam die Hin- und Herbewegung des Sargs nachahmend.

Der Friedhof mit den Zypressen ist von einer uralten Steinmauer umschlossen. Die Prozession und dann die Kamera treten durch ein Tor unter die traurigen Bäume. Die Mauern und Zypressen scheinen sich der Mitte des Bildes zuzuneigen, als die Kamera unter ihnen durchgeht, und verschwinden dann schlagartig an den Rändern. Der Friedhof ist übersät mit zerbrochenen Grabsteinen, vertrockneten Kränzen, kleinen Silberrahmen mit Fotografien der Toten (wieder und stets das gleiche Gesicht). Unkraut, Blumen und Gras wachsen wild durcheinander. Die Prozession bleibt am Loch eines offenen Grabes stehen; es ist frisch ausgehoben, eine Schaufel in den Hügel aufgeworfener Erde gerammt. Die Musik bricht jäh ab.

Schnitt zu einer Nahaufnahme vom Gesicht des Priesters, der in das offene Grab hinunterstarrt, während hinter ihm die Trauernden einer nach dem anderen schweigend den Friedhof betreten und ihn vollständig ausfüllen. Ein leises raschelndes Geräusch, wie vom Wind. Die Kamera zoomt langsam zurück, um mehr vom Friedhof zu zeigen: Tausende von Trauernden drängen sich hier. Sie machen kleine verstohlene Handbewegungen vor dem Gesicht und falten die Hände dann vor der Brust. Das Geräusch des Windes geht über in Stille.

Nun klettern die Sargträger mit ihrer Last auf den Hügel aus frisch ausgehobener Erde, die Kamera schwenkt aufwärts, um ihnen zu folgen: sie verharren dort oben, dunkel gegen den weißen Himmel, gerahmt von den Spitzen der Zypressen. Ein leises, unartikuliertes Murmeln macht sich bemerkbar, erst beinahe unhörbar, dann allmählich lauter werdend. Die Lippen des Priesters und seiner Helfer scheinen sich leicht zu bewegen, dann schließen sie sich fest, aber das Murmeln hält an, wird lauter. Der Priester richtet seinen Blick auf die Sargträger und nickt unmerklich: das Murmeln bricht auf der Stelle ab.

Vorsichtig lassen die Sargträger den Sarg hinab, die Kamera macht einen Schwenk, folgt seinem Weg nach unten. Als der Sarg ins offene Grab kommt, gleitet die Kamera darüber hinweg und zoomt gerade nahe genug heran, um zu beobachten, wie er hinuntergelassen wird, behält nun die vierundzwanzig weißen Hände der Sargträger mit dem Sarg im Bild. Das Loch selbst ist vollkommen schwarz, erscheint bodenlos; die Schatten in und um den Sarg werden allmählich tiefer.

Plötzlich lösen sich die Hände des Leichnams zitternd von der Brust und greifen klagend nach den Sargträgern, der Kamera. Die vierundzwanzig Hände lassen den Sarg gleichzeitig los, wie in einem choreographierten Schock, und der Menge der Trauernden entringt sich ein kurzer, lauter Seufzer, beinahe ein Schrei. Der Sarg fällt, verschwindet sofort in der Finsternis, macht aber beim Fallen kein Geräusch. Ehe der Ton des kurzen Seufzers wieder verstummt ist, zieht die Kamera sich von ihrer Vogelschau über das Grab zurück und nimmt in ungefähr drei Metern Entfernung eine ebenerdige Position ein.

In der folgenden anhaltenden Stille bleibt die Kamera am Boden und zoomt langsam in Richtung Grabrand. Ein leises Kratzgeräusch wie von Mäusen in einer Mauerwand. Es bricht ab, beginnt wieder, bricht ab, geht weiter. Dann, endlich, taucht eine blasse zitternde Hand mit langen Fingernägeln aus dem Grab auf und hält sich am Rand fest. Einen Augenblick später erscheint die andere. Sie tastet nach einem Halt, entdeckt schließlich die Schaufel, schließt sich darum. Das Kratzgeräusch ist jetzt vielfach verstärkt. Der Kopf des Leichnams erscheint über dem Grabrand. Die Augen quellen hervor, die Lippen lächeln starr. Der Kopf dreht sich langsam wie um einen Zapfen, ruckhaft wie der einer Holzmarionette, bis er in die Kamera starrt. Langsamer Rückwärtszoom. Mit einer letzten Anstrengung zerrt der Leichnam sich aus dem Grab, kommt taumelnd auf die Füße, steht dünn und mit dem Kopf wackelnd da.

Plötzlich schießt ein Mann, ein Sargträger vielleicht, vor, rempelt dabei die Kamera an, stürzt sich auf den Leichnam und fällt mit ihm auf die frisch ausgegrabene Erde. Er rappelt sich auf (vorübergehend ist alles in Bewegung), stemmt den Toten, dessen Glieder krampfhaft zucken, über den Kopf und schleudert ihn zurück ins Grab. Ein gemeinschaftlicher Klagelaut aus tiefer Kehle, beinahe ein Schrei, dann Stille.

Nahaufnahme vom Gesicht des Sargträgers: seine schmalen Lippen sind vor Anstrengung zurückgezogen, seine Augen treten vor Erregung oder Schrecken ein wenig hervor, als er ins Grab hinunterstarrt. Dann hebt er langsam den Blick und schaut sich um: er ist allein, der Friedhof ist leer.

Der Sargträger stolpert zum Friedhofstor und starrt die staubige Straße hinunter, die zum Dorf führt. Auch sie ist verlassen. Das Dorf liegt fern in der baumlosen Ebene, die Kathedrale erhebt sich darüber. Der Sargträger fängt an, mit gestreckten Gliedmaßen und weit offenem Mund die Straße hinunterzurennen, die Kamera folgt in diskretem Abstand. Er kommt am Rand des Dorfes an, bleibt stehen, hält Ausschau, als sei er durcheinander. Wie zu Beginn liegt das Dorf leer und still unter dem bewölkten Himmel. Er taumelt auf eine Seitenstraße zu, späht hinein, eilt zu einer anderen. Er scheint zu schreien, aber kein Ton ist zu hören. Er verschwindet in eine der Seitenstraßen, die Kamera hält inne, um die Hauptstraße und die Kathedrale dahinter aufzunehmen. Und nun, zuerst leise, dann immer deutlicher die dumpfe Stimme von zuvor, die bereits auf ihr Echo trifft: *«Ich bin auferstanden! Ich bin auferstanden!»* Die Rufe gehen ineinander auf, bis die Worte ununterscheidbar sind, und werden ausgeblendet.

Schnitt zu dem zerrissenen weißen Stoffetzen, der bewegungslos von der Wäscheleine hängt. Langsamer Schwenk über die Lehmwände und mit Läden versperrten Fenster zur Tür. Stille.

Langsamer Schwenk zu dem Sargträger, der ungefähr zwei Meter vor der Tür steht, unregelmäßig atmet, die blassen Fäuste schließt und wieder öffnet. Er macht einen Satz nach vorn, trommelt mit den Fäusten gegen die Tür. Das Trommeln ist nicht zu hören, statt dessen aber ganz schwach das Geräusch eines Herzschlags. Der Sargträger klopft an die Läden, schlägt wieder an die Tür. Er probiert die Klinke: die Tür öffnet sich. Das Geräusch des Herzschlags wird wahrnehmbar. Er stürzt hinein, die Kamera folgt.

Das Zimmer ist schlicht, weiße Wände, ein Lehmboden, leer bis auf einen Stuhl in der Mitte; auf dem Stuhl: ein schwarzes Kleid und ein Tuch. Der Herzschlag ist nun deutlich hörbar. Der Sargträger schnappt sich das Kleid, starrt es einen Augenblick an und zieht es dann über seinen schwarzen Anzug. Seine Bewegungen sind ungeschickt, übereifrig, sein Gesicht verrät Spannung und Furcht, aber auch so etwas wie Vergnügen und wilde Entschlossenheit. Sowie er das Kleid anhat, wirft er sich das Tuch über den Kopf, beugt sich vornüber und blinzelt hoch: der Sargträger steht vor ihr. Der Sargträger lächelt ein wenig, nickt eindringlich und läuft aus dem Haus.

Auf der Straße zögert der Sargträger, rennt dann durch die Tür des Nachbarhauses, die Kamera hinter ihm her. Wieder ein schlichtes Zimmer und Kleider auf einem Stuhl. Und wieder zieht er das Kleid und das Tuch über, beugt sich vornüber, blinzelt hoch: der Sargträger, nun beinahe gierig oder geil grinsend, reibt sich die mageren weißen Hände. Der Herzschlag dauert während dieser Szenen an.

Der Sargträger platzt in ein leeres Zimmer: noch nicht einmal ein Stuhl mit Kleidern. Doch an einem Fenster, auf dem Lehmboden, findet er eine frische weiße Blume. Verhalten lächelnd hebt er sie auf, entfernt die verwelkte Blume aus seinem Revers und steckt die neue hinein. Er dreht sich um und reicht, nun zuversichtlich lächelnd, die verwelkte Blume: dem Sargträger neben ihm.

Der Sargträger zieht sich das Tuch über den Kopf, beugt sich vornüber, mustert sich prüfend in einem Spiegel. Im Spiegel erblickt sie hinter sich den Sargträger, der sie über ihren gekrümmten Rücken hinweg anlächelt.

Der Sargträger sitzt an einem leeren Tisch und befestigt die frische Blume in seinem Revers. Er dreht sich um und reicht die verwelkte Blume dem Sargträger, der neben ihm sitzt, der sie dem Sargträger neben sich reicht, der sie wiederum dem Sargträger neben sich reicht. Die vier drehen sich um und lächeln den Sargträger an, der hinter dem Tisch steht. Er erwidert ihr Lächeln mit einer leichten Verbeugung, sein Gesicht nun feucht vor Schweiß, und nimmt die verwelkte Blume entgegen.

Ein Tuch. Er legt es sich um, beugt sich vornüber, blinzelt zu dem Sargträger hoch, der ihr unter den Rock faßt und ein weiteres Kleid und Tuch hervorzieht. Er legt sie an, beugt sich neben der anderen alten Frau vornüber, blinzelt zum Sargträger hoch, der ihr unter den Rock faßt und ein weiteres Kleid und Tuch hervorzieht. Er legt sie an, beugt sich neben den beiden anderen alten Frauen vornüber, blinzelt zu dem Sargträger hoch, der ihr unter den Rock faßt usw. Die Herzschläge dauern an.

Schnitt zur Straße. Der Sargträger stürzt fieberhaft in Häuser und wieder heraus. Gelegentlich öffnen sich Fenster und Türen hinter ihm, und alte Frauen blinzeln heraus, sämtlich vornübergebeugt und mit schwarzen Tüchern angetan.

Der Sargträger rückt vor dem Spiegel seine Krawatte zurecht und dreht sich lächelnd um, um vom Sargträger die frische weiße Blume entgegenzunehmen, drei alte Frauen schauen zu.

Ein Tuch umlegend, hebt der Sargträger ein leeres Weinglas, um dem Sargträger auf der anderen Seite des Tisches zuzutrinken, der ebenfalls ein leeres Glas hält. Der Sargträger, der neben ihnen steht, gießt ihre Gläser voll, verbeugt sich und eilt davon, die verwelkte Blume in seinem Revers feststeckend.

Der Sargträger überreicht der Kamera mit schiefem Lächeln eine frische weiße Blume. Die Kamera bewegt sich auf einen Spiegel an der Wand zu: dort ist der Sargträger widergespiegelt, der die Blume in seinem Revers feststeckt.

Die Straße ist voller Frauen in Tüchern, die zusehen, wie der Sargträger in ein Haus nach dem anderen eindringt. Er läßt die verwelkte Blume fallen, rennt aufgebracht zurück, um sie aufzuheben, stolpert über die eigenen Füße und fällt, rappelt sich auf und stürzt in ein weiteres Haus. Die Herzschläge werden ein wenig lauter.

Der Sargträger zieht das schwarze Kleid an, bedeckt den Kopf mit dem Tuch, blinzelt zu dem Sargträger hoch, bedeutet ihm durch Kopfnicken, ihr zu folgen. Sie führt ihn zu einer Strohmatte in einer Ecke des Zimmers. Sie läßt sich darauf nieder, schaut kokett zum Sargträger hoch, faßt dann unter ihren Rock und zieht einen Tontopf mit frischen weißen Blumen hervor. Der Sargträger nimmt lächelnd eine Blume, besteigt die Frau und reicht den Blumentopf dem Sargträger, der eine nimmt und den Topf dem Sargträger weitergibt, der usw.

Das Zimmer ist leer. Der Sargträger öffnet seinen Hosenschlitz, faßt hinein, zieht ein Tuch und ein Kleid hervor. Schnell zieht er sie an, greift unter den Rock und zieht eine frische weiße Blume hervor. Die Herzschläge werden lauter.

Schnell aufeinanderfolgende Einstellungen von Tüchern, Blumen, Revers, Spiegeln, Lächeln, lauter werdende Herzschläge.

Der Sargträger rast Seitenstraßen hinunter, rennt in Häuser und wieder heraus, füllt sie aus. Kleine alte Frauen mit schwarzen Tüchern folgen ihm und hinterlassen auf ihrem Weg kleine weiße Blumenteppiche.

Die alte Frau auf der Strohmatte gibt die frische weiße Blume dem Sargträger, der sich auf sie legt und seine verwelkte dem Sargträger hochreicht. Die alte Frau macht sich an der Hose des Sargträgers mit der verwelkten Blume zu schaffen – lautlos lachend legt er sich ein schwarzes Tuch um, während er sich auf das Gesicht der alten Frau fallen läßt. Noch im Fallen wirft sie dem Sargträger, der auf die beiden niederfällt, eine frische Blume zu. Ein Gewirr von weißen Blumen und Gesichtern, schwarzen Kleidern, lauter werdende Herzschläge.

Schnitt zur Straße, die Herzschläge werden jäh lauter. Der Sargträger ist stehengeblieben. Er lauscht angespannt, sein Lächeln ist wie weggewischt. Die Frauen unter den Tüchern sehen zu und lauschen. Eine Ader pulsiert an seiner Schläfe. Erst leise, im Takt mit dem Herzschlag, den sie schließlich ersetzt: die Beerdigungsmusik.

Verblüfft taumelt der Sargträger einen Schritt zurück und läuft dann auf die Klänge zu, überspringt die Furchen und Löcher in der Straße, stolpert, rappelt sich auf, Hals über Kopf weiter, die Kamera folgt holpernd.

Die Musik, noch gedämpft, schwillt langsam an, während der Sargträger blindlings durch Straßen stürmt, die mit seinen Ebenbildern bevölkert sind. Wenn er um Ecken biegt, verliert die Kamera ihn kurz, springt dann hastig vor, fängt ihn wieder ein. Als er wieder einmal um eine Ecke biegt, steht er plötzlich unerwartet vor der Treppe zur Kathedrale. Er zögert und springt dann die Stufen hinauf, immer zwei oder drei auf einmal nehmend.

Innen ist die Kirche dunkel und leer. Der Sargträger läuft auf den Altar zu, das Geräusch dumpf hallender Schritte übertönt vorübergehend die noch gedämpfte Musik. Am Altar findet er die reichen Roben des Priesters, ein Knäuel von Kleidungsstücken. Er zieht einige an, legt welche ab, zieht weitere an, schließlich bringt er sie in die richtige Reihenfolge, setzt sich die hohe Mitra auf den Kopf und weist, hochmütig dem ängstlichen Sargträger entgegentretend, mit einem langen weißen Finger auf die Gewänder eines seiner Helfer. Der Sargträger reißt die Gewänder an sich und zerrt sie über, starrt eisig den zitternden Sargträger an und befiehlt ihm, die Gewänder des nächsten Helfers anzulegen. Der tut es und zeigt auf die Gewänder des dritten Helfers. Während der Sargträger sich noch wahnsinnig abmüht, das letzte Gewand über den Kopf zu ziehen, donnert das Requiem plötzlich los. Der dritte Helfer, nun vollständig angekleidet, schließt sich den beiden anderen hinter dem Priester an, und sie treten ihren langsamen feierlichen Marsch aus der Kathedrale an. Die Musik, die scheppernd von den hohen Wänden der leeren Kathedrale zurückgeworfen wird, ist vom Widerhall und verzerrt.

Das Tageslicht blendet durch das offene Portal der Kathedrale am gegenüberliegenden Ende und läßt alles diesseits davon nur als Silhouette erkennbar werden, während der Priester und die drei Helfer, die zwei Reihen Sargträger mit dem Sarg und die trauernden alten Frauen langsam hinaus und die breite Kathedralentreppe hinuntergehen. Jede Gestalt wird unter dem Portal kurz angestrahlt, ehe sie die Treppe hinunter verschwindet.

Langsame Rückfahrt zum Sargträger, der in sich zusammengesunken vor dem Altar liegt, eine verwelkte weiße Blume im Revers. Er sieht die letzte der alten Frauen durch das offene Portal verschwinden. Die Musik wird plötzlich schwächer, klingt weit entfernt, als die letzte Alte hinausgeht. Der Sargträger kommt qualvoll auf die Füße und taumelt vorwärts, völlig erledigt, die Füße schleifen über den Steinboden.

Vom Portal schaut der Sargträger auf die Prozession hinab, die langsam zwischen den Reihen der Trauergäste ihren Weg über die Hauptstraße des Dorfes nimmt. So weit das Kameraauge reicht: diese zweifache Reihe von Trauergästen, die Köpfe gesenkt, mehrere Personen tief auf jeder Seite, die allmählich zu einer Reihe verschwimmt und auf den fernen Zypressenhain zuführt.

Müde stolpert der Sargträger die Stufen hinunter in Richtung der Prozession, die Kamera folgt. Die Musik wird langsam lauter, als er sich an den Frauen vorbei und an die eine Seite des Sargs schiebt. Er zählt die Sargträger dort: sechs. Er arbeitet sich durch die dichte Menge hinterherhinkender alter Frauen und erreicht schließlich die andere Seite, zählt erneut die Sargträger: ebenfalls sechs. Er bleibt stehen, runzelt die Stirn und starrt verwirrt und ungläubig auf die Prozession, die an ihm vorbeidrängt. Dann scheint es ihm zu dämmern. Er zwängt sich noch einmal durch und klettert mühselig auf die Schultern des nächsten Sargträgers: ja, der Sarg ist leer. Er schaut sich um, auf das Dorf, die Kathedrale, die alten Frauen, schaut auf die Köpfe der Sargträger hinunter, über seine Schulter auf den Friedhof, die mit Trauergästen gesäumte Straße. Der Sarg schaukelt von Seite zu Seite. Niemand scheint ihn zu bemerken. Er rutscht über den Rand in den Sarg hinunter, stochert genüßlich in dem plüschigen Innenbelag, fährt mit den Fingern über die reichen Schnitzereien an den Seiten. Scheu macht er es sich in den Kissen bequem, faltet die Hände über der Brust. Sein sanftes Lächeln wird zu einem breiten Grinsen mit trockenen Lippen, die Augen quellen hervor und verschleiern sich. Die Blume im Revers ist schon lange verwelkt. Der Sarg schaukelt dabei unter dem Auge der Kamera die ganze Zeit von einer Seite zur anderen. Die Musik tönt voll und klar, mit höchster Lautstärke.

Schnitt zu dem offenen Grab auf dem Friedhof, Blick aus Bodenhöhe über Klumpen frisch ausgehobener Erde zum Tor und der Straße, der Beerdigungsprozession, die sich, angeführt vom Priester und seinen drei Helfern, nähert. Die schwermütige Musik, die beim Umschnitt plötzlich leiser wurde, schwillt langsam wieder an, während die Prozession durch das Tor und ans offene Grab kommt. Als sie stehenbleibt, bricht die Musik jäh ab. Ein Wind scheint aufzukommen und sich dann wieder zu legen. Die Sargträger mit dem Sarg gehen, auf sie hinunterschauend, direkt über die Kamera hinweg. Der Priester blickt kurz in die Kamera und dreht sich dann zu den Sargträgern um. Ein leises murmelndes Geräusch wird schnell lauter. Der Priester nickt, die Sargträger senken den Sarg über der Kamera. Plötzlich Schwärze, das Murmeln verstummt jäh. Stille. Dann, in der Dunkelheit, ein leises Kratzgeräusch in der Nähe, wie von Mäusen in einer Mauerwand. Stille. Erneut das Kratzen, lauter. Stille. Erneut das Kratzen, wieder leise. Stille.

Schießerei in Gentry's Junction

Der Mex würde um 12 Uhr 10 in Gentry's Junction eintreffen. Oder war schon eingetroffen. Man konnte nicht sicher sein. So war es mit dem verdammten Mex: man konnte nie sicher sein. Er war nicht nur dreckig und gemein, sondern obendrein noch eine falsche Schlange.

Sheriff Henry Harmon grunzte gereizt und stellte bedächtig seine langen spitzen Stiefel auf den Boden. Er klopfte seine Pfeife mit dem großen Kopf gegen einen gesporten Absatz aus und stellte sie dann zu den anderen in das Gestell auf dem Schreibtisch. Es waren zwei leere Vertiefungen da, und erst fiel ihm nicht ein, in welche die Pfeife gehörte. Und auch nicht, was mit der anderen passiert war. Gottverdammt, er war wahrscheinlich schon da. Das sähe dieser unzivilisierten Ratte ähnlich. Der Sheriff seufzte verärgert. Er stopfte ein paar herumliegende Papiere in Schubladen, klappte den Deckel seines Tabakkastens zu, schob Belles Bild wieder an das Pfeifengestell, rollte den Schreibtischdeckel herunter und verschloß ihn. Gott verdamm ihn! Laut und zornig klatschte er sich auf den Schenkel. Mann, wie er diesen braunen Bastard haßte.

Brummig stand er da, zog die Hose hoch, wischte sich mit dem breiten Handrücken über den ausgedörrten Mund. Er war ein kräftiger Mann mit Schultern wie ein Stier, ein großer Mann, der sich unter Türen bücken mußte und aus strengen blauen Augen über hageren Wangenknochen auf die Leute von Gentry's Junction hinunterschaute. Henry Harmon. Hank. Ein energischer, ehrlicher Mann mit klarer Sprache und mächtigen

Händen, schnellen Händen, sicheren, festen Händen. Hier im Büro schien ihm die Sonne nicht in die Augen, aber trotzdem kniff er sie zusammen, als er auf die alte Gitterdrahttür und die Hauptstraße von Gentry's Junction starrte. Irgendwo da draußen. Wenn er schon da war. Hank wußte, was er zu tun hatte. Ein Mann bestimmt selbst über sein Leben, okay, aber wenn es einmal bestimmt ist, dann ist es bestimmt.

(Der gesuchte nichtgewollte Mexikaner, er stett an der Theke. Er lacht und lacht, und er trinkt. Er ist klein bis zum Gehtnichtmehr, und dünn er ist auch nicht. Gedrungen. Gedrungen, das ist das Wort, und dunkel, mit braunen Augen wie Flüssigkeit. Nichts streng. Nichts errlich! Hihihi! Der Mexikaner lacht und lacht. Errlich! Er trägt seine 'ose und seine Gürtel von Gewehr tief, unter seine wunderbare Rund von 'üpfende Bauch, und wenn er lacht, er bleckt Zänne aus reinstem Gold. Viel Lustigkeit und viel Durcheinander in der alte Saloon. Der Mexikaner, er wird von ganzer Welt vererrt, und wenn er erzällt Geschichten mit seinen Zännen aus Gold und dicken Lippen, der Saloon, sie explodiert vor großem Lachen. Merr als alles, der Mexikaner, er erzählt von zwei Dinge. Von Calentitas und Putitas. Calentitas – wie sagt man? Kleine 'eiße, nicht? – und Putitas, das sind alle Frauen, die er kennt. Und der Mexikaner, Don Pedo der mexikanische Bandit, er kennt serr viele Frauen serr gut. Sí, Señores! Er kennt all die Frauen von Männern im Saloon und viele, viele merr. Die Männer im Saloon, sie wissen Bescheid über die Kenntnisse von Don Pedo, doch man kann se'en, daß sie in Glück lachen mit ihm. Vielleicht lachen die Männer im Saloon mit einer Bitterkeit, die nicht wird gezeigt –? Wer kann das wissen? Ganz gewiß es ist zweifel'aft, denn Don Pedo, ist er nicht der Meister der Enthüllungen? Ein Mann aber, der lacht nicht. Er sitzt alleine an eine Tisch, und er trinkt, und er lacht nicht in Glück, wenn der Mexikaner lacht, wenn sie alle lachen. Nun, es kann sein, die Orren sein nicht gut von diese unzufriedene Mann. Vielleicht er ist zu alt. Der Mexikaner, er geht hinter ihn und legt weiche braune Hände auf die traurige Schultern. Der alte Mann reagiert nicht, absolute nicht,

sondern er guckt in eine serr ferne Ferne. «Ah, Amigo mio, daß du sein so traurig!» ruft Pedo der Mexikaner mit einem breiten Lächeln. Es wird gesagt von einem anonimmen Anwesenden, daß die Frau von dem Mann, sie ist in der Nacht verschieden. «'e, Klappe 'alten!» grölt der Mexikaner. «Wem du das sagen? Pedo er sabe bien, nein?» Das Lachen wird lauter. «Don Pedo immer savvies!» ruft eine dünne Stimme. Es ist Señor Gentry, der reiche Banquero. Señor Gentry, er ist weiß wie eine gerupfte 'ünnchen und hat rote nasse Augen. Alle die Männer in der Bar, sie stimmen zu unter großem Lachen, denn es 'eißt, nicht warr, daß alle die Frauen sterben früher oder später unter dem Mexikaner. Es ist die, wie sagt man? Die Legende.)

Hank Harmon stampfte durch sein Sheriffbüro zum Hutständer. Er nahm Gürtel und Halfter herunter, schnallte sie um die Hüften. Leichte Handbewegung: Waffe war drin. Er drehte die silberne Trommel, spähte hinein. Drei Kammern voll, drei leer: drei tote Schurken. Lud drei neue Silberkugeln nach, ließ den Hahn zurückschnappen, steckte die Waffe zärtlich in ihre warme, süßlich riechende Tasche. Er nahm den Hut vom Ständer und ging, groß und auf schlanken Beinen, den Hut neben sich schwenkend, auf die alte wettergebleichte Holzveranda, stieß die Gitterdrahttür auf und machte sie mit seinem hochglanzpolierten Stiefel hinter sich zu.

Die kalten blauen Augen gegen die Mittagssonne zusammenkneifend, ließ Hank den Blick über sein Gentry's Junction schweifen. Die Hauptstraße lag verlassen da. Gestrichene Holzhäuser gleißten in der erbarmungslos sengenden Sonne, aber alle Fenster waren verschlossen und verhangen. Eine nüchterne, ungewohnte Stille. Ein Schleier aus heißem Staub überzog den schimmernden Horizont, der die Stadt umgab wie den Rand einer heißen Münze. Auf der anderen Straßenseite drückte sich eine neugierige Kindernase gegen ein Fenster. Sonst nichts. Verlassene Straße. Stille. Tja. Wahrscheinlich schon hier.

Wohin zuerst? Flems Laden sah leer aus. Tür halb geschlossen. Verdammt noch mal, Harmon sah es lieber, wenn was los war. Er sah gerne Männer bei der Arbeit oder mit ihrem Lohn verschwitzt in die Stadt reiten oder zwischen verschiedenen Aufgaben auf Flems Vorderveranda herumlümmeln. Er sah gerne Frauen auf der Straße, die einkauften oder mit einem Hut angaben und mit ihren kleinen Kindern spazierengingen. Er sah gerne Kinder spielen, Ballspiele veranstalten, einander mit Spielzeuggewehren jagen oder gemeinsam in der Kirche singen. Harmon wußte, daß er kein tiefreligiöser Mann war, aber er ging in die Kirche. Ohne das schien das Leben nicht vollständig zu sein. Er mochte das, er mochte Ordnung und Vollständigkeit. In der Kirche sang er die Lieder mit und warf Münzen in den Klingelbeutel. Er wußte, daß der tiefreligiöse Mann den Glauben als Mittelpunkt des Lebens ansah und alles andere von dort aus betrachtete. Diese Vorstellung hatte etwas Störendes für Hank, etwas Weibisches und Unheimliches. Sheriff Hank Harmon war, um es einmal klar zu sagen, ein Mann, der mit beiden Beinen auf der Erde stand.

Er sah zur Bank von Gentry hinüber. Abgesperrt. Tja, jetzt war sich Hank sicher, der Mex war hier. Die Kutsche mit dem Richter und dem Marshal mußte bald eintreffen. Aber würde sie es bis 12 Uhr 10 schaffen? Oder wann überhaupt? Er konnte nur hoffen. Ihre Ankunft würde den Ort etwas beleben. Jetzt nämlich waren die Leere und Stille bedrückend. Unnatürlich. Sie hielten sich versteckt. Die ganze gottverdammte Stadt. Haufen Säuglinge. Hank spuckte in den Straßenstaub. Sie alle wußten, was er tun mußte, aber sie ließen ihn allein damit. So war es immer.

Der Sheriff zuckte die Achseln, zog den großen Hut über die Brauen. Er schaute auf die Uhr. 11 Uhr 35. Jederzeit jetzt. Doch Hank konnte 12 Uhr 10 nicht aus dem Kopf bekommen. Aus irgendeinem gottverdammten Grund war es dort hineingeraten, und nun wurde er es nicht mehr los. Also, bei Gott, er würde den Mex um 12 Uhr 10 treffen, und wenn der Schweinehund schon seit hundert Jahren da war. Selbst wenn er erst in hundert Jahren käme. 12 Uhr 10. Harmon bestimmte selbst über sein Leben. Er stapfte von der Veranda herunter; seine Sporen klingelten hell in der lastenden Mittagsstille.

(Und wo ist der Mexikaner, der berüchtigte? Er ist im Büro des Sheriffs. Er krümelt trockene Kuhscheiße in den Tabakkasten. Auf dem Schreibtisch von Sheriff 'enry, da steht eine Foto von seine - cómo? Sí! Seine Calentita! Die guapísima calentita des Sheriffs, die sich nennt Belle. Der Mexikaner, mit eine dicke Bleistiftstummel, er zeichnet sein eigenes prächtiges Ich auf das Foto, Don Pedo der mexikanische Bandit, in eine Stellung, die nicht werden kann mißverstanden. Festliche Carcajadas dringen ein von draußen vor die Drahttür, wo zusammengekommen viele lachende Menschen aus Gentry's Junction. Der Mexikaner, jetzt er lerrt alle Fächer und Schubladen von dem Schreibtisch auf eine große Berg in der Mitte von Büro, und an diese Berg er 'ält ein Streichholz. Während die Papiere sich verbrennen, er schreibt mit vollendete Kunst schmutzige Worte auf alle Wände. Er wird nicht zulassen natürlich, daß die Papiere sich verbrennen ganz vollständig, o nein! Er läßt seine Wasser auf sie, wenn sie erst sind 'alb verzerrt. Hihihi! Nun wird der Sheriff sich immer fragen, was auf der anderen 'älfte von jede duftende Blatt war! Der kleine runde braune mexikanische Bandit, er wackelt von Kopf bis Fuß vor köstlichem Lachen. Er macht Pipi und lacht und wackelt, und seine goldene Zänne, sie scheinen prächtig in die dunkle Büro des Sheriffs von Gentry's Junction.)

«Also Jungs, jetzt hört mir mal zu!» Seine Stimme erscholl klar und hallend. Sie starrten zurück, ausdruckslos, unentschlossen. Sie hatten Angst vor ihm, das wußte Hank. Da stand er, groß und schlank wie eine Säule, direkt vor der Schwingtür des alten Saloons der Stadt, seine breitschultrige Gestalt eine Silhouette gegen die gleißende Sonne draußen. Sie hatten Angst vor ihm, aber sie mochten ihn auch nicht. Sie wollten ihn nicht hierhaben. Hank überraschte das nicht, und auf gewisse Weise genoß er es. Am Ende, das wußte er, mußte er es sowieso allein durchstehen. Aber erst mußte er ihnen ihre Chance geben. Sie mußten wissen, wo sie versagt hatten, und sich dafür schuldig fühlen. Wenn sie schon keine Helden sein konnten, dann mußten sie zumindest lernen, Männer zu sein. Er legte die rechte Hand lässig auf den Revolverknauf. «Ich treffe den Mex um 12 Uhr 10, Jungs. Ich brauche eure Hilfe.» Mit schmalen Augen schaute er der Reihe nach in ihre stumpfen, lustlosen Gesichter. Manche wandten sich ab. Oder starrten an ihm vorbei. «Wenn wir zusammen hingehen, sind wir ihm über. Er bekommt den Prozeß gemacht, offen und ehrlich. Und Gentry's Junction ist ihn los.» Er machte eine Pause. «Andernfalls wird's wohl ziemlich stürmisch zugehen. 'ne Menge Leute werden was abkriegen. Böse was abkriegen.»

Er wartete. Er war sich bewußt, daß keiner sich rühren oder sprechen würde, wenn er es nicht tat, und daß sie leiden würden, bis er das Schweigen brach. Er war sich dessen bewußt, aber es war ihm egal, oder wenn es ihm nicht egal war, dann, weil er sie mit seinem schmerzlichen Schweigen schmoren lassen wollte. Hank wußte, wem Recht und Ordnung in dieser Stadt wirklich am Herzen lagen. Mit denen würde er anfangen. Einen nach dem anderen, jeden für sich. In der Gruppe waren sie manchmal etwas verwirrt. Wie hier drinnen zum Beispiel. Andere konnte er, wenn er mußte, wenn er letzten Endes wirklich Hilfe brauchte, unter dem einen oder anderen Vorwand vorübergehend zu einer Art Zusammenarbeit überreden. Der Rest, die gottverdammten Hohlköpfe dieser Stadt, mußte mit ein bißchen Nachhilfe hingebogen werden. Aber es war leicht, sie hinzubiegen, weich wie sie waren, vorausgesetzt, diejenigen, die den Druck ausübten, sahen solide und selbstsicher aus. Waren sich einig. Diese Aufgabe stand ihm also jetzt bevor. «Ich bin in fünfzehn Minuten wieder da, ich will, daß ihr alle hier wartet, Männer. Ich will, daß ihr eure Schießeisen umgeschnallt habt und bereit seid, mit mir zu gehen.» Er blickte ihnen fest in die schlaffen Gesichter. Sie sahen zu Boden oder weg. Der Barkeeper wischte still mit einem Lumpen die Theke ab und wich Hanks Blick aus. Niemand sagte ein Wort. Der Sheriff drehte sich um und schob durch die alte Schwingtür davon.

(Die ganze Welt lacht, die Saloon, sie ist in Aufrurr. Der Mexikaner, von 'inter dem traurigen alten Mann, er verdreht ihm die Orren, bis sie bluten. «Eh, Amigo! Warum du lachst nicht, eh? Wir sind alle glücklich 'ier! Du lach!» Aber immer noch sitzt der Mann da, blaß und elend, als würde er 'ören nichts und nicht einmal spüren, wie seine Orren abge'en jetzt von der Kopf. «Pedo sagt: DU LACH!» Die weichen braunen Finger des mexikanischen Banditen sich schieben in die Seiten von der Mund des melancholischen Witwers. Der 'erabgezogene Mund wird zu eine breite und erschreckende Grinsen. Alle Männer im Saloon, sie lachen mit große Augen, als sie es se'en. Oh! Oh! Qué susto! Es ist so kommisch! Der weinende Mann mit der unge'euerliche Grinsen, er ist eine so kommische Anblick! Ah ...! Das Fleisch, sie reißt. Sie reißt mitten durchs Gesicht von weiße 'aar bis zu weiße 'als, und dann sie reißt mit eine merkwürdig schmatzende Geräusch von der Schädel ab. Nur die große nasse Augen in ihre traurige 'öllen bleiben. Serr kommisch, ja, natürlich, aber, eh ... makaber. Ja, natürlich würde sagen man, ich glaube, makaber. Der dicke braune Mexikaner, er kichert wie ein Knabe mit dem abgerissenen Fleisch in seine fette 'ände, zusammengeknäult wie Lappen zum Theckenputzen. Er schaut auf die eine 'and, und er schaut auf die andere 'and. Er lacht in sich 'inein, und seine große Ballon von Bauch, sie wackelt und wackelt. Ei! Wie kommisch ist sie, die große Ballon von Bauch des Mexikaners! Lachend und lachend! Hihihi! Nun lachen alle die Leute! Kleine Knaller sind zu 'örren, und es riecht nach Fiestas und Rodeos. Hihihihi! Wer könnte anders, als nicht lachen mit Don Pedo dem Mexikaner? Ah, glücklich fürrwarr ist das Leben im Saloon von der Stadt!)

Der große Rotschimmel stand wartend in der Sonne. Keine Schatten nun unter der hochstehenden heißen Sonne in Gentry's Junction. Sheriff Harmon band sein Pferd los und schwang sich elegant in den Sattel. Beinahe 11 Uhr 45. Er mußte los. Er stieß dem großen gescheckten Braunen scharf die Sporen in die Seite und ritt in einem geschwinden lässigen Galopp nach Südwesten in Richtung der Ländereien des alten Gentry, des Bankiers der Stadt. Es war keine Zeit zu verlieren.

Hoch im Sattel aufgerichtet ritt der hagere Sheriff, die Hufe seines robusten Rotschimmels warfen dichte Fontänen von trockenem gelbem Staub auf. Kein Wind spielte mit dem hochgewirbelten Staub. Träge setzte er sich. Trocken. Ein drückender stiller trockener Tag, und Sheriff Henry Harmon donnerte hindurch, in der Hoffnung, er könne ihn zum Leben erwecken.

Vor Gentrys Ranch parierte Hank den Rotschimmel, sprang schnell aus dem Sattel und ließ die Zügel schleifen. «Er ist nicht da, Hank, er ist drüben im Saloon», sagte die kleine ausgelaugte Frau, die in der Tür stand.

«Da komme ich gerade her, Madame», sagte Hank kühl und trat an der Frau vorbei ins Haus. Sie versuchte, ihm den Weg zu versperren, doch der Sheriff war zu schnell für sie. Dicke Teppiche, die besten westlich der Alleghenieberge, dämpften seinen Schritt, aber seine Silbersporen klingelten Alarm, brachten die glänzendpolierten Möbel, die Spiegel in ihren vergoldeten Rahmen und die Porträts der Gentry-Ahnen zum Scheppern. Hank stieß die Schlafzimmertür auf, hinter der sich bleich und feuchten Auges der feige Bankier offenbarte. «Also los, gehen wir, Gentry.»

«Laß doch den M-Mex, Hank», wimmerte er. «Hat keinen Sinn, sich mit dem anzulegen–»

Harmon spuckte angeekelt aus, Teppich hin, Teppich her. «Ich schnappe mir den Mex, Gentry. Und du kommst mit.»

Der Bankier gab keine Antwort. Zitterte bloß, während er da bleich in dem rüschenverzierten Schlafzimmer hockte und sich die trockenen rosigen Lippen leckte.

«Also, jetzt hör mal gut zu, Gentry! Diese Stadt ist in Not. In großer Not. Und sich hinter Frauenröcken zu verstecken und so zu tun, als wär nichts, hilft uns nicht aus der Patsche.»

«Ich, ich weiß, Hank a-aber–»

«Gentry, um Himmels willen, *steh auf*!»

Errötend rappelte der Bankier sich auf. Wollte dem Sheriff aber immer noch nicht in die Augen sehen. «Hank, glaub mir, ich will dir helfen, Gott weiß – also, wir arbeiten jetzt schon so lange zusammen und, aber – Hank, das hier ist nicht dasselbe, diesmal ist es nicht dasselbe!» Und jetzt sah er auf, er hielt Hanks kühlem Blick stand, seine rosa geränderten Augen bettelten – «Hank, ich sage es dir, es hat einfach keinen Sinn!»

«Gentry, du hast Angst!»

«Ja und? Was spielt das schon für eine Rolle? Wenn du so verteufelt mutig bist, warum holst du ihn dir dann nicht alleine?» Der Bankier senkte den Blick wieder, sein Auge fiel auf einen Umschlag voll Geld auf dem französischen Toilettentisch. Er warf dem Sheriff einen verschlagenen, unsicheren Blick zu. Harmon wurde es übel bis ins Mark.

«Behalte es, Gentry», fauchte er. «Wenn ich mir den Mex allein schnappen muß, verdammt noch mal, dann tu ich es. Aber wenn ich damit fertig bin, dann wird sich einiges in dieser Stadt ändern!» Gentrys wässerige Augen zuckten, als er zum Sheriff aufsah, und seine Hand umklammerte seinen Kragen, als wäre ihm kalt. Harmon stieß ungern solche Drohungen aus. Klang so, als würde er die Dinge selbst in die Hand nehmen wollen, und das tat ein Gesetzeshüter nicht. Aber manchmal mußte man es. Manchmal waren die sogenannten Männer dieser Stadt nichts als ein Haufen stotternder Heulsusen. «Wir müssen doch zugeben, Gentry, dieser Mex hat die Stadt so in der Hand, daß sie vergessen hat, was Gesetz und Anstand sind. Jeder legt die Frauen und Töchter der anderen aufs Kreuz, Kinder und alte Leute stehlen, was nicht niet- und nagelfest ist, man kann ja nicht einmal mehr sicher die Straße überqueren. Alles bricht auseinander, Gentry, und solange ich hier bin, bei Gott, werde ich das nicht zulassen! Drücke ich mich deutlich genug aus?»

Der Bankier nickte und schlug die Augen nieder. Unglücklich kaute er auf der Unterlippe. Ein bleicher magerer Mann mit steten blauen Ringen unter den schwachen Augen. In Krisensituationen wie jetzt lief ihm die Nase, und seine Lippen zogen sich zurück und entblößten die Schneidezähne.

«Also gut, jetzt schnall die Knarre da um! In fünfzehn Minuten bist du in Flems Laden, oder du kannst einpacken – du und die ganzen Halbblutbälger deiner Frau!»

«Okay, Hank, okay. Ich werde dasein», stotterte Gentry. Der Dreckskerl heulte fast. «Reite nicht drauf rum. Ich werde dasein.»

Hank machte auf dem Absatz kehrt und schob zur Tür hinaus. Burschen wie Gentry machten ihn immer sauer, brachten ihn aus der Fassung. Im Hinausgehen fiel sein Blick auf die Dame des Hauses, die in Schwarz gekleidet und mit Schleier in einer Ecke kauerte. Was wollte sie damit ausdrücken? Blöde Alte, damit konnte er sich nicht aufhalten. Die feste Erde draußen fühlte sich gut an unter seinem Schritt. Aus dem Lauf heraus sprang er auf seinen Rotschimmel. «Los, Partner, wir haben zu arbeiten!»

(Don Pedo, der äußerst zufriddene Mexikaner, er ist allerorten zugleich. Er verbrennt die Prärie und stiehlt das Vieh und läßt entgleisen die blöden Züge. Don Pedo 'at große Spaß an der Leben. Er ist nie, nie traurig. 'ier er ist in die Schule und zeigt die kleine Kindern die außergewöhnlichen Wunder seines Gliedes. Ach, die Kindern! Wie sie alle lieben Pedo! Ein Wörtchen, daß kommt der Bandit, und Olé! 'eraus aus den Bänken springen sie! Schluß mit die Bücher! Schluß mit Tu dies und Tu das! Don Pedo! Don Pedo! Mehr! Mehr! Die Lehrerin – oder, wie sagt man? Ach ja, das Fräulein – das Fräulein, auch sie nimmt sozusagen teil, wenn auch nicht aktiv. Sie ist geknebbelt und gefesselt ans Pult. Der Mexikaner, er 'ebt die Petticoats, die das Fräulein in ganzer Eitelkeit 'at aus dem Osten mitgebracht, und die kleine Kindern, sie drängen sich eifrig darum'erum, um zu entdecken, was sie 'at versteckt dort drin. Arre! Arre! sie rufen

in kindische Erregung, als der Mexikaner, er mit dem großen punzón, ein Ich-weiß-nicht-was zerstört, was das Fräulein schon jahrelang an diese Ort aufbewahrt: POP! Hin ist sie! Olé! Die Kinder wälzen sich 'erum, machen alles nach, zu monumentale Entzücken von ihre zuschauende Altvordere, die sich drängen an den Türen und Fenstern und wünschen, sie könnten noch einmal sein Kinder. Geräuschvoll verzerrt der Mexikaner – mampf! mampf! – den leuchtenden roten Apfel von die Fräulein zum Rhythmus seiner Darbietung, die sich nähert dem Ende. Vielleicht ist der Mexikaner statt dessen oder auch ebenfalls in die Saloon und spielt Karten. Ja, ja, seht ihn dort! Fünf Asse werden dort auf die Tisch aufgedeckt. Drei von die Asse sind Pik. Alle drei Pik-Asse, sie liegen unter die clevere Finger des lächelnden Mexikaners mit die Goldzänne. Señor Gentry, der reiche Banquero, der Frau, Mutter und drei von seine weibliche Kindern 'at verlorren in dem katastrophalen Wettspiel, er deutet mit eine schüchterne Lächeln an, daß, äh, der Sheriff, er 'at ge'ört, er 'at, äh, gerade zufällig ge'ört, daß der Sheriff vielleicht es darauf angelegt 'at, unsere gute Freund, Señor Don Pedo, hehe, entschuldigen Sie den Ausdruck, zu liquidieren. Don Pedo, der große mexikanische Bandit, er platzt vor Lachen. Hihihi! Pedo töten? Hohahi! Der Mexikaner, er lacht im Übermaß und läßt entfleuchen, wofür er famoso ist. Hohi! Gnade, Don Pedo! Gnade! Alle Welt, sie taumelt lachend und sich Luft zufächelnd auf die Straße. Oder es kann sein, daß der Mexikaner, er ist in die kleine Kirche, um die Knaben beizubringen, wie sie in ihre Chorhemden aus Seide und auch anderswo können finden Glückseligkeit. Hihi, así es, niños! Alle zusammen jetzt! Auf der Empore der dicke Priester, er jammert leise um ihre verlorene und verlierende Seelen. «Lieber Vatter im 'immel! Vergib ihnen, denn sie wissen nicht, wie zu tun!» Ach, die Kindern! Wie sie ihren Don Pedo anbeten alle! Denn Don Pedo, er ist warr'aftig anbetungwürdig! Warr, warr! Bis zum Letzten!)

Sheriff Harmon zügelte seinen schweißtriefenden Rotschimmel vor der kleinen weißen Holzkirche und band, leichtfüßig zu Boden springend, das Pferd an einen Pfosten. 11 Uhr 50. In langen, sparsam bemessenen Schritten joggte er zu der großen Doppeltür der Kirche, nahm seinen breitkrempigen Hut ab und kämmte das weiße Haar zurück. Ein roter Eindruck entlang der Stirn zeigte, wo der Hut gesessen hatte. Er räusperte sich und trat unvermittelt in die Kirche. Sie war leer bis auf den Priester, den guten Reverend Slough, der allein, anscheinend auf ihn wartend, oben auf der schattigen Kanzel stand. Aufgeblähter kleiner Kerl, wie ein Federkissen, mit Augen wie Schrotkugeln. Der Sheriff schritt den Mittelgang der einschiffigen Kirche hinunter, den Gang, den er eines baldigen Tages Belle hinunterzuführen hoffte, und dem Priester entgegen.

Ehe Hank jedoch ein Wort sagen konnte, sprach der Priester: «Großes Übel ist in unserer Gemeinde im Schwange, Henry.» Seine Stimme war warm und einschmeichelnd, seine Wamme schlackerte nostalgisch über seinem gestärkten weißen Kragen. «Gentry's Junction ist der Sünde verfallen!»

Hank nickte ernst, schaute auf seine Stiefel hinunter und dann wieder zum Priester hoch. «Ich bin gekommen, um mit Ihnen darüber zu reden, Reverend. Über die Gemeinde. Sie vergißt alles, was sie groß gemacht hat.»

«Groß?» Der gute Reverend Slough schaute von seiner erhöhten Kanzel auf Sheriff Harmon herunter, große silbrige Tränen stiegen in seinen winzigen Augen auf. «Es ist vielleicht schlimmer, als Sie wirklich wissen», stöhnte er und begann dann zu weinen.

«Ich bin, äh, froh zu wissen, daß ich mich auf Sie verlassen kann, Reverend», murmelte Hank etwas erstaunt über Sloughs leidenschaftliches Schluchzen.

Die winzigen feuchten Augen des Priesters blinzelten kummervoll auf den Sheriff herunter. «Suchen Sie Ihr Heil, Henry», schnüffelte er feierlich und beugte sich vor, «solange noch Zeit ist!»

Harmon wurde unruhig. Er mochte die persönlichen Anklänge nicht. «Tja also, ich möchte, wie Sie es ausdrücken, Reverend, das Heil von ganz Gentry's Junction suchen.»

Reverend Slough schüttelte langsam mit schwabbelnder Wamme den Kopf. «Henry, mein Sohn», sagte er sanft und betupfte sich die Augen mit einem Taschentuch.

«In knapp zwanzig Minuten schnappe ich mir den Mex. Ich will Sie dabei haben. Ich brauche Sie, Reverend.»

«Es gibt keine Frage, Henry», seufzte der Priester, sich aufrichtend und die Kanzel umklammernd, «deren Beantwortung Gewalt rechtfertigt.»

«Moment mal, Reverend. Wir alle wissen, was hier gespielt wird. Dieser Mex ist die Wurzel allen Übels in dieser Stadt. Ich will die Wurzel ausreißen. So einfach ist das.»

«Nein, die Wurzel liegt hier, Henry», beharrte Reverend Slough und preßte eine rosa Hand gegen seine schwarzverhüllte Brust. «In jedem einzelnen von uns.»

«Also hören Sie mal, Reverend –»

«Ich sage Ihnen, wenn in diesem Jammerpferch das Chaos und das Böse herrschen, mein Sohn, dann ist das Gottes –»

«Nennen Sie mich nicht Sohn, Slough! Vergessen Sie nicht, mit wem Sie reden!»

«Wir sind alle Söhne des einen Vaters, Henry. Wir müssen nach den Gesetzen des Allmächtigen Gottes leben, nicht nach denen des Menschen. Unsere Pflicht ist es, unsere streunenden Seelen einzufangen, sie niederzuwerfen und ihnen das Brandeisen des Herrn aufzudrücken! Wir müssen wachsame Reiter sein für –»

«Hören Sie mit der Pferdescheiße auf, Slough! Ich will, daß Sie –»

«*Henry Harmon!* Dies ist der Lagerplatz des Herrn! Im Namen all dessen, was heilig –!»

«Halten Sie den Mund und hören Sie zu, verdammt noch mal!» brüllte Henry zu dem Priester hinauf. «Ich will, daß Sie Punkt zwölf – das heißt in weniger als zwölf Minuten – bei Flems Laden sind! Ich bitte Sie nicht darum, eine Waffe zu tragen, also werden Sie nicht so grün im Gesicht! Ich will Sie bloß als Zeugen dabeihaben. Ich will, daß Sie dem Abschaum dieser ver-

dammten Stadt zeigen, auf wessen Seite Gott steht. Hören Sie? Es ist an uns, Slough, alles zusammenzuhalten!»

Der Sheriff beobachtete, wie die Worte langsam durch das feuchte rosa Wabbelfleisch des Priesters drangen. Die kleinen Knopfaugen glitzerten einen Augenblick, verschleierten sich dann und schauten fort. «Sie begreifen nicht, Henry. Ich bin kein Mann von dieser Welt. Aber in Ordnung. In Ordnung. Ich werde dasein.»

(Pedo: Er ist in die Saloon? Vielleicht. Steht auf Ze'enspitzen, Gurkennase gegen den Rand von die Thecke gedrückt. Oder teilt mit dicke, aber überirdisch clevere braune Fingern kleine Karten an einem Tisch dort aus. Ja, er ist serr vielleicht in die Saloon, denn Don Pedo der Mexikaner, er hat eine unstillbare – man würde doch sagen, unstillbare, nicht? – eine unstillbare Durst, sí. Oder er ist vielleicht in Señor Flems Laden, thronnt wie ein dickes Ei auf eine alte Faß mit Cracker, seine Klinge in ein Radreifen von altem Käse, seine goldenen Zänne glitzern, denn dieser große mexikanische Bandit, er hat eine unstillbare – wieder scheint das Wort zu sein möglich –, eine unstillbare Hunger. Oder vielleicht, und das vielleicht e'er, er ist in der Bank von Señor Gentry, steht auf Ze'enspitzen am Schalterfenster, seine Knarre unter Señor Gentrys Nase. Señor Gentry, käseweiß, ist serr groß'erzig, er gibt dem glücklichen mexikanischen Banditen pronto das, was der glückliche Mexikaner verlangt. Und Don Pedo, er verlangt nicht wenig, denn er hat eine unstillbare – eine schöne Wort: unstillbar! –, eine unstillbare Gier. Jetzt rollt er eine Hundertdollarschein um ein Säckchen mit schwarzes Pulver, und dies er schibbt unsanft in den nackedeiigen Culo von Señor Gentry und schießt den groß'erzigen Mann gleich wie eine Rakete in die festlichen Straßen von Gentry's Junction. Haha! Der Witz, auch er ist unstillbar! Oder vielleicht – sí, señores, jetzt ohne Zweifel! – Don Pedo der mexikanische Bandit, er besamt die vielbepflanzte Señora von Señor Gentry auf eine Bett aus frische grüne Scheine in genau dieselbe Schatzkammer der Sicherheit. Ah! Ah! Adelante, hombre! Dies ist das unstillbarste Unstillbare von alles!)

Wieder zurück auf der Hauptstraße zügelte Sheriff Harmon seinen sehnigen Rotschimmel und trabte nachdenklich im Sattel sitzend dahin. Noch fünf Minuten, ehe er die anderen in Flems Laden treffen würde. Straße totenstill. Noch nichts zu sehen von der Postkutsche. Er hoffte, sie würden es schaffen, aber er wußte zu gut Bescheid, um sich darauf zu verlassen. Darüber dachte er allerdings nicht nach. Etwas anderes beunruhigte Hank nun schon eine Weile. Eine Kleinigkeit, aber sie nagte an ihm. 11 Uhr 55. Fünf Minuten. Nun, verdammt noch mal, das sollte reichen. Schroff riß er an den Zügeln; der Rotschimmel bäumte sich auf. «Ha!» befahl Hank. Der Rotschimmel bog in eine Seitenstraße.

Vor dem Hotel von Gentry's Junction beschrieb Hank einen Bogen, stieg ab, band das Pferd an. Drinnen ging er mit einem kurzen Nicken am Empfangschef vorbei – der Sheriff war wohlbekannt im Hotel – und die Treppe hinauf. Vor Zimmer 1210 zögerte er, dann trat er ein. Belle, diese süße provozierende Jungfrau, lag nackt auf ihrem breiten Himmelbett und kratzte sich träge.

«Du hättest auch klopfen können», sagte sie trocken.

Hank errötete. «'tschuldigung, Belle», schluckte er, aber er konnte nicht anders, als sie anzustarren. Mann, sie sah einfach zu gut aus. Sie schien gleichzeitig blaß und mit Röte überzogen zu sein. Ihm fiel noch ein, die Tür zu schließen, aber warum er diese andere Sache gerade jetzt, gerade heute machen mußte, daran konnte er sich nicht mehr erinnern. «Aber ich – Belle, hör mal, ich gehe und stelle den Mex!»

Sie starrte ihn ungerührt an. Das tat ihm weh. Sie rührte keinen Finger, um vom Bett aufzustehen oder der peinlichen Situation sonstwie die Spitze zu nehmen. «Wie nett», sagte sie. «Grüß ihn von uns anderen.»

«He, Belle!» Er machte einen Schritt auf sie zu, aber obwohl sie sich nicht rührte, spürte er einen Widerwillen in ihr. Etwas ... Aber er konnte nicht den Finger darauflegen. Wenn Finger das richtige Wort war. Immer noch kraulte und krallte ihre lilienweiße Hand, die Hand, die er so züchtig liebkost hatte, die für den goldenen Ring bestimmt war, den er gekauft hatte, zwischen ihren Beinen. Ein hübsches Ding hatte sie da, das schon, aber eigentlich hatte er nicht so mit ihm bekannt gemacht werden wollen. «Belle, verstehst du nicht! Ich – ich weiß nicht, ob – na ja, ob ich wiederkomme. Dieser Hurensohn ist ein harter Brocken. Und, Belle, was ich wissen muß, ist, ich meine, ehe ich dort hingehe, bist du, hat er – du weißt, was ich meine: hat der gottverdammte Mex –?» Hank schluckte. «Es fällt mir schwer, es zu sagen, Belle, aber du weißt, was die Leute über ihn erzählen. Ich muß es wissen.» Es war blöd. Jetzt wünschte er, er wäre nicht gekommen. Oder hätte wenigstens nicht gefragt.

«Geh, spiel Räuber und Gendarm, Sheriff», sagte Belle eisig.

Lüstern linste Hank nach ihren sich hebenden und senkenden Brüsten, ihrem weichen weißen Bauch und dem hübschen Pelzbusch, in dem ihre Finger versteckt waren. Dann bemerkte er das offene Fenster. Von ferne hörte er obszönes Gelächter. Auch noch ein schwacher Geruch: Das Markenzeichen des Mexikaners. «Belle –!» Er war entsetzt.

«Dieser dreckige niederträchtige Mex!» Plötzlich schluchzte Belle und warf sich auf dem Laken herum, vergrub das Gesicht in den Kissen, ihr Körper zuckte unter dem Ansturm der Tränen. Die Laken, auf denen sie gelegen hatte, waren ein einziger gottverdammter Schlamassel.

Die Muskeln um Sheriff Harmons Mund strafften sich, seine Augen wurden zu Schlitzen. Er warf einen letzten Blick auf Belles blutigen Hintern, drehte sich dann um und rannte aus dem Zimmer, die Treppe hinunter und aus dem Hotel von Gentry's Junction.

(Don Pedo der mexikanische Bandit, er ist famoso für ville Talente, aber keines 'at erregt merr Aufmerksamkeit als das, wonach seine liebe Mama Bruja ihn benannt hat. Ungeachtet die Gelegen'eit, der Mexikaner, er ist bereit. In jene unermeßliche Rund von Bauch er hält bereit eine unendliche Villfalt von grundlegende Kommentare

zu jede Thema. Süß oder sauer, stumm oder mit Donnergetöse, wissenschaftlich oder metaphysisch, der Mexikaner, er berührt eine innere Punkt, und die angemessene Sorte, sie entfleucht in ihre ganze ambrosische Pracht. Sein Darm vergilt raffinirrt Zorn mit Zorn, Liebe mit Liebe, aber immer mit eine Körnchen obszöne 'umor. Es ist nie ganz befriedigend, und doch nichts ist je befriedigender. Ay de mí! Dies sind unsere glücklichen Verlegen'eiten, nein? Also, dann komm, Don Pedo! Auf daß wir Freunde sind! Wenn es schon stinken muß, laß es angenehm stinken!)

Der Sheriff kam in gemächlichem Galopp vor Flems Laden an. Es war zwölf Uhr mittags, und die Sonne stand sengend heiß im Zenit. Dem Rotschimmel troff der Schweiß, und Schaum stand ihm vor dem Maul. Harmon saß ab, band das Tier an, stapfte die Treppe hinauf und in den Laden. Flem war allein.

«Flem, in zehn Minuten treffe ich den Mex. Gentry und Slough sind auf dem Weg hierher. Der Bezirksrichter und der Marshal müssen mit der Postkutsche kommen.» Zusammen konnten sie es schaffen. Verdammt noch mal, sie mußten es schaffen! «Ist sie schon hier?»

Flem sah Sheriff Harmon über eine randlose Brille hinweg an. Er kaute träge auf einem Tabakpriem. Er drehte sich um und spie eine dicke gelbe Auster in den ein paar Fuß entfernten Spucknapf aus Messing. «Nein», knurrte er, «is' sie nich'.»

Es entstand eine Pause. Hank war beunruhigt, weil Gentry und Slough nicht da waren. «Hör mal, Flem, hast du ein Seil?»

Flem seufzte, zielte einen weiteren Klumpen in den Spucknapf. Langsam spähte er im Laden umher. «Tja, ich glaub, ich muß 'n Stück haben.» Er saß auf einem alten dreibeinigen Hocker und stieß mit einem gekrümmten gelben Finger von Zeit zu Zeit die Brille auf dem abfallenden Nasenrücken nach oben. «Willst du den Mex fesseln, oder was?»

«Richtig. *Wir* werden den Mex fesseln, Flem.»

«Na dann», knurrte der alte Ladenbesitzer und wandte den Blick wieder dem Spucknapf zu. «Na dann.»

«Jetzt hör mal zu, Flem. Du weißt verdammt gut, wenn wir den Mex nicht ein für allemal erledigen, ist diese Stadt am Ende. Und wenn diese Stadt am Ende ist, bist auch du am Ende.»

«Tja. Das wird wohl so sein.» Flem zog die weißen Augenbrauen hoch, sah den Sheriff resigniert über die Brille an, drehte sich dann um und spie noch mehr Saft in Richtung Spucknapf. «Is' nich' so, als würd ich nich' zu schätzen wissen, was du tus', Hank. Das Gesetz is' 'ne gute Sache.» Er seufzte, rieb sich über seinen Stoppelbart. «Tja, 'ne gute Sache.»

Hanks Wut wuchs wieder. Aber ehe er Flem eine Antwort geben konnte, ging die Tür auf. Sheriff Harmon wirbelte herum, die Pistole bereits in der Hand. Es war Slough. «Ich bin hier, Henry. Es ist falsch. Es ist eine Sünde gegen die Geistlichkeit. Gegen den Allmächtigen selbst. Aber ich bin hier.»

Hank seufzte, steckte die Pistole wieder ins Halfter. «Bin froh, daß Sie gekommen sind, Reverend. Jetzt fehlen uns nur noch Gentry und die Kutsche.» Er stapfte mit klingelnden Sporen zur Tür hinüber, sah hinaus. Die Straße war leer. Nein, Moment! Da war er, schlich sich verstohlen an den Hauswänden entlang. Der feige Mistkerl. Hank drehte sich wieder zu den anderen um. «Gentry kommt.» Jetzt würde es klappen.

«Jetzt hör mir mal 'n Moment zu, Hank», sagte der alte Ladenbesitzer, der wachsam auf dem Hocker herumrutschte. «Du kannst soviel Seil haben, wie du willst. Auch alles andere im Laden, klar? Vielleicht geb' ich dir sogar mit meiner alten Winchester Deckung, von hier drinnen. Vielleicht, sag ich.» Er spuckte aus. «Aber, Sheriff, ich geh nich' nach draußen auf die Straße. Ich steh nich' von diesem Hocker auf, Hank. Ich bin ein alter Mann, und ich steh nich' von diesem Hocker auf.»

Gentry war leise durch die Seitentür hereingeschlichen. Er war bleich wie ein in der Sonne gebackener Hundekötel und zitterte von Kopf bis Fuß. Sheriff Harmon starrte wie benommen auf die drei, den alten Ladenbesitzer, den Priester und den sabbernden Bankier. Er grunzte. Vielleicht sollte er sein Pferd besteigen und davonreiten. Wenn er wüßte wohin. Er dachte an Belle. «Okay», sagte er ruhig. «Okay. Wir gehen's ruhig an. Ich trete dem Mex allein entgegen und entwaffne ihn.» Daraufhin schienen sie sich ein bißchen zu entspannen, aber keiner sah ihn an. «Ihr Schlappschwänze braucht euch keine Sorgen zu machen. Über gar nichts. Ich will bloß, daß ihr, wenn ich mit dem Mex fertig bin, rauskommt, ein Seil mitbringt und all den anderen Memmen in dieser gottverdammten Stadt zeigt, wie das Spiel steht. Das ist alles. Kapiert?»

Die drei nickten düster. Keiner sprach. Schließlich sagte Flem in seinem weichen, nachlässig schleppenden Tonfall: «Wenn doch bloß die Kutsche käm und den Richter und den Marshal mitbrächt. Dann wär mir wohler.»

(Don Pedo, der große schreckliche Mexikaner, er zitt die Bandanna über seine dicke Nase und verbirgt sein goldzanniges Lächeln. Er gibt sein klapprige Pinto die Sporren und verstellt schaukelnd der dahinrasenden Postkutsche den Weg. Der Kutscher, er wird weiß und zitt fest an den Zügeln. Der Staub, er wirft Wolken in die trockene Luft, als die Kutsche mir nichts dir nichts zum Ste'en kommt. Peng! Peng-peng! knallen die Colts des Mexikaners. Bloß so zum Spaß. Hihihi! Die Pferde, sie ge'en auf die 'interbeine wie Ziegen und wie'ern verschwitzt und aufgeregt. «'ab ni-ni-cht vi-'iel, Don Pe-pe-do, 'err!» ruft der Kutscher und läßt Wasser in seine Pantalones. «Bloß dies!» Und groß'erzig (Ah, dies ist wirklich ein groß-'erziges Land!) zitt der Kutscher 'ervor eine Tru'e unter dem Kutschbock und wirft sie Don Pedo 'inab. Der kleine Bandito, er fängt die Stahlkassette auf mit jene Be'endigkeit, die immer alle versetzt in Erstaunen, und wie durch Zauberei flickt sie in eine seiner weiten Satteltaschen. «Eh, Amigo! Wen du 'ast da drin?» er lacht und zeigt mit eine dicke braune Finger auf die Kutsche. «Du bringst Pedo calentitas fresquitas aus großer Stadt, ich glaube?» Der Kutscher, er beginnt 'inter zusammengepreßten Zännen 'ilflos zu lachen. «Da sind – hi hi! – ein Richter, Pedo, und der Marshal und ein paar – ho ha hi! – Verwandte.» Der Mexikaner, er feuert eine Schuß in die Luft. «'e! Alle raus mit euch! Wollt ihr sterrben wie die Schweine!

Ándale!» Zwei Männer, eine Frau und ein junges Mädchen, sie schleichen sich wie Mäuse aus der Kutsche. Der glückliche Mexikaner, er zitt seine Bandanna herunter, und er lächelt sein Lächeln mit aufgeworfene Lippen und goldene Zänne. Ay! Ist das ein Anblick! Einer der Männer, er ist dick wie eine Birne mit eine große schwarze 'ut und weiße 'aarlocken und weiche Lippen, die zittern. Grundlos muß auch er beim Lächeln von Don Pedo dem Mexikaner anfangen zu weinen und durch die Nase zu lachen. Der andere Mann, das muß sein der Marshal, er ist groß und aufrecht, ohne sich zu rürren, mit Augen aus Rauchglas. Eh, mierda, der Mexikaner, er verschmätt es, anzuschauen diese sauren Milchlinge. Lieber und natürlich er beobachtet statt dessen die Frau und das kleine Mädchen. Die Señora von dem Marshal, sie ist edel und hat eine große Busen und lange villsagende Wimpern. Das Kind ist ein zartes Ding, und sie 'ält sich mit Angst und Temblores an ihrer Mama fest. Der berühmte Bauch von Don Pedo, er wackelt, und sein Mund, der mit die goldene Zänne, er strallt. Es erklingt ein Geräusch wie von Zeltpfählen, die eingeschlagen werden, und in der Luft lickt eine Erinnerung an Zirkusse. Schüchtern lächelt sie dann, die Kleine, zu dem freundlichen Mexikaner 'och. Ah! Die Kinder, wie sie alle lieben Don – die 'and des Marshals, sie zuckt schnell zu die 'alfter. Der Mexikaner feuert, und die Hand von dem Marshal, sie reißt ab – pflopp! – von die 'andgelenk. Der Kutscher und die Birne – oder, möchte man sagen, der Richter –, sie können anscheinend nicht auf'ören zu lachen wie die Tontos. Vielleicht es ist der Ausdruck auf dem Gesicht von dem Marshal, der ist so kommisch. Es ist, als 'at er etwas verloren, aber er weiß noch nicht, was. Der Mexikaner nun erteilt gewisse Instruktionen, und in Konsequenz der Marshal setzt sich in blinde Estupor auf die Straße 'inter die Kutsche, während der Richter ihm die Fuße mit ein Seil an die 'inter – wie sagt man? Achsel, nein? Sí – an die 'interachsel bindet. Dann der Richter festigt sich auf gleiche Weise, wobei er die ganze Zeit hi hi hi macht wie eine plumpe imbécile Vogel. «Tu, la primera», lächelt Don Pedo der Angebetete die schüchterne Chiquita an. Mit eine Pracht, die nicht kann werden geleugnet, er stellt seine leuchtende goldene Zänne zur Schau. «Du bist gutt nur einziges Mal.» Ay, Pedo! Ein Mann von Genius! Ein Mann der Künste! Ein Mann mit Maß und Entschlossen'eit! Der Kutscher und der Richter, sie 'aben Tränen in die Augen vor sovill schmerzliche Lachen. Schließlich, zur Täuschung aller Welt, er'ebt sich der Mexikaner und zieht seine Pantalones an, obwohl wie immer er vergißt, sie zuzuknöpfen. «'e! Los mit euch!» brüllt er, und der Kutscher, er läßt mit Schreckensgelächter die Peitsche knallen über die unru'ige Pferde. Die Postkutsche, sie schießt los in die Ferne wie eine junge 'und mit Feuer unter dem Arsch, reißt mit den Richter und den Marshal da'inter wie eine gespaltene Teufelsschwanz. Der 'eißblütige mexikanische Lieb'aber, frollockend er jetzt er'ebt die großbusige Señora Marshal auf sein schwärenbedeckte Pinto, mit gewonnte mexikanische Gastfreundschaft lächelnd. Sein Atem villeicht ist nicht rein, aber die errötende Dame, sie scheint es nicht zu bemerken. Sie 'at doppelt die Größe des kleinen Pedo, aber der kugelförmige Bandit, er lächelt nur um so stolzer. Der Pinto trabt müde unter seine prachtvolle Last 'inauf in die einladende 'ügel. Das leblose kleine Mädchen auf der Straße, ach, letzten Endes doch zu zart, sie kann sie nicht se'en davonreiten.)

Absurderweise traf die Postkutsche um 12 Uhr 05 ein. Sheriff Harmon ließ Slough und Gentry, die bei ihrem Anblick mitleiderregend wie Idioten kotzten, zurück und schritt wutentbrannt in Richtung Saloon. Er stürzte durch die Schwingtür. Leer. Er spähte über die Theke. Niemand. Nicht einmal der gottverdammte Barkeeper. Er schlug die Tür wieder auf und trat auf die Hauptstraße hinaus. Sie erstreckte sich nach Osten und Westen zum fernen Horizont, ein heißes, ununterbrochenes Band. Die Straße war hier von baufälligen Kastenhäusern gesäumt. Zum großen Teil falsche Ladenfronten mit ausnahmslos verhangenen Fenstern. Das schien Hank etwas vermitteln zu wollen. Die Sinnlosigkeit von allem vielleicht. Er seufzte. Er war allein. Allein mit dem Mexikaner. Aber: wo war der Mexikaner?

Der Sheriff von Gentry's Junction, groß, hager, stolz, aus kalten blauen Augen in das Gleißen der Mittagssonne blinzelnd, ging schweigend und gänzlich allein die staubige Hauptstraße hinunter, das Klingeln seiner Sporen nur leicht gedämpft von den Staubwölkchen, die seine hohen Absätze aufwirbelten. Die Sonne mitten am Himmel. Er zog seine Taschenuhr heraus. Bloß noch ein paar Minuten bis 12 Uhr 10. Der Showdown lief. Ob es ihm gefiel oder nicht. Er steckte die Uhr wieder in die Tasche, als werfe er Anker. Er spürte, daß seine rechte Hand schwitzte und juckte.

Ein fauliger übelriechender Geruch traf seine Nasenlöcher. Er wirbelte herum, bereit zu ziehen. Pedo, der berüchtigte mexikanische Bandit, saß auf einem alten umgedrehten Eimer ungefähr zehn Fuß hinter ihm mitten auf der staubigen Straße und stocherte lässig mit einem Holzsplitter zwischen den Zähnen. Er grinste breit, das Hölzchen im Mund, dieser dicklippige Hurensohn, und seine goldenen Zähne schimmerten in der Mittagssonne. Eisig erwiderte Hank den feurigen Blick des Mexikaners. Dieser stinkende kleine Pinscher. Nun, da er ihn hier hatte, fürchtete er sich nicht vor ihm. Kühl, gemessenen Schrittes, sich der vielen Augen bewußt, die auf ihn gerichtet waren, näherte der Sheriff sich dem Mexikaner. Der Mexikaner hatte etwas in der Hand. Etwas, das in der Sonne glänzte. Messer? Colt? Eine Uhr! Der Mex grinste und hielt eine gottverdammte goldene Taschenuhr hoch! Henry erkannte sie. Es war seine. Wachsam nahm der Sheriff dies zur Kenntnis. Er guckte: 12 Uhr 09. Zu früh, aber zum Teufel, er konnte sich nicht länger zurückhalten. Er langte hinunter nach dem Mexikaner, um ihn zu entwaffnen. Alles schien falsch, aber er langte hinunter. Er fühlte sich, als langte er nach dem Tod. Der gottverdammte Mex hatte einen gelassen, der roch wie ein Grab. Immerhin, der Schweinehund leistete keinen Widerstand. Harmon zog die sechsschüssigen Revolver des Mex' aus ihren schimmeligen Halftern. Rostige alte Relikte. Einer von ihnen hatte noch nicht einmal einen gottverdammten Hahn. Er warf sie weg. So leicht war das. Er grunzte. Letzten Endes doch nur ein alter Hochstapler.

Er drehte sich um, um Flem und den anderen das Zeichen zu geben, sie sollten das Seil bringen. Hörte ein leises Klicken. Die Hand schnellte herunter: *das Halfter war leer!* Henry Harmon, der Sheriff von Gentry's Junction, wirbelte herum und bekam die Silberkugel aus seiner eigenen Waffe direkt ins schöne sonnengebräunte Gesicht.

(Don Pedo, der große mexikanische Bandit, fort reitet er auf seine kleine Pinto in die unterge'ende Sonne 'inein, die Silberstern des Sheriffs, sie ist wie ein Schmuckstück an seine hüpfende Barriga geheftet, seine Satteltaschen, sie sind voll bis oben'in, auf seine goldene Zänne fangen sich die letzten Strahlen der ersterbende rote Sonne. Klipp klopp, klipp klopp. Adiós, Gentry's Junction! 'inter ihm die kleine Stadt, sie ist in die fröllichste aller Aufrurre. Ay! Eine Augenblick, an die man immer sich erinnern wird! Der Ladenbesitzer, der Bankier, der Priester, sie schaukeln in süßer Glückseligkeit von die Galgen, und der Whiskey, er fließt wie Blut. Flammen züngeln in den dunkelnden Himmel, und die Frauen kreischen lustig. Ein bemerkenswerte Szene! Ein prachtvolle Szene! Ay de mí! Wie traurig, davon zu scheiden, eh, kleine Pinto? Aber so es geht im Lebben, nein? Pues – hi hi! – adiós! Klipp klopp, klipp klopp. Rot glänzt der kleine fünfzackige Stern im letzten Licht der Westernsonne.)

Gildas Traum

Es schien sich in einem fremden Land irgendwo im Süden zu ereignen. Argentinien vielleicht: es wurde Spanisch gesprochen, aber auch Deutsch, Englisch, Italienisch, Französisch, wer weiß was noch, deshalb war es vielleicht auch ein anderes Land oder überhaupt kein richtiges Land. Ich war auf der Herrentoilette und machte so etwas wie einen Striptease. Anscheinend konnte ich das sehr gut. Komisch war aber (ach übrigens, um die Zeit war der Krieg gerade zu Ende, wie um den Striptease möglich oder sogar nötig zu machen), daß ich sozusagen unten anfing und vorhatte, mich nach oben hin zu erleichtern, daß mein Gesicht aber völlig verdeckt blieb. Abgesehen von meinen Augen, die hinausstarrten und dabei irgendwie sich selbst wieder anstarrten: das heißt, in ihren eigenen starren Blick starrten. Es war eben eine Toilette, wahrscheinlich gab es Spiegel da. «Put the blame on dames», stimmte ich an und weckte damit allgemeines Entsetzen. Der Garderobier, der auf die merkwürdig ungerade Anzahl meiner Eier deutete (ich bin ein Selfmademan), nannte mich einen «Bauern». Vielleicht meinte er es gut, aber hatte ich ihm nicht gerade das Leben gerettet? Oder sonst jemandem, es war nicht ganz klar (eher wie Schatten an der Wand). Nichts war klar außer der Gefahr, in der ich schwebte. Ich brach in kleine Stücke auseinander, und nicht alle schienen zu mir zu gehören. «Du kannst nicht die Welt regieren, Gilda, indem du einfach eine Runde ausläßt.» Was? Ich fühlte mich verfolgt. Wer war dieser Mann, der mir solche Angst einjagte, der, der sich in der Kabine hinter der Lamellentür verbarg? Ich wußte, daß er mich durch die Schlitze beobachtete, denn ich konnte mich durch seine Augen sehen. Aus dieser Perspektive war ich sowohl bedrohlich als auch begehrenswert, und so begriff ich, daß die Angst im Raum zum Raum selbst gehörte und nicht zu mir. Plötzlich fühlte ich mich frei, absolut frei! Ich feuerte den Garderobier! Ich erschoß die Deutschen! Ich warf den Kopf zurück und zog einen Handschuh ab, überwältigt vom komischsten aller Gefühle – ich war wieder beieinander! Aber dann hörte ich das Klicken der Geheimwaffe und erkannte, daß ich die Kategorien durcheinandergebracht hatte, weil ich mich ihm hingegeben hatte (was sich nicht wirklich gehörte, doch es ließ sich nicht mehr ungeschehen machen). Ich hatte gespielt und verloren. Meinen Stolz, meinen Penis, meinen Handschuh, meine geheimnisvolle Schönheit, meinen guten Namen, alles. Es würde keine Heimkehr geben ...

Im Bild

Trockene Grasbüschel wirbeln über eine staubige, von niedrigen baufälligen Häusern aus Holz gesäumte Teerstraße. Eine lose in den Angeln hängende Lattentür schlägt wiederholt zu; nahebei knarzt ein Schild im Wind. Ein magerer Hund kommt des Wegs, schnüffelt halbherzig an der Bordsteinkante. Noch mehr vorbeiwehende Grasbüschel. Noch mehr dumpfes Klappern. Schließlich fährt ein Bus vor, die Fenster mit Staub und Schmiere überzogen. Das knarzende Schild ist nun zu hören, aber nicht zu sehen. Ein Stück die Straße hinunter öffnet eine junge Frau eine Tür und späht hinaus, von der Dunkelheit drinnen umrahmt. Eine verstohlene Bewegung auf dem Dach eines Ladens, martialische Musik in der Ferne. Die Bustür öffnet sich, und zwei Männer steigen aus. Nach einer kurzen Diskussion erschießt der eine den anderen. Unterdessen wartet eine mütterliche Gestalt am Tor ihres Hauses wie eine versöhnliche Erscheinung, düster, aber hoffnungsvoll. Das Klingeln einer Ladenkasse deutet auf einen Einkauf. In der Ferne ist ein herrenloses Pferd zu sehen, dessen Flanken beben und vor Schweiß glitzern. Noch lautere martialische Musik, die stetig näher kommt. Die Gestalt auf dem Dach ist ein Indianer. Ein hochgewachsener Mann vor einem Fenster hält eine leblose Frau auf den Armen. Ein Paar tänzelt vorbei, Arm in Arm, und singt, so laut es kann. Das hat etwas Verwirrendes. Der Himmel verdunkelt sich wie vor einem Sturm. Eine reichgekleidete Dame verläßt den Bus, gefolgt von ihrem schwarzen Diener. Der Indianer springt, ein Messer zwischen den Zähnen.

Jemand weint. Es ist ein Mann, der mit seiner Familie bei Tisch sitzt und durch eine offene Tür zu sehen ist. Die martialische Musik wird noch lauter, als eine Marschkapelle mit schmetternden Trompeten die Straße herunterkommt. Der schwarze Diener lädt mehrere Koffer, Truhen und Hutschachteln ab. Beobachtet von dem Revolverschützen treten vier Männer energisch aus einem Gebäude, dessen Tür hinter ihnen ins Schloß fällt, und betreten ein anderes. Unter dem Hinterrad des Busses hebt der eingeklemmte Hund klagend den Kopf, als suche er jemanden, der nicht da ist und es vielleicht auch nie sein könnte. Ein Junge mit einer Schleuder zielt auf einen alten Mann, der einsam eine unhörbare Grabrede hält. Davor konnte man das ferne Pferd wiehern und die Mähne schütteln sehen. Und dann brach die martialische Musik jäh ab. Nun betritt die reiche Dame das heruntergekommene Hotel, umgeben von hilfsbereiten Pagen und gefolgt von ihrem schwarzen Diener, der mit dem Gepäck kämpft, daß es zum Lachen reizt. Ein wütender Kartenspieler wirft dem Geber die Karten ins Gesicht: Ärger scheint im Verzug. Irgendwo in einer Gasse klappert drohend ein Mülltonnendeckel. All dies in Dunkelheit. Das singende Paar tanzt wieder vorbei, in die andere Richtung, nun sind beide in weiße Smokings mit scharfen Bügelfalten gekleidet. Donner und Blitz. Das überlebende Mitglied der Marschkapelle stöbert seine zerbeulte Trompete wieder auf und setzt sie allem zum Trotz an die geschundenen Lippen. Der Schütze dreht sich um, um wieder in den Bus zu steigen, wird aber von dem ergrauten alten Sheriff zurückgehalten. Was sich zwischen ihnen abspielt, bleibt zum Teil verborgen, weil sechs junge Frauen vorbeihüpfen, alle zugleich den Rücken wenden und den Rock über den Kopf lüpfen, wie um mit dieser Zurschaustellung die schreckliche Verwundbarkeit von Eingängen anzudeuten. Wird dort in der strahlend erleuchteten Hotelhalle gelacht? Vielleicht ist es nur der Regen, der auf Blechdächer trommelt. Der Sheriff hat den Indianer erschossen. Oder einen Indianer. Der Bus ist abgefahren, und mehrere der Türen an der Straße wurden geschlossen. Hinter einer von ihnen glitzert eine Träne in einem nach oben schauenden Auge. Eine merkwürdig aussehende Person geht hölzern vorbei, überquert die regennasse Straße, starrt vor sich hin, die Arme steif ausgestreckt. Ein Stück die Straße hinunter öffnet sich die Tür wieder, und eine junge Frau späht heraus: dieselbe Tür wie zuvor, derselbe dunkle Raum drinnen, eine Ermutigung, die keine ist. Unter dem knarzenden Schild, das jetzt wieder sichtbar ist, zieht nun ein Mann den Hut über die Augen und steigt einstweilen von einer hölzernen Veranda. Irgendwo splittert plötzlich Glas, ein Klavier spielt. Der Hund mit dem gebrochenen Rückgrat, der seine Suche aufgegeben hat, senkt im prasselnden Regen den mageren Kopf. Und die zuschlagende Tür? Die zuschlagende Tür?

Wischblenden

Sie klammert sich an den Rand der Klippe, ihre Füße strampeln im Wind, die Erde bricht unter ihren Fingerspitzen weg. Tief unten ist ein leises Tosen wie von anschlagenden Brechern zu hören. Er kämpft mit seinen Fesseln, kaut an den Seilen, wirft sich gegen die Hüttentür. Sie schreit, als die Klippenkante abbröckelt, ein Schrei, der von einer Windbö hinweggefegt wird. Endlich zersplittert die Tür, und er kracht durch, taumelt in seinen Fesseln weiter, hechtet voran und wälzt sich zum Rand der Klippe. Ihre Hand verschwindet, taucht wieder auf, krallt verzweifelt nach einem neuen Halt. Er rappelt sich auf die Knie, die Füße, stürzt weiter, die Seile rutschen ab wie eine weggeworfene Zeitung, als er den sich nähernden Bus anhält. Sie läßt los, setzt sich auf den leeren Platz. Ihre Blicke begegnen sich. «He, habe ich Sie nicht schon mal irgendwo gesehen?» sagt er.

Sie lächelt zu ihm auf. «Vielleicht.»

«Ich hab's.» Er nimmt den Zigarrenstummel aus dem Mund. «Sie sind eine von den Hupfjulen drüben in Mikes Treff.»

«Hupfjule?»

«Ja – das Fahrgestell kam mir bekannt vor, aber das Gesicht konnte ich nirgends unterbringen.»

Sie lächelt wieder, ein Lächeln, von dem ihm die Knie weich werden. Er packt die Lederschlaufe über ihren Köpfen. «Ich helf drüben bei Pater Michaels ‹Treff› aus, wie Sie sagen würden, Lefty heiß ich, aber –»

«Pater –? *Lefty!* Moment, sagen Sie nichts! Sie sind doch nicht etwa der magere kleine Racker, der immer –?» Es ist ihre Haltestelle. Sie steht lächelnd auf, um auszusteigen. «He, wo gehen Sie hin? Wie kann ich Sie wiedersehen?»

Sie bleibt an der Tür stehen. «Da müssen Sie sich wohl meine Nummer in Mikes Treff angucken, Lefty.» Sie klettert hinunter, ihr Rock bauscht sich in der plötzlichen Brise auf der Straße, und sie geht, eine Hand an den Knien, die andere auf dem flatternden breitrandigen Hut, schnell Richtung Kirche und schaut mit einem schelmischen Lächeln zu ihm auf, als der Bus sie überholt und vorbeifährt. Ihr Körper scheint nach hinten zu gleiten, an den Busfenstern vorbei, von Rahmen zu Rahmen zu rutschen wie aus seinem Gedächtnis – oder zumindest aus seiner Reichweite. *«Halt!»* Der Fahrer zögert: Er drückt dem Typen die Knarre ans Ohr – sie ist irgendwie seine letzte Chance (er weiß nicht genau, was er damit meint, hat aber ein nebulöses Bild von seiner Mutter oder ein Bild von seiner Mutter im Nebel vor Augen), und sie ist weg! Die unbeschreibliche Sehnsucht, die sie geweckt hat, weicht eher Angst oder Kummer, Enttäuschung (wie kommt es, daß man für manche Dinge in der Welt so schweres Geschütz auffahren muß, während andere einem in den Schoß fallen?) oder Wut oder durch und durch gehendem Abscheu – wie konnte sie ihm das *antun*? Er drückt zu, seine Augen verengen sich. Alles bleibt stehen. Für einen Augenblick sogar die Zeit. Dann hört man in der Ferne eine Polizeitrillerpfeife. Er nimmt die Hände von ihrer Kehle, läßt sie fallen und entschwindet mit einem kalten verbitterten Knurren in den nebligen nächtlichen Straßen. Sein Cape flattert mit einem illusorischen Anflug von Glamour hinter ihm her.

Ein Schrei, die Entdeckung der Leiche, der gespannte Ausdruck auf dem Gesicht des Kriminalbeamten, als er, über ihr kniend, in den dräuenden Nebel späht: wer hatte so etwas Abscheuliches tun können? Die tieferen Abgründe des menschlichen Herzens erstaunen ihn doch immer wieder. «Sieht aus, als wär's wieder der Würger gewesen, Sir – schreckliche Geschichte.» «Ja . . .» «An so einem Abend wie heute finden wir den Schweinehund nie, er löst sich einfach in nichts auf.» «Wir finden ihn, Sergeant. Und fluchen Sie nicht.» Die Leute nennen das Herz den Sitz der Liebe, aber er mit seiner Berufserfahrung weiß es besser. Es ist ein äußerst dunkles und mysteriöses Labyrinth, in dem Grausamkeit, Mißtrauen, Lasterhaftigkeit und Wollust lauern wie schattenhafte Teufel, und die Liebe ist nur eine ihrer grausameren und morbideren Verkleidungen. Durch diese Kloaken des Herzens zu streifen heißt, durch die Hölle selbst zu kriechen. Bei jeder Biegung eine weitere erschreckende Überraschung, eine weitere grauenhafte Scheußlichkeit. Man streckt die Arme aus, um zu helfen, und findet sie bis über die Ellbogen in zähem unaussprechlichem Schmutz versunken. Man ruft – sogar ein freundliches ‹Guten Tag› – und bekommt zur Erwiderung greuliches Gelächter, das erschreckende Flattern unsichtbarer Flügel. Doch wenn alles verloren scheint, gibt es immer einen schwachen Lichtschimmer in der Ferne, zunächst kaum nagelkopfgroß, doch bald ein Glanz, der von den feuchten Wänden widerstrahlt, ein sich öffnender Mund, dann hinaus in Sonnenschein und grüne Felder, ein Lied im Herzen, ja, sogar auf den Lippen, seinen und ihren, die ihm über die Hügel hinweg antworten, wenn sie aufeinander zulaufen, mit ausgebreiteten Armen, die Kleider lose im Sommerwind flatternd.

Sie laufen durch Kleefelder, Felder mit sprießendem Weizen, Felder mit taillenhohen Gräsern, die über ihre Leiber streifen, durch Schilf, Binsen, Rankengewächse. Er läuft durch einen Mammutbaumwald, eine goldene Wüste, glitzernde Stadtstraßen, sie Bergabhänge hinab, U-Bahn-Treppen hinauf, über scheinwerfererleuchtete Bühnen und sechsspurige Autobahnen. Immer schneller laufen sie, ihr Lied perlt, als rase es anderswohin, auf sein eigenes Ziel zu, indes die Hintergründe vorbeisausen, zu verwischt flackernden Bildern werden, als ob er und sie in ihrem schrecklich überdrehten Drang auf der Stelle träten und die Zeit an ihnen vorbeibliese wie der Wind, der ihre langen Röcke sich bauschen, seine Krawatte sich heben und über die Schulter flattern läßt, während sie vom Schiffsbug auf die unendlich wogende See hinausschauen, mit einander um die Taille geschlungenen Armen, für einen Augenblick verloren in ihren Gedanken, ihren Träumen, der Aussicht auf ein neues Leben in der Neuen Welt oder *einer* neuen Welt (wo fahren sie eigentlich hin?). «Wir fahren nach Hause», sagt er wie als Entgegnung auf ihre unausgesprochene (oder vielleicht ausgesprochene) Frage. «Wir werden nie wieder irgendwohin laufen müssen.»

«Ich kann mir nicht vorstellen, daß das möglich ist», seufzt sie und schaut sinnend auf den immer ausdrucksvolleren Sonnenuntergang, auf den sie zuzusegeln scheinen.

Ihre Träumerei wird roh unterbrochen, als Piraten an Bord springen, die Frau vergewaltigen, den Mann töten und das Schiff plündern und versenken – doch nicht, ehe die Frau, die brutalen Vorstöße des Piratenkapitäns mit Holzbein abwehrend, ihm die Nase abbeißt. «Wo ...?!» kreischt er, hält sich das Loch im Gesicht und taumelt auf seinem Holzbein über das sinkende Schiff. Die Frau, deren Schicksal besiegelt ist (das Entermesser, das sie enthaupten wird, pfeift bereits durch die salzige Luft), kaut grimmig, zermahlt die Nase zwischen den Kiefern wie eine wiederkäuende Kuh, die Art Kuh, die sie – in der Neuen Welt und in einem besseren, wenn auch weniger abenteuerlichen Leben – hätte haben können, eine fette alte gefleckte Kuh mit geschwollenem Euter und langen weißen Zitzen, Zitzen, die ungefähr so gemolken werden, wie ein Mann gemolken wird, wenn auch weniger überschäumend. Aber was weiß sie von alldem, wo sie auf dieser einsamen windumtosten Ranch festsitzt («hör es nur pfeifen, es reicht, um einem den Verstand zu rauben»), mit ihrem besoffenen alten Vater und dem zurückgebliebenen Bruder, die sie wegen ihrer Milchmagdhände anpflaumen und sagen, sie würden lieber ein Astloch in einem ungehobelten Brett ficken – was ist «ficken»? Wie soll sie das je erfahren? Wie *kann* sie es je erfahren, abgeschnitten von allen höheren Dingen des Lebens wie Mädchenpensionaten und Bürgersteigen und flutlichterleuchteten Kinopalästen und Weltausstellungen mit Raketenkarussells, Luftballonstripperinnen und Futuramas? Aber wartet nur, eines Tages...! verspricht sie sich, während sie unter Tränen an den Zitzen zieht. Sie lehnt sich gegen die gefleckte Flanke der alten Bossy und meint direkt vor ihrer Nase einen gutaussehenden jungen Ritter in glänzender Rüstung oder jedenfalls einem sauberen Anzug zu sehen, der über die windzerzauste Prärie galoppiert. Er kommt mit unter den Pferdehufen aufwirbelndem Staub, um sie zu sich hochzuziehen und von alldem wegzubringen, fort zu glitzernden Städten und exotischen Inseln und fröhlichen Abendvergnügen. Sie sieht sich plötzlich, als ein Zittern wie Musik durch Bossys Flanke läuft, in luxuriösen Ballsälen herumwirbeln (der Tanz ist ihr zu Ehren!) oder vielleicht aus glänzenden Automobilen steigen und in Restaurants gehen, wo befrackte Kellner sich tief verbeugen und sie «Madame» nennen (die Milch, die in den Eimer zwischen ihren Beinen spritzt, echot ihre Erregung oder *ist* auf unheimliche Weise vielleicht sogar ihre Erregung), oder an Spieltischen, auf Gartenparties, bei Modenschauen und Pferderennen, oder, am allerbesten, in riesigen Himmelbetten ausgestreckt, wo ein und aus eilende Diener ihr bringen, was das Herz begehrt.

Aber nein, nein, sie sieht überhaupt nichts dort, nur der Wunsch ist Vater des Gedankens – manche Dinge auf dieser Welt sind so schwer und beständig wie das Land selbst, und auf nichts trifft das mehr zu als auf Bossys räudigen alten Rumpf, selbst ihr Gestank ist wie eine übelriechende unüberwindliche Barriere, die sie für immer draußen auf dieser luftlosen Prärie umschließt, eine Art dicker Schlammwand mit Gummizitzen, ein fauliger Damm, der die echte Welt (des Lichts! denkt sie, der Musik!) zurückhält, eine Barrikade aus Knochen, ein riesiges unbewegliches Scheißhaus, ohne Tür und ohne Aussicht, ein unerklimmbarer Wall, aufgeworfen in den düsteren Himmel, eine Dornenhecke, furzende Zitadelle, Schützengraben und flohzerbissener Unterstand in einem, ein klebriges Miasma (oh, wie das Herz schmerzt!), ein Niemandsland, ein widerlicher undurchdringlicher Wald, ein unüberwindlicher reißender Strom, eine bodenlose Schlucht, ein Sumpf, verseucht mit den lebenden Toten, deren Hände blind nach der über allem hängenden Düsternis krallen, die Luft durchdrungen von Verwesung. Er stolpert zwischen ihnen hindurch, keuchend, entsetzt, der Treibsand saugt an seinen Füßen, zahnlose Gaumen nagen an seinen Ellbogen, er versucht sich zu erinnern, wie er hierhin kam – irgendein Fall, ein Flugzeugabsturz, eine schiefgegangene anthropologische Expedition, Schiffbruch, eine falsche Abzweigung auf dem Weg zur Bank? Mit Gewißheit trägt er eine Menge Geld bei sich, einen ganzen Eimer voll – er wirft es ihnen zu, und sie schnappen es, stopfen es sich wie Salat zwischen die eitrigen Kiefer, schmatzen laut, lassen die Scheine obszön aus dem Mund und den Löchern in ihren morschen Wangen flattern.

Das Geld lenkt sie so lange ab, daß er sich aus dem Sumpf und auf höhergelegenen Grund schleppen kann, wo er ein altes, baufälliges Holzhaus findet, die Fenster sind dunkel, die Tür klappert im Wind. Er wankt hinein, schlägt die Tür zu, lehnt sich dagegen. Er kann sie draußen hören, sie kratzen und rülpsen und werfen mit Stückchen ihrer auseinanderfallenden Körper, als sei Appetit an sich pure Abstraktion, im Fleisch sichtbar gemacht, aber auch gezügelt davon. Eine Hand bricht durch ein Fenster – er schlägt mit einem Besenstiel danach, und sie zerspringt wie eine Tontaube, während das Handgelenk weiter herumstochert, als suche es blindlings nach seinen verschwundenen Fingern. Er schiebt Möbel vor die Tür und die nächstgelegenen Fenster, findet Hammer und Nagel, reißt Schranktüren, Regalbretter und Tischplatten weg, nagelt sie mit pochendem Herzen kreuz und quer über jede Öffnung, die er findet. Als er fertig ist, sagt die Frau, die am Herd Pfannkuchen mit Speck backt: «Ich *weiß* ja, was du von diesen Reisevertretern hältst, Lieber, aber wäre es nicht billiger, ihnen einfach eins dieser dummen kleinen Kratzhändchen abzukaufen und sie dann zu vergessen?» Er seufzt. Die Luft scheint irgendwie verpestet, wie von Verschlagenheit oder Gelächter. Kommt das von diesen Leuten draußen?

«He, Dad», hebt sein Sohn an, der ironisch sein Zimmermannswerk bewundert, «heißt das, daß ich heute nicht zur Schule gehen muß?»

«Ich bin sicher, du findest deinen üblichen Weg aus dem Speicherfenster und das Fallrohr hinunter, Billy, genau wie samstags immer», antwortet seine Mutter, und wieder rattert es beunruhigend in der Luft.

«Also hört mal», beschwert sich der Vater, «das ist überhaupt nicht komisch», aber mit dieser Meinung scheint er alleine dazustehen. Er hat das schreckliche Gefühl, daß seine Ehe zusammenbricht, obwohl der Speck so knusprig ist wie immer. Oder wenn nicht seine Ehe, dann etwas...

«He, Dad, das ist ja Wahnsinn!» ruft seine Tochter, die zum Frühstück herunterkommt. «Das sieht ja aus wie ein riesiges Mühlebrett. Was soll es sein, eine Art Tribut an einen Hurrikan oder so was?»

«Richtig», sagt die Mutter, «es heißt ‹Schlagseite›. Warum machst du es jetzt nicht wieder weg, Lieber, und läßt den Hund rein. Er kratzt schon seit einer Stunde draußen.»

«Wow, da wir gerade von Schlagseite sprechen, ich hatte diese Nacht vielleicht einen schrägen Traum», sagt die Tochter, die das hohlklingende statische Rauschen in der Luft ignoriert. Ihr Vater zieht sich ganz in seinen Stuhl zurück und fragt sich, ob das Problem daran liegt, daß niemand zuhört – oder daß alle zuhören. «Ich war in dieser verrückten Stadt, wo sich alles andauernd in etwas anderes verwandelte. Ein Haus verwandelte sich in dem Augenblick, in dem man es verließ, in ein Pferd, oder ein Golfplatz hob ab und flog, oder eine Straße verwandelte sich einem unter den Füßen in einen Eßtisch. Man lehnte sich gegen eine Wand und fand sich am Rand einer Klippe, oder man stieg in ein Auto, das sich als Kinofoyer herausstellte. Irgendein Typ kam auf einen zu und verwandelte sich vor einem in eine Pizza oder in eine Parkuhr. Billy kam auch vor, aber er war so was wie ein Flipperautomat, und um eine Kugel loszuschießen, mußte man an seinem Pimmel ziehen.»

«Das ist ja doof! Flipper sind *Mädchen*!»

«Vielleicht erklärt das, warum er ins Bett macht», seufzte seine Mutter.

«Du kamst auch drin vor, Mom. Du warst im Tanzchor irgendeiner furchteinflößenden Tingeltangelshow, in der alle Tänzer sich immerzu in Kleckse oder Monster auflösten. Eine deiner Brüste schien immer runterzurutschen und zwischen deinen Beinen rauszuflutschen, und du hast immer was geschrien von ‹Holt einen Eimer! Holt einen Eimer!› Dad kam nicht in dem Traum vor, zumindest habe ich ihn nicht erkannt, aber einer, der so tat, als sei er Dad, hämmerte immer an die Tür und sagte, er wäre ‹der liebe Dad› und ‹bitte, laßt mich rein›. Aber ich wußte, daß es bloß ein Werwolf war, der verzweifelt versuchte, sich wieder in ein menschliches Wesen zu verwandeln und es nicht konnte. Versteht ihr, andauernd verwandelte sich alles, außer den Sachen, die sich verwandeln *sollten*.»

«Da wir gerade von eurem Vater sprechen, wo ist er? War er nicht gerade noch hier?»

«Ich weiß es nicht. Er sah nicht sehr gut aus. Irgendwie abwesend oder so.»

«Au Backe! Kann ich seine Pfannkuchen haben, Mom?»

«Tja, hoffentlich hat er die Hypothek für diesen Monat gezahlt.»

«Egal, weiter, da waren noch diese Baseballspieler aus der Kinderliga, die sich als prähistorische Monster entpuppten und urplötzlich die Stadt angriffen, bloß daß sich das Ganze, noch während sie dabei waren, die Leute aufzufressen, in eine Tanznummer mit Gesang verwandelte, bei der das Hauptmonster eine Art Ballett mit der heiligen Maria tanzte, die eine Minute vorher noch ein Liegestuhl gewesen war. Die beiden bekamen Krach und fingen an, mit Laserkanonen aufeinander loszugehen, und brüllten dabei was von Subversion an den Grenzen, aber genau in dem Augenblick sank das Schiff, und alle fielen ins Meer. Man konnte sie alle an diesen riesigen Arschbacken vorbeitreiben sehen, die sich als die eines Toten in einer Badewanne herausstellten. Fragt mich nicht, *wer* das war! Na, plötzlich fiel mir ein, daß auch ich mich verwandeln mußte, wenn sich alles andere verwandelte. Ich guckte in einen Spiegel und sah, daß ich meine Nase flachdrücken oder bis auf einen Punkt langziehen, mein Kinn bis zur Stirn hochschieben und meine Backen wie Flügel ausbreiten konnte. Trotzdem hatte ich das Gefühl, daß irgend etwas sich nicht verwandelte. Ich konnte nicht genau den Finger drauflegen, aber es war was tief in mir, was, das ich nur *ich* nennen konnte. Tatsächlich *mußte* dieses Etwas dasein, dachte ich, denn sonst ergäbe nichts einen Sinn. Aber was war es? Wer war da drinnen? Ich war neugierig, deshalb bat ich die Frau, die bei mir war, mir zu sagen, an was sie dachte, wenn sie an mich dachte. Ich sagte ihr, es könne nichts Körperliches sein, meine Narben oder mein Schwanz oder die Scheißestreifen in meiner Unterwäsche, es müßte etwas sein, was man nicht berühren oder sehen konnte. Und sie sagte: ‹Also, ich halte Sie für einen aufrechten und zuverlässigen Schützen, Sheriff, aber für einen, der nicht aufhören kann, nach dem gottverdammten Unnennbaren zu gieren.›»

«Das hat sie gesagt?»

«Und ob.»

«So 'n Schuß in den Ofen, Sheriff. Und was haben Sie gemacht?»

«Na ja, ich hab sie erschossen.» Er hustet einen Schleimpfropf los und zielt damit auf den Spucknapf. «Wenn eine Frau anfängt, mich zu bitten, daß ich mich ändern soll – *pfütt* –, dann wechsle ich die Frau.» Er kippt seinen Drink hinunter, stützt sich von der Bar ab, wirft ein wachsames Auge auf die Schwingtür. «Aber jetzt sagen Sie mir mal was, Partner – ist das bloß mein Gedärm, das sich bewegt, oder geht diese Kneipe irgendwohin?!»

«Ich fürchte, nichts steht lange still. Also, schnallen Sie sich an und genießen Sie den Ritt, Madame.»

«Madame?!»

«Ja, wir sind gleich da.»

«*Da –?*»

Charlie im Haus der Reue

: Einen Augenblick lang steht er wie vom Donner gerührt, die ausgelatschten Schuhe nach außen gestellt, die viel zu weite Hose in der Taille zusammengerafft, das zerrissene Jackett sorgfältig zugeknöpft, mitten in der unter Kronleuchtern gleißenden Halle am Fuß einer breiten Treppe, deren poliertes Geländer sich über ihm windet wie der Rahmen eines höfischen Porträts. Dann blinzelt er, die Augenlider klappen unter seinem kleinen schwarzen Filzhut auf und zu wie Kameraverschlüsse. Er biegt seinen Bambusstock, die Ellbogen, die Knie, schaut sich um, der struppige viereckige schwarze Schnurrbart zittert vor Erregung. Er beugt sich aus der Taille heraus vor, schnüffelt an den großen Blattpflanzen, die die Treppe säumen, hebt Deckel von Truhen, späht hinter Gemälde. Mit dem Stöckchen tippt er ein paarmal einem Hirsch auf die Nase, der mit ausladendem Geweih über einer Tür in der Nähe des Treppenaufgangs hängt, lächelt mit gebleckten Zähnen in den Spiegel, schiebt dann den Hut in die Stirn und springt plattfüßig, aber gekonnt Himmel-und-Hölle auf dem Fußboden, einem glänzend gebohnerten Schachbrett aus schwarzen und weißen Marmorquadraten. Der Fußboden, die Oberflächen der Gemälde, die Spiegel, das polierte Geländer und der Kristallkronleuchter, alles erstrahlt in einem hellen, ursprungslosen Licht. Verwegen stolziert Charlie durch dieses Licht, fordert einen Hutständer zum Duell, putzt sich die Nase an einem Wandteppich, setzt einer Rüstung seinen Filzhut auf. Er hängt sein Stöckchen in der Westentasche ein und offeriert der Rüstung eine Zigarre aus einer Kiste vom Tisch in der Halle. Nein? Nun gut. Er bietet sich selbst eines an, nimmt es und dankt der Rüstung mit einem entwaffnenden Lächeln. Er klopft seine Jacke ab, faßt tief in die Hose, zieht die Taschen heraus: nichts als Löcher. Er bittet die Rüstung um Feuer. Keine Reaktion. Er beugt sich vor, klopft mit dem Stöckchen auf den Brustpanzer, fährt erschrocken zurück und schlägt zugleich beide Hände auf den Brustpanzer, um den Nachhall zum Verstummen zu bringen. Er legt das Ohr an die Rüstung, schnüffelt unter ihren Achselhöhlen, hebt das Visier, späht hinein. Er schaut hinunter. Hinauf. Noch tiefer hinunter. Er zuckt die Achseln, läßt das Visier fallen: es hackt das Ende seines Zigarillos ab. Er rollt die Augen angesichts des beschnittenen Stummels, runzelt die Stirn, öffnet das Visier wieder, wirft ihn hinein und macht dabei einen Sprung rückwärts, als müsse er einer Falle entgehen. Er besorgt sich eine neue Zigarre und nach längerem Nachdenken zwei weitere, eine für jedes Ohr. Gerade will er die ganze Kiste einstecken, als er hoch über sich auf dem Treppenabsatz eine schöne, aber merkwürdig unheilverkündende junge Frau in einem langen weißen Gewand sieht. Beschämt bietet er ihr eine Zigarre an, während er die, die er in der Hand hält, hinter dem Rücken versteckt. Sie starrt an ihm vorbei, ohne etwas zu sehen. Er stellt die Kiste auf den Tisch zurück, tätschelt sie, lächelt entschuldigend zu der jungen Frau hoch, legt dann die beiden Zigarren hinter den Ohren und anscheinend auch die hinter dem Rücken versteckte wieder zurück, und hüpft unter Verbeugungen, sich an den Filzhut tippend, rückwärts durch eine Tür aus der Halle.

Er drückt die Tür zu, wischt sich über die Stirn, bringt eine in der hohlen Hand versteckte Zigarre zum Vorschein, und als er sie selbstgefällig in den Mund steckt und nach Feuer Ausschau hält, merkt er, daß er in einer großen Küche ist. Da gibt es Geschirrschränke, Speiseschränke, Anrichten, Töpfe und Pfannen, offene Regale, in denen funkelndes Geschirr gestapelt ist und weiße Teetassen an kleinen Haken hängen. Sie erglänzen strahlend in den tiefen Schatten, die in der Küche zu schweben scheinen wie die geisterhaften Dunstschleier bei nachlassendem Augenlicht. Würste, Zwiebeln und Kräutersträuße sind oben über Balken geschlungen, und in der Esse lodert launig ein Feuer, über dem von einem Eisenhaken ein eherner Suppenkessel hängt. Daneben: ein Stapel Holzscheite, Feuerzangen, ein Schüreisen, ein Strohbesen. TRAUTES HEIM GLÜCK ALLEIN steht auf einer Kachel an der Wand. Frische Sahnetorten stehen neben einer Küchenwaage und einer Backrolle auf einer Anrichte. Charlie, der diese Dinge flüchtig taxiert, als seien sie irgendwie aus seinen zerrissenen Taschen gefallen, ist nicht allein in der Küche. An einem Tisch in der Mitte des Raums sitzt ein großer kahlköpfiger Mann mit dichtem Schnurrbart, breiten Hosenträgern, eine strahlendweiße Serviette unter das Doppelkinn geklemmt, und starrt kummervoll auf einen dampfenden Suppenteller vor sich. Charlie nähert sich dem Mann mit umständlichen kleinen Schritten von der Seite und bittet dann, noch ein gutes Stück entfernt, einfältig lächelnd um Feuer. Der Dicke schaut nicht einmal von seinem Suppenteller auf. Charlie plumpst auf die Absätze seiner Latschen zurück, betrachtet eingehend den Mann, die Suppe, den Mann. Auf Zehenspitzen kommt er näher, riecht an der Suppe, rümpft die Nase. Er macht Anstalten, einen Finger in die Suppe zu stecken, um sie zu probieren, hält inne, zieht elegant einen fingerlosen Handschuh ab und steckt dann tatsächlich einen Finger hinein – schmerzerfüllt springt er zurück, steckt den Finger in den Mund und lutscht unter Tränen daran. Ein nachdenklicher Ausdruck tritt auf sein blasses Gesicht. Er betrachtet den Finger gründlich, lutscht wieder, diesmal anerkennender. Er schmatzt mit den Lippen, setzt sich neben den Kahlkopf. Er streut sich ein bißchen Salz auf die Handfläche, riecht daran, wirft es über die linke Schulter und sprenkelt dann etwas in die Suppe. Er borgt sich den Löffel des Mannes, schlürft einen Löffel voll heißer Suppe, gibt ein bißchen mehr Salz hinein, wirft den Salzstreuer über die Schulter. Wieder probiert er die

Suppe: immer noch nicht ganz richtig. Er schnappt sich den Pfefferstreuer, streut sich ein bißchen auf die Handfläche, riecht daran – und schnell überkommt ihn der Drang zum Niesen. Er kämpft dagegen an, drückt zunächst den Finger gegen die Oberlippe, dann den Ärmel, den Pfefferstreuer, den Löffel, den Finger des Mannes – der Nieser explodiert. Die Suppe spritzt dem Kahlkopf ins Gesicht. Der Mann starrt weiter traurig in den halbleeren Teller, während dampfende Suppe von seinem dichten Schnurrbart tropft. Charlie, krank vor Angst, wischt den Suppenlöffel an der Krawatte ab, legt ihn wieder hin, rutscht von seinem Stuhl und entfernt sich, an den Hut tippend, rückwärts, dreht sich dann um und rennt gehetzt durch die nächste Tür.

Wie angewurzelt bleibt er stehen. Er ist im Schlafzimmer einer Dame. Eine Überfülle von Spiegeln, Blumen und eleganter Kleidung. Eine schöne junge Frau, vielleicht die, die er zuvor auf dem Treppenabsatz gesehen hat, steht neben dem zerwühlten Bett. Sie zieht gerade ihr Negligé aus. Unter Verbeugungen und Kratzfüßen bedeckt Charlie mit einer Hand die Augen und tippt sich mit der anderen an den Hut, fährt dann herum, um dort hinauszugehen, wo er hereingekommen ist – und knallt gegen die Wand: die Tür ist weg. Er taumelt zurück, drückt an seiner Nase herum, wie um ihr ihre Form wiederzugeben, starrt verdutzt die Wand an. Verstohlen wirft er einen Blick über die Schulter: die junge Frau ist weg. An ihrer Stelle steht vornübergebeugt ein Zimmermädchen in einer frischgestärkten schwarzen Uniform mit weißer Rüschenschürze und weißem Spitzenkragen und macht das Himmelbett. Charlie blinzelt, zuckt auf seine typische Art die Achseln, tippt höflich vor ihrem Hinterteil an den Hut und stolziert dann, sein Bambusstöckchen wirbelnd, spielerisch durchs Zimmer. Er latscht durch Schuhe, Strumpfgürtel und zarte Unterwäsche, die auf dem Boden verstreut liegen, richtet sich vor den Spiegeln die Haare, stöbert in den Schubladen, studiert das gerahmte Foto eines Kindes auf dem Toilettentisch, sprüht etwas aus einem

Zerstäuber unter die Achselhöhlen seines zerrissenen Jacketts, besprüht dem geschäftigen Zimmermädchen den Hintern. Sie steht immer noch vornübergebeugt, ohne ihn wahrzunehmen, und zieht die Laken straff. Er wirbelt sein Stöckchen, erwischt, gen Himmel schauend, ihren Saum damit und lüpft den Rock. Sie richtet sich auf – Charlie läßt sein Stöckchen zurückschnellen und tut so, als schimpfe er es aus. Das Zimmermädchen beachtet ihn nicht, sondern bückt sich wieder, um die Kissen aufzuschütteln. Er zuckt schelmisch mit den Augenbrauen, angelt wieder nach dem Rock und sieht zu, wie er langsam wie ein Theatervorhang ihre schimmernden weißen Schenkel hochgleitet. Die Lichter gehen aus. Als sie wieder an sind, steht Charlie da wie zuvor und hält steif sein Stöckchen vor sich, von dem der Rock des Zimmermädchens wie eine schwarze Flagge hängt; das Zimmermädchen selbst steht nun am Toilettentisch, die Hände vor den Schenkeln gekreuzt, ein großes O gespielter Überraschung auf den vollen Lippen, die weichen weißen Unterhosen mehrere Male im Triptychon des Klappspiegels hinter ihr gespiegelt. Charlie starrt seinen Stock und dessen Fang an, wirbelt herum, um das Bett, das Zimmermädchen, die Spiegel, das Zimmer anzustarren. Er kneift die Augen zusammen, strafft die mageren Schultern, zieht seine ausgebeulte Hose hoch, macht einen Schritt nach vorn, und wieder gehen die Lichter aus. Als sie wieder an sind, ist Charlie noch mitten im Schritt, wenn auch mit weit offenem Mund und hervorquellenden Augen. Das Zimmermädchen macht wieder das Bett, ihr Rock hängt auf halber Höhe ihrer Schenkel, an der Krücke seines hinter ihm ausgestreckten Stöckchens. Sie ist jetzt beinahe ganz vornübergebeugt und wackelt ihm, kokett zwischen den Knien durchspähend, mit dem Hintern zu. Im Zimmer scheint es immer heller zu werden. Noch während Charlie seinen Schritt zu Ende führt, dreht er sich auf dem Absatz um und macht hastig, mit entsetzt aufgerissenen Augen zusehend, wie dem Zimmermädchen der Rock abgerissen wird, einen Rückzieher aus dem Zimmer.

Und saust direkt über das glänzende Treppengeländer im ersten Stock in das Vestibül tief unten, wie wahnsinnig nach etwas greifend, was ihn retten könnte, während seine Füße hilflos einen Bogen über das Geländer schlagen. Was er zu packen bekommt, ist das Ende eines Bandes, das um die Taille der bleichen Dame auf dem Absatz zu einer Schleife gebunden ist – es löst sich, als würde ein Päckchen geöffnet, und läßt ihn wie abgespult hinabrollen. Er prallt von dem Hirschkopf ab, wird vom Geweih in den Hintern gestochen und macht einen Bauchklatscher auf das Geländer, das er kopfüber hinunterrutscht. Sein Stöckchen klappert an der Balustrade entlang wie ein Polizeiknüppel an einem Holzzaun. Am Ende der Balustrade steht eine große Porzellanvase, die Charlie im Sturz umstößt, aber irgendwie noch im Fallen, Zentimeter vor dem Boden, auffangen kann. Er rappelt sich auf, stellt die Vase wieder sicher auf die Balustrade, wischt sich die Stirn ab, rückt die Krawatte zurecht, lehnt sich erschöpft zurück und stößt die Vase zu Boden, wo sie in tausend Stücke zerbricht. Unschuldig schaut er in die entgegengesetzte Richtung, schiebt mit dem Fuß die Scherben beiseite, bis sie nicht mehr zu sehen sind, und wirft dann verstohlen einen Blick hinauf zu der Dame. Sie hat nichts bemerkt. Wie zuvor starrt sie in die Ferne, als sei sie von Kummer oder Reue niedergeschmettert, das gelöste Band hängt herab wie eine aufgegebene Hoffnung. Charlie kratzt sich am Kopf, neigt sich ihr zu, beugt sich von ihr weg. Er winkt. Er wirft ihr eine Kußhand zu. Er pfeift durch die Finger. Er springt auf und ab und schwenkt die Arme. Nichts. Er wirbelt seinen runden Filzhut auf dem Ende des Stöckchens, läßt ihn dann den Arm herunterrollen, wirft ihn sich auf den Kopf, tippt ihn von hinten an. Er zerdeppert eine weitere Vase. Er trommelt auf die Rüstung. Er kippt die Zigarrenkiste aus, steckt sich zehn Zigarren auf einmal in den Mund, ißt gar eine unzerkaut. Aber ihr trauriger, geistesabwesender Ausdruck bleibt unverändert. Er pflückt eine Rose aus einer zerbrochenen Vase, küßt sie und wirft sie zu ihr hoch. Sie verfehlt ihr Ziel, trifft die Balustrade darunter und landet auf dem abgetrennten Hirschkopf. Er reißt eine weitere heraus, holt weit aus und wirft sie über den Kopf hoch, aber wieder trifft sie nur die Balustrade. Frustriert packt er einen ganzen Arm voll und schleudert sie alle gleichzeitig hoch: diesmal kommen einige bei ihr an, prallen aber unbeachtet an ihr ab. Eine verfängt sich in ihren langen weißen Röcken. Er hebt eine der hingefallenen Rosen auf und springt die Treppe hinauf, um sie ihr darzubieten: er lächelt, er verbeugt sich, er schneidet Grimassen, er bittet, es nützt alles nichts. Er klemmt sich die Rose zwischen die Zähne und tanzt eine sehnsüchtige kleine Arabeske um sie herum. Unerwartet streckt sie klagend die Arme aus und berührt sein Gesicht – scheu zieht er den Kopf ein, weicht zurück und purzelt rückwärts die Treppe hinunter.

Unten bemerkt er, daß er die Rose verschluckt hat, samt Dornen und allem, und daß er nicht mehr in der Halle ist. Perserteppiche bedecken nun den Boden, auf dem er ausgestreckt liegt, klobige Ledersessel und Sofas, Standaschenbecher und klassische Statuen stehen herum. Vielleicht ist er durch eine der vielen Türen hier hereingepurzelt. An Stelle der Treppe Bücherregale: es scheint sich um eine Art Bibliothek zu handeln. Er rülpst, schielt, würgt ein Rosenblatt heraus. Ein Kronleuchter mit milchigen Halbkugeln wie Suppentassen hängt über ihm von der Stuckdecke und wirft einen schimmernden Glanz auf die ledergebundenen Bücher, die mit dicken Vorhängen verhängten Fenster und die Bogentüren, die großen dunklen Gemälde in ihren vergoldeten Rahmen, die blanken Zifferblätter der zahlreichen Uhren im Zimmer. Drüben am Kamin steht an einem zweistufigen Servierwagen aus Elfenbein ein alter Mann mit langem weißem Spitzbart, schwarzem Abendanzug, Nasenkneifer und silbernem Zylinder und trinkt alleine vor sich hin. Charlie, der gerade einen Dorn zwischen den Zähnen herauspflücken muß, betrachtet sehnsüchtig den Getränkewagen mit seinem üppigen Aufgebot an Gläsern und Flaschen. Er tastet seinen Kopf ab, schaut sich nach seinem Hut um und merkt, daß er darauf sitzt. Er zieht ihn hervor, holt Stock und Handschuhe, klaubt eine in der Uhrtasche verborgene Zigarre heraus; er steckt die Zigarre in den Mund und spaziert, Stäubchen von seinem schäbigen Jackett und der ausgebeulten Hose bürstend, zu dem Alten bei den Flaschen, als sei er eingeladen. Der Alte hat sein Glas ausgetrunken und schenkt sich ein weiteres ein. Charlie lächelt einfältig, wirft vielsagende Blicke um sich, verneigt sich, zieht den Hut, hängt ihn an den Stock über seiner Schulter, hält hoffnungsvoll ein Glas hin, aber der Alte, dessen Gesicht ein untröstlicher Kummer entstellt, ignoriert ihn. Er kippt sein Glas hinunter und setzt es hart ab, um nachzuschenken. Charlie zieht die Augenbrauen hoch, spitzt die Lippen, lenkt die Aufmerksamkeit des alten Mannes auf den Kronleuchter, tauscht die Gläser aus. Der Alte hebt das leere Glas, Charlie das volle. Charlie prostet dem Alten zu, kippt seinen Drink hinunter. Der Alte betrachtet sein leeres Glas, setzt es ab, füllt es wieder auf. Er schaut Charlie über seinen Nasenkneifer an, und Charlie tauscht wieder die Gläser aus. Er prostet dem alten Mann zu, läßt sich gegen die Lehne des prallen Sofas fallen, schluckt seinen Drink hinunter. Er biegt die krumme Zigarre wieder gerade, der Alte schenkt sich einen neuen Drink ein, Charlie tauscht die Gläser aus und greift gleichzeitig in der Tasche des Alten nach einer Schachtel Streichhölzer. Er prostet dem Alten zu, streicht an seiner Smokinghose ein Streichholz an, kippt den Drink hinunter, zündet die Zigarre an, wirft das Streichholz in das gerade geleerte Glas, tauscht es aus, bläst einen Rauchring. Der alte Mann starrt trübsinnig auf das leere Glas mit dem aufgeweichten Streichholz darin, während Charlie ihm die Streichholzschachtel wieder in die Tasche steckt und seine Asche ebenfalls dort hineinklopft. Tief seufzend nimmt sich der Alte ein sauberes Glas und füllt es. Charlie tauscht es schnell aus, lockert die Krawatte, streckt die Beine aus. Sein dicker Zeh guckt aus einem Loch in der Schuhsohle: Charlie wackelt zufrieden damit hin und her, tauscht einmal mehr die Gläser aus und läßt sich mit triefäugiger Selbstzufriedenheit in die Sofapolster zurückfallen. Diesmal jedoch hört der Alte mit dem Einschenken nicht mehr auf. Er blickt durch seinen Nasenkneifer auf Charlie hinab, die alten Triefaugen vor Kummer tränenverschleiert, und leert die Flasche. Charlie springt auf, schnappt sich ein weiteres Glas und hält es unter den Strom, trinkt das volle gerade noch rechtzeitig aus, um es zurückzuschieben, als das neue Glas überläuft. Der Alte jedoch gießt wie erstarrt weiter. Charlie schiebt noch mehr Gläser unter die gluckernde Flasche, trinkt einige aus, leert andere in die Taschen des alten Mannes, in die eigenen, wieder andere über seine Schulter, in die Aschenbecher, den Kamin, seinen Hut, den Hut des Alten – aber er kann nicht Schritt halten, der Schnaps gluckert aus der Flasche auf den Servierwagen, das Sofa, läuft ihm die Hosenbeine hinunter, dem alten Mann die Hosenbeine hinunter, hinterläßt hier Pfützen, dort Flecken auf den Kissen und Perserteppichen, und die ganze Zeit starrt der Alte, die schmächtigen Schultern gekrümmt, die Unterlippe traurig vorgeschoben, mit Augen, die sich langsam überziehen wie beschlagene Objektive, Charlie an. Die Flasche fällt ihm aus der Hand. Charlie, innen und außen begossen, zieht irre Grimassen. Er hebt seine aufgeweichte Zigarre auf, tippt sich an den Hut, der nicht da ist. Er findet ihn, nachdem er sich zwei-, dreimal um sich selbst gedreht hat, an seiner Stockspitze. Er greift danach, kann ihn aber nicht fassen. Er stolpert im Zickzack herum, zieht vergeblich an der nassen Zigarre und versucht, den Hut am Ende seines Bambusstöckchens, der ihm immer wieder entwischt, zu fassen zu bekommen. Vasen fallen und zerspringen, Statuen kippen um, ihre Köpfe rollen, Gemälde hängen schief. Betrunken packt Charlie nach einem Bücherschrank als Stütze und zieht das ganze Ding mit sich herunter. Er klettert darunter hervor und schleppt sich, eine Hand über die andere legend, den Stock hoch, bis er den Hut erreicht. Er kämpft mit dem Stock, als sei der Hut mit ihm verwachsen. Der alte Mann steht am Servierwagen und leert eine weitere Flasche aus. Endlich befreit Charlie den Hut und knallt ihn sich schief auf den Kopf. Idiotisch grinsend kraucht er auf allen vieren mit dem hüpfenden Hut auf seinen ungekämmten Locken durch den Raum und versucht, zu dem Alten und dem Getränkewagen zurückzugelangen, aber der Boden kippt ihn immer wieder in die andere Richtung. Schließlich wirft er ihn rückwärts direkt aus der Tür, während der Alte mit seinem Zylinder und dem Nasenkneifer in der Ferne verschwindet wie jemand, der einsam auf einem Bahnsteig Abschied nimmt. Charlie erhebt sich und winkt ihm mit der nassen Zigarre besoffen ein Lebewohl zu.

Rückwärts eilend fällt er gegen etwas, seine Füße fliegen höher als der Kopf, sein kleiner runder Filzhut schwebt einen Augenblick in der Luft, ehe er seinem Besitzer in eine, wie sich herausstellt, leere Badewanne folgt. Benebelt macht Charlie Anstalten, sich aufzurichten, rutscht und gleitet aber in der emaillierten Wanne aus. Er bekommt eine Seifenschale zu fassen, doch sie bricht ab. Er zieht sich an der Stöpselkette hoch, packt den Badewannenrand wie ein Mann, der sich an einen Felsvorsprung klammert, und hievt sich schließlich, nach Luft ringend, hinüber und auf den Boden. Aber wo ist sein Hut? Beschwipst späht er in die Wanne: da ist er, liegt auf der Krone, als erwarte er, daß Almosen hineingeworfen würden. Er zuckt die Achseln, sucht Halt am Wannenrand und stürzt sich kopfüber hinein. Seine Füße schlagen einen Bogen, strampeln ungestüm in der Luft herum, seine ausgebeulten Hosenbeine rutschen auf die Knie und entblößen nackte Knöchel. Sein Zeh wackelt in dem Loch in der Sohle, als suche er einen Halt. Endlich kommen seine Füße wieder herunter und der Kopf hoch: der kleine runde Hut ist ihm über die Nase gerutscht. Blind mit dem Hut kämpfend stolpert er herum und stößt mit jemandem zusammen. Er entschuldigt sich, weicht zurück und torkelt beinahe wieder in die Wanne. Seine Hand berührt etwas, er tastet es der Länge nach ab: eine Saugglocke. Er hält sie sich über den Kopf, stößt die Saugkappe aus Gummi so energisch herunter, daß ihm die Knie einknicken, und zieht: der Hut wird vom

Kopf abgesaugt, seine Füße heben dabei ein paar Zentimeter vom Boden ab. Er blinzelt und schaut besäuselt um sich: die Person, mit der er zusammenstieß, ist ein stämmiger Polizist mit einem großen Knebelschnurrbart und einem glänzenden fünfzackigen Stern auf der Brust. Der Polizist sitzt in Socken auf einem kleinen Hocker und angelt mit einer Bambusrute in der Toilettenschüssel. Charlie erkennt die Rute. Es ist sein Stock. Er versucht, ihn sich zurückzuholen, aber der Polizist pustet die Wangen auf und leistet Widerstand. Während sie um den Besitz des Stockes streiten, kommt die Leine aus der Toilettenschüssel hoch: an ihrem Ende hängt ein riesiger Krebs. Der Krebs wirbelt an der Angel durchs Zimmer, knirscht mit den Scheren, fegt Medizinflaschen von den Glasregalen, zerbricht den Badezimmerspiegel, schlägt gegen die von der Decke baumelnde Glühbirne, bringt sie zum Schaukeln und läßt Schatten im Raum tanzen und springen. Charlie und der Polizist kämpfen immer noch um den Stock, versuchen dabei aber, dem fliegenden Krebs auszuweichen. Zwecklos: mit einer Schere fängt er die Nase des Polizisten, mit der anderen Charlies. Rundherum im Kreis gehen sie, schielen böse auf den Krebs, die Münder unter den Schnurrbärten gespitzt, die verblüfften Gesichter mal in den kreisenden Schatten, mal außerhalb. Charlie läßt schließlich den Stock los und braucht beide Hände, um die Schere von seiner Nase abzureißen. Er schaut sich nach etwas um, woran er sie festmachen kann, hebt schließlich einen der bestrumpften Füße des Polizisten hoch und klemmt den dicken Zeh in die Schere. Der Polizist, der immer noch hilflos an der Nase festhängt und nun auf einem Fuß herumhopst, läßt den Stock los, damit er den Fuß hochhalten kann und seine Nase nicht weggerissen wird. Charlie wirbelt im Siegesrausch das Stöckchen, bürstet sich ab, rückt Hut und Krawatte zurecht, putzt sich beduselt vor dem zerbrochenen Spiegel heraus, hat jedoch Mühe, sich in den vielfachen Bildern und wirbelnden Schatten zu finden. Als er sich rülpsend zum Gehen wendet, erspäht er die Saugglocke. Er hebt sie auf und zeigt sie mit einem zärtlich berauschten Lächeln dem unglücklichen Polizisten. Vielleicht hofft der Polizist nun auf Rettung. Er scheint zu nicken, und sein Fuß nickt im Gleichtakt mit dem Kopf. Charlie nimmt dem Polizisten den Helm ab, haut ihm den Glockenstiel über den Schädel und setzt den Helm wieder auf, aber dem Polizisten über die Augen. Er tritt auf den hüpfenden Fuß und kitzelt den anderen, hebt dann die flatternden Rockschöße des Polizisten und rammt ihm die Glocke in den Hintern, wo sie sich festsaugt und, wackelnd wie ein steifer hölzerner Schwanz, den selbstgefällig auf seiner nassen Zigarre kauenden Charlie zum Ausgang winkt.

Im nächsten Zimmer, zufällig der Küche, bahnt er sich einen Weg zum Feuer, wo es im Suppenkessel immer noch vor sich hin köchelt, knickt geziert in der Taille ein und nähert schwungvoll sein Gesicht dem Feuer, um seine Zigarre anzuzünden. Als er wieder hochkommt, ist sein Gesicht verrußt, Schnurrbart und Augenbrauen sind versengt, aber die Zigarre brennt nicht. Benebelt und mit mißbilligendem Stirnrunzeln betrachtet er den aufgeweichten Stumpen, wringt ihn aus, zuckt die Achseln und drückt ihn auf der nächsten sauberen hellen Oberfläche aus – wie sich herausstellt, der Kahlkopf des dicken Mannes am Küchentisch: er sitzt immer noch in sich zusammengesunken dort und starrt düster in seinen Suppenteller, anscheinend vor Wut schäumend, die nasse Zigarre wie ein schäbiges Toupet auf sein kahles Haupt geklatscht. Charlie hampelt in mehrere Richtungen zugleich, als wolle er weglaufen und wisse nicht, wohin. Verzweifelt schnappt er sich den Strohbesen und fegt die Zigarre vom Kopf des Mannes. Sie fällt in die Suppe. Entsetzt starrt Charlie auf den dicken zerquetschten Zigarrenklumpen, der in der Suppe des Mannes schwimmt. Er schleudert den Besen über die linke Schulter in den Geschirrschrank, packt den Suppenteller, stürzt schlingernd zum Feuer, kippt den Inhalt hinein, schöpft einen neuen Teller voll aus dem Kessel, gießt sich in der Eile heiße Suppe übers Hosenbein, hoppelt ängstlich auf einem Fuß zurück, stolpert und fällt, verschüttet die Suppe, rappelt sich auf, stürzt zurück zum Kessel, füllt den Teller neu, kehrt vorsichtig, mit in beiden Händen bebendem Teller, zurück, schüttet die Suppe dem Dicken in den Schoß, rast zum Kessel zurück, findet nun Gefallen an diesem ganzen Hin und Her, kehrt zurück, schüttet Suppe über den ganzen Tisch, hechtet in schwindelerregendem Hopplahopp wieder hin, um einen neuen Teller voll zu holen, hält kaum am Kessel inne, tänzelt zum Tisch und gießt dem Mann die Suppe über den Kopf. Ruckzuck zieht er ihm die Serviette unter den Kinn hervor, trocknet die triefende Glatze ab, bläst darauf, poliert sie mit seinem Ärmel, kehrt dann mit mehr Suppe zurück und stellt den dampfenden Teller mit einem anmutigen Schlenker, die Serviette ordentlich Kante auf Kante über dem Arm gefaltet, vor den Mann, dreht mit ausgestreckten Armen eine Pirouette, zieht dem Dicken eines über den Hinterkopf, kreuzt die Füße und verbeugt sich. Der Mann hat sich unterdessen nicht gerührt, ja noch nicht einmal sein dumpf brütendes Starren aufgegeben. Seine Knollennase scheint sein Gesicht mit einer Art dräuender Düsternis auszufüllen, unter der sein Schnurrbart so leblos herunterhängt wie von einem Galgen. Beklommen steckt Charlie die Serviette wieder unter das fette Kinn, streicht sie glatt. Er rückt den Suppenteller näher. Der Mann starrt darüber hinweg. Charlie schiebt den Teller wieder in sein Blickfeld und kratzt sich den Lockenkopf. Lässig schlendert er vorbei und rempelt den Dicken an, tut so, als wolle er weglaufen, bleibt stehen, runzelt die Stirn. Er stößt ihn mit dem Ellbogen an. Er läßt die schweren Hosenträger des Mannes schnappen. Er schlägt ihm mit dem Stöckchen auf den Kopf, dreht sich um und tritt ihn mit dem Absatz. Er ballt die Fäuste wie ein Boxer, umkreist den Mann, versetzt ihm ein paar leichte linke Gerade. Er zieht an seiner dicken Nase. Er nimmt Fechterhaltung ein und macht mit dem Stöckchen Ausfälle gegen ihn. Nichts. Gereizt zuckt Charlie die Achseln, dreht sich um, erblickt die Sahnetorten auf der Anrichte. Seine Augen leuchten auf. Er stemmt ein paar hoch, schätzt Gewicht und

Schwerpunkt ab, wählt eine aus und dreht sich wieder um, um sie zu werfen. Der dicke Mann hängt wie zuvor massig über dem Tisch und stiert in den Teller mit heißer Suppe. Charlie schleicht sich an den Tisch heran, zeigt dem Mann den Kuchen, hält ihn zwischen sein Gesicht und die Suppe, eilt dann zurück zur Anrichte und holt zum Wurf aus. Der Mann stiert dumpf in die Suppe. Charlies Schultern sacken, er senkt den Kuchen. Das Leuchten ist aus seinen Augen verschwunden. Er schüttelt sich, strafft die Schultern, tänzelt näher heran, hebt erneut den Kuchen. Aggressiv hüpft er herum, zieht Gesichter und schwenkt den Kuchen, aber alles ohne Erfolg. Er haut auf den Tisch, tritt dem Mann gegen das Schienbein. Er bleckt die Zähne, schließt die Augen und klatscht ihm den Kuchen ins Gesicht.

Doch als er die Augen wieder aufschlägt, stellt er zu seinem Entsetzen fest, daß er nicht den Dicken getroffen hat, sondern die schöne Dame auf dem Treppenabsatz. Ihre bleichen, melancholischen Züge sind mit Sahne verschmiert, und Kuchenstücke kleckern über ihr langes weißes Gewand. Einen Augenblick scheint Charlie schreckerstarrt, er rauft sich das lockige Haar, sein Mund steht weit offen, die Augen quellen ungläubig hervor. Dann macht er einen kleinen Hüpfer und rast auf der Suche nach etwas, das er als Handtuch benutzen kann, behende davon. Er entdeckt einen schweren Vorhang an einem Fenster, greift sich einen Zipfel, eilt so weit zurück, wie der Vorhang reicht, und fällt, pardauz, auf den Hintern. Er rappelt sich auf, in Vorhang und Vorhangkordel verwickelt. Er schlingert mit Tränen in den dunkelbewimperten Augen auf die Dame zu, nur um wieder zurückgezerrt zu werden. Je mehr er versucht, sich zu befreien, desto mehr verheddert er sich. Die Dame steht dort am Geländer, hoch über dem schachbrettgemusterten Marmorfußboden, und starrt sehnsüchtig in die Ferne, das Gesicht mit Sahne und Kuchenkrümeln verschmiert. Kleine Bröckchen rutschen ihr langsam über die Wangen, fallen wie schmelzendes Kerzenwachs vom Kinn auf den Busen. Charlie kämpft sich endlich aus den Vorhängen frei, schleppt aber die Kordel mit sich. In einer immer schneller werdenden Folge von kleinen Drehern, Sprüngen und Pas de Chats wickelt er sich aus der Kordel und macht dann einen Satz vorwärts, um der Dame das Gesicht abzuwischen. Erst mit den Händen, dann mit dem Hut, dem Vorhang, dem Jackett, der Krawatte. Sie blinzelt inmitten all des Teigs, die Wimpern sind mit Sahne verklebt. Er zieht seinen Hemdenschoß heraus und tupft ihr zärtlich über die Augen.

Die überhaupt nicht ihre Augen sind, sondern die des alten Mannes. Charlie steht in der Bibliothek und tupft die tränenden Augen des alten Mannes mit dem Hemdenschoß ab. Die Bibliothek ist ein Schlachtfeld, die Bücher sind aus den Regalen gefallen, die Gemälde liegen aufgeschlitzt am Boden, Aschenbecher sind umgekippt, Vasen und Statuen zertrümmert, Gläser verstreut, Spiegel zersplittert, Uhren, deren Uhrwerke wie ungebärdige Haare hervorspringen, aufgebrochen. Der alte Mann steht mit zerdrücktem Zylinder, die Hände in der Hose, inmitten dieses Chaos am Schreibtisch, Tränen laufen ihm über die blassen runzligen Wangen und in den weißen Spitzbart. Das Tintenfaß ist umgekippt. Die Tinte steht in einer glänzenden schwarzen Pfütze, deutlich abgehoben von der Schreibtischplatte, als sei sie aus Gummi, wie ein Scherzartikel. Der Alte, dem die Tränen vom Spitzbart tropfen, starrt Charlie flehentlich an, während seine Hände sich makaber in der schwarzen Hose bewegen. Er trägt eine schwarze Armbinde, und sein Nasenkneifer baumelt ihm vor der Brust, die Gläser von tausend winzigen Rissen durchzogen. Charlie, der dem Alten immer noch die Augen abtupft, als könne er nicht aufhören, drückt ihm einen Augapfel heraus. Langsam sickert er aus seiner Höhle, flutscht ganz heraus und rutscht über die welke Wange, bleibt an einem schlüpfrigen Faden hängen. Verzweifelt versucht Charlie, den Augapfel wieder zurückzudrücken, aber er ist schon schwierig genug festzuhalten: dauernd fällt und rutscht er ihm aus der Hand. Und dann beginnt der andere auch noch aus seiner Höhle zu schwappen.

Charlie schreit auf und klatscht die Hand gegen das auslaufende Auge, nur um zu merken, daß er den runden weißen Hintern des Zimmermädchens in der Hand hält. Sie steht vornübergebeugt und macht das zerwühlte Bett, die Unterhose hängt ihr um die Knöchel. Charlie erschaudert, stolpert rückwärts, strauchelt über seinen eigenen Stock, der in der Unterhose eingehakt ist, und purzelt in einen Stapel Hutschachteln. Das Zimmermädchen späht um ihre leuchtenden Hinterbacken herum nach Charlie, greift dann nach hinten, spreizt ihre Bakken vor ihm, spitzt die Lippen und wirft ihm eine Kußhand zu. Er schnappt nach Luft, rappelt sich auf, dreht sich um und knallt gegen die Wand. In blinder Panik ertastet er sich einen Weg zur Tür, während ihr nackter Hintern ihm aus einem Dutzend Spiegel entgegenblitzt und die Wände weich wie Fleisch werden. Die Luft scheint voll flatternder Dessous zu hängen. Ungeschickt fummelt er an der Türklinke herum, die ihm immer wie eingeschmiert aus der Hand rutscht, wirft sich schließlich mit der Schulter gegen die Tür und schießt hinaus.

Nur um sich in der Küche wiederzufinden. Der dicke Kahlkopf sitzt jedoch nicht mehr am Tisch. Sein Stuhl liegt dort wie unter ihm weggetreten, und er steht da und pißt verdrossen in seinen Suppenteller. Charlie rappelt sich auf, zieht die schmerzende Schulter hoch und weicht zitternd zurück. Er stößt gegen eine Anrichte, will sich mit der Hand hinten abstützen und langt mitten in eine Sahnetorte. Der Dicke knöpft sich den Hosenladen zu und schlurft zur Tür. Finsteren Blicks kniet er nieder und luchst gebannt durchs Schlüsselloch. Die breiten Hosenträger sind stramm über seinen schweren Leib gespannt, die Serviette baumelt unter seinem Kinn wie eine Signalflagge. Charlie, der sich die Torte von der Hand leckt, schleicht sich an den Mann heran. Er versucht, ebenfalls durchs Schlüsselloch zu blinzeln, aber das Loch ist zu klein, und der dicke Mann hockt unbeweglich davor, völlig fasziniert. Charlie schiebt und drückt von allen Seiten und erhascht schließlich, sein Ohr an das des Dicken gepreßt, einen Blick. Der Anblick läßt ihn schreckensbleich werden. Wie von Sinnen versucht er, die Tür aufzuziehen, aber der schwere Dicke davor ist nicht von der Stelle zu bewegen. Charlie tritt ihn, knufft ihn, zieht ihn an den Ohren, zerbricht ihm einen Stuhl über dem Kopf, aber er weicht nicht vom Fleck. Charlie hämmert vor Verzweiflung auf den eigenen Kopf ein, hält dann aber inne. Ein Licht scheint ihm aufzugehen. Er sucht unter seiner Jacke und den Hemdenschößen, findet die große Sicherheitsnadel, die seine Hose festhält: er macht sie auf und rammt dem Dicken die Spitze tief in den Hintern. Langsam, als erhalte er aus weiter Ferne eine niederschmetternde Botschaft, bäumt der Dicke sich auf, sein Mund beginnt sich allmählich zu öffnen, sein Gesicht sich zu verziehen und zu verfinstern, sein mächtiger Schnurrbart sich zu sträuben, sein Blick sich scharf auf einen Punkt zu richten. Charlie rafft seine nicht mehr zusammengesteckte Hose zusammen und stürzt an ihm vorbei aus der Tür.

Auf dem Treppenabsatz in der Halle hat die Dame in dem weißen Gewand aus der von Charlie abgerissenen Vorhangkordel eine Schlinge fabriziert. Sie hat das lose Ende um den breiten Handlauf des Geländers gebunden und legt sich gerade die Schlinge um den Hals. Ihr Gesicht ist noch mit Sahnetorte beschmiert, ihr Kleid befleckt. Charlie springt auf sie zu, mit einer Hand seine schlabbernde Hose haltend, mit der anderen heftig winkend, aber die Schlinge liegt bereits wie ein Schmuckstück um ihren blassen Hals. Er fleht sie an, er droht, er schmeichelt, aber die Frau, die gefährlich gegen das polierte Geländer lehnt, starrt an ihm vorbei, hinunter in die leere Halle. Charlie streckt die Arme nach ihr aus, aber etwas an ihrem düsteren, brütenden Ernst hält ihn zurück. Er hüpft und tanzt um sie herum, kaut an den Nägeln, wimmert, seine Augen füllen sich mit Tränen. Flehentlich preßt er die Handflächen zusammen, seine Hose fällt herunter. Er zieht sie hoch, sieht aber, daß die Frau sich endlich umgedreht hat, um ihn anzuschauen. Er faßt sich ein Herz, wirbelt mit einer Hand sein Stöckchen für sie und versucht vergeblich, sich mit der anderen zugleich an den

Hut zu tippen und die Hose hochzuhalten. Als er nach der Hose, dem Hut, der Hose, dem Hut schnappt, scheint ihr melancholischer Gesichtsausdruck sanfter zu werden. Er tänzelt unter Tränen in wahnsinniger, gespielter Fröhlichkeit um sie herum, läßt sich hinplumpsen, trommelt sich auf den Kopf, läßt die Hose fallen, verliert den Hut und versucht dabei die ganze Zeit, sie vom Geländer wegzulocken. Sie bleibt da, an der Vorhangkordel angeleint, scheint aber mehr und mehr Gefallen an seiner Nummer zu finden. Er jongliert mit Hut und Stock, spielt mit ihr Versteck durch eine laubreiche Topfpflanze, ißt ein Blatt, als sei er von ihrer Schönheit abgelenkt, schlägt Rad, ohne Hut oder Hose zu verlieren, geigt eine Melodie auf einem Barometer, das er von der Wand gerissen hat. Die Frau wischt sich einen Klacks Torte von der Wange wie eine Träne und scheint das Seil um ihren Hals vergessen zu haben. Charlie, dessen Blicke hin und her schießen, als seien ihm die Ideen ausgegangen, zieht den Hut, um sich über die Stirn zu wischen, und entdeckt eine alte Zigarettenkippe hinter dem Schweißband. Sein Gesicht leuchtet auf. Er steckt die krumme Kippe in den Mund, tastet seine Taschen nach einem Streichholz ab und hält dabei die Hose erst mit der einen, dann mit der anderen Hand fest. Er zuckt die Achseln, schnippt mit den Fingern, zieht ein imaginäres Streichholz aus der Luft, das er an seinem Hintern anzündet. Er springt hoch, als habe er seinen Hosensitz angesteckt, und hüpft dann herum, um die Flammen auszufächeln. Die Frau schlägt die Hände vor dem Gesicht zusammen, späht über die Fingerspitzen in seine Richtung. Er stolziert auf dem Treppenabsatz auf und ab, pafft an der verknickten Zigarette und bläst imaginäre Rauchringe. Er benutzt seine Westentasche als Aschenbecher, drückt die Kippe auf der Schuhsohle aus, verliert sie vorübergehend in dem Loch dort und tut so, als habe er sich den Fuß verbrannt. Er findet die Kippe wieder, zwinkert, schnippt sie über die Schulter, tritt sie mit dem Absatz hoch, fängt sie mit dem Hut auf. Die Dame scheint nun fasziniert zu sein und beobachtet ihn gespannt, wenngleich sie noch nicht gelächelt hat. Ermutigt holt Charlie die Kippe aus dem Hut, hält sie ihr hin, teilt sie in zwei Stücke, zieht die Hose hoch, drückt sie mit den Ellbogen an sich und schnippt beide Zigarettenstücke über die Schulter: er springt mit beiden Füßen hoch, tritt die Hälften gleichzeitig in die Luft und verliert dabei die Hose. Er fängt eine Hälfte mit dem Hut, hechtet, von der heruntergefallenen Hose gefesselt, nach der anderen, kracht in die junge Frau und stößt sie über das Geländer. Erst kann er gar nicht begreifen, was geschehen ist, dreht sich auf der Suche nach der Frau wie von Sinnen um sich selbst, als habe sie sich in Luft aufgelöst. Ängstlich linst er übers Geländer und entdeckt sie dort unten, wie sie sich am Ende der Kordel dreht und windet, sich vergeblich bemüht, sich zu befreien. Entsetzt versucht Charlie, sie zu erreichen, schafft es nicht, versucht, sie wieder hochzuziehen, hat aber nicht genügend Kraft. Er macht sich an dem Knoten um den Handlauf zu schaffen, aber seine Hände zittern. Er rast die Treppe hinunter, versucht sie von unten zu erreichen, aber sie hängt fast einen Meter über ihm, ihre Füße zucken, sie strampelt. Er schleppt einen Stuhl herbei, springt darauf, versucht sie hochzuhalten, indem er sich gegen ihre Füße stemmt, aber ihre Knie knicken immer wieder ein. Sie tritt ihm gegen das Ohr und wirft ihn vom Stuhl. Er kommt wieder auf die Füße, rauft in Panik sein Lockenhaar, erblickt die Rüstung. Er versucht, ihr die Hellebarde zu entwinden, aber die scheint auf ewig mit dem Panzerhandschuh verwachsen. Er hat keine Zeit, Alternativen in Erwägung zu ziehen: er schleppt das ganze Ding rasselnd und polternd die Treppe hinauf. Er lehnt die Rüstung an das Geländer, holt mit der Hellebarde kräftig aus, und die ganze Rüstung folgt, rutscht ihm übers Gesicht und begräbt ihn unter sich. Er krabbelt darunter hervor, das Gesicht gestreift von Schnitten und Kratzern. Er versucht längst nicht mehr, die Hose oben zu halten, aber er hat auch nicht die Zeit, sie abzustreifen. Er wuchtet sich die Rüstung auf die Schultern, als trage er einen verwundeten Krieger, holt noch einmal mächtig über der verknoteten Kordel aus, und die Klinge der Hellebarde fliegt davon, verschwindet durch eine offene Tür. Er läßt die Rüstung fallen, schnappt seine Hose und rennt der Klinge nach.

Im nächsten Zimmer jedoch – dem Schlafzimmer, wie sich herausstellt – ist die Klinge nirgendwo zu sehen. Er stöbert durch Parfumflaschen, Hutschachteln, herumliegende Kleider, dreht sich schließlich um, will ohne sie wieder hinausrennen, bleibt wie angewurzelt stehen: das Zimmermädchen, nun mit nichts als der strahlendweißen Schürze bekleidet, steht vor der geschlossenen Tür, macht aufreizend schlängelnde Bewegungen. Sie faßt unter die Schürze und zieht, die Lippen spitzend, die bluttriefende Hellebardenklinge hervor. Charlie schnappt nach Luft, wirbelt herum und stürzt Hals über Kopf zur anderen Tür hinaus.

Er kollidiert mit einer der großen Topfpflanzen, schlittert über den hochglanzpolierten Fußboden mit seinen schwarzen und weißen Karos, knallt gegen den Treppenaufgang, liegt einen Augenblick lang bloß still da und hält sich den Kopf. Dann fällt im plötzlich alles wieder ein – er fährt hoch, schaut erst in die eine Richtung, dann in die andere, geradeaus, hinauf: die junge Frau in dem weißen Gewand hängt direkt über ihm und strampelt schwach in ihren langen Röcken, ihre Hände zerren an der Kordelschlinge um ihren Hals. Charlie springt auf und ab, versucht in alle Richtungen gleichzeitig zu laufen. Er klettert das Geländer hinauf, kommt nicht an sie heran, hüpft herunter, schiebt einen Stuhl unter den Hirschkopf an der Wand, springt hoch und umfaßt die Schnauze des Hirschs, wobei ihm die Hose um die Knöchel rutscht. Er hält sich mit einer Hand fest, während er mit der anderen die Hose wieder hochzieht, und schließlich gelingt es ihm, ein Bein um das Geweih zu schlingen und sich auf den Kopf hochzuziehen. Er reckt sich nach der Frau in Not, gibt ihr einen kleinen Schubs. Sie schwingt von ihm weg, dann zurück: er beugt sich vor und schubst sie noch einmal, fester als zuvor. Sie schwingt weiter weg, die Röcke flattern, die Füße strampeln, dann zurück: er streckt sich nach ihr und verschwindet im gleichen Augenblick von der Bildfläche, weil Hirsch und Geweih aus der Wand brechen und auf den Marmorfußboden krachen. Er befreit sich aus dem Trümmerhaufen. Weiche Schatten von der schaukelnden Dame über ihm zucken über sein entsetztes Gesicht. Enttäuscht und aufgebracht tritt er gegen den Hirschkopf, entdeckt die Tür dahinter, probiert sie aus.

Sein Gesicht leuchtet auf, als er sich im Badezimmer wiederfindet. Der Polizist steht dort mit vor der Brust verschränkten Armen an einem Ende der Wanne, die mit Wasser volläuft. Charlie packt ihn, versucht ihn in die Halle zu ziehen. Der Polizist, Helm ordentlich über der breiten Stirn, Messingknöpfe poliert und Knebelbart säuberlich gekämmt, spreizt ein wenig die Beine, stemmt beide Fäuste in die Hüften und schaut mit zusammengekniffenen Augen auf Charlie hinunter, als erwäge er, ihn zu verhaften. Charlie hopst wie verrückt auf und ab, zeigt zur Tür, mimt einen Erhängten, fleht den Polizisten an, mit ihm zu kommen. Der Polizist streicht sich nachdenklich über den kräftigen Kiefer, strafft dann die Schultern, schlägt mit dem Knüppel in seine große Hand und schreitet dann, an Charlie vorbei, der Herausforderung hinter der Tür ins Auge blickend, beherzt voran. Er tritt auf ein Stück Seife, seine Füße schießen in die Luft, und er fällt – *kladderadatsch!* – auf dem Badezimmerboden auf den Hintern. Verdutzt schaut er sich um, kommt langsam auf die Füße, tritt auf das Stück Seife und fällt – *kladderadatsch!* – auf dem Badezimmerboden auf den Hintern. Er runzelt die Stirn, schaut mißtrauisch von einer Seite zur anderen, springt schnell auf die Füße, tritt auf das Stück Seife und fällt – *kladderadatsch!* – auf dem Badezimmerboden auf den Hintern. Charlie versucht ihm aufzuhelfen, aber der Polizist versetzt ihm mit dem Knüppel einen Schlag, der Charlie wie einen geölten Blitz durchs Zimmer fliegen läßt. Der Polizist erhebt sich vorsichtig, tritt auf die Seife und fällt – *kladderadatsch!* – auf dem Badezimmerboden auf den Hintern. Charlie, noch gekrümmt vom Schlag des Polizisten, taumelt von der Tür zum Polizisten zur Tür zum Polizisten, rauft sich die Haare und versucht, die Hose hochzuhalten. Der Polizist steht auf, tritt auf die Seife und fällt – *kladderadatsch!* – auf dem Badezimmerboden auf den Hintern. Charlie weint, trommelt mit der Faust gegen die Wand. Der Polizist steht auf, rutscht aus, fällt – *kladderadatsch! kladderadatsch!* – immer wieder. Charlie dreht sich um und stolpert der Verzweiflung nahe aus dem Badezimmer, das Gesicht im Ärmel vergraben.

Er strauchelt über die verbeulte Rüstung: er ist wieder in der Halle, aber nun oben auf dem Treppenabsatz. Er wischt die Tränen weg, zieht die Hose hoch, beugt sich übers Geländer: was immer er gehofft haben mag, sie ist noch da unten, hängt mit ihrem schlanken Hals in der Kordel und schaukelt sanft von dem Stoß, den er ihr versetzt hat. Ihre Hände, wenn auch an der Seite herabhängend, krallen immer noch schwach die Luft. Er zieht wieder an der Kordel, versucht sie mit den Zähnen durchzubeißen, sie am Geländer durchzuscheuern. Alles vergeblich. Ihr Körper, immer noch schwach zuckend in dem langen weißen Gewand, dreht sich langsam am Ende der Kordel unter ihm im Kreis, ihre Augen starren in nacktem Entsetzen zu ihm hoch, ihr langes offenes Haar ist mit Sahnetorte verklebt und verkleistert. Charlie schlägt sich verzweifelt gegen die Stirn. Das Licht wird schwächer, als spinne sie mit ihren federleichten Drehungen Schatten. Ihr Mund öffnet sich langsam, als wolle sie etwas sagen, ihre geschwollene Zunge tritt hervor wie ein letzter scharfer Tadel. Charlie schnappt nach Luft, reißt die Hose hoch und schießt blindlings durch eine weitere Tür, um etwas zu suchen, womit er die Kordel durchschneiden kann.

Er ist, wenn auch durch eine andere Tür, wieder im Schlafzimmer gelandet. Er will sich schon umdrehen, da fällt verspätet der Groschen: drüben auf dem Toilettentisch zwischen den Flakons, den Sprays und den ausgeleerten Schmuckkästen liegt, wie von einem Scheinwerfer erleuchtet, eine silberne Schere! Er rast auf den Tisch zu, das Licht geht aus. Als es wieder an ist, liegt er der Länge nach auf dem Boden vor dem Tisch, ein Bein über einem seidengepolsterten Stuhl, der dicke Teppich um ihn herum ist übersät mit Schuhen, Parfumflaschen, hellen Knäueln leichter Unterwäsche und glitzernden Glasscherben. Die Schere ist weg. Auf der anderen Seite des Zimmers steht vor einem Spiegel das Zimmermädchen in seiner weiten Unterhose und Schürze, schnippelt mit der Schere die Knöpfe von ihrem Leibchen ab, schmeißt sie dann über die Schulter und tritt sie mit dem Schuhabsatz hoch in die Luft. Charlie kommt unter Schmerzen auf die Füße und wirft sich voller Wut auf sie, aber er stürzt ins Dunkel, weil das Licht erneut ausgeht. Als es wieder an ist, steht er platt gegen eine Wand gequetscht, Blut läuft ihm aus der Nase in seinen schwarzen Schnurrbart. Das Zimmermädchen beäugt ihn kokett von hinter dem Bett, dessen Himmel nun matt durchhängt wie eingedrückte Spinnweben, da und gleichzeitig nicht da: es ist, als habe sich ein neuer Raum zwischen ihnen aufgetan, als sei da eine Körnigkeit in der Luft, die vorher nicht da war. Sie springt mit gespreizten Beinen hervor und läßt ihr Leibchen mit einem Ruck aufspringen, ihre Brüste blitzen. Sie leuchten in der zunehmenden Dämmerung wie von innen, gekrönt mit dunklen kleinen Nippeln wie Pupillen erschrockener Cartoonaugen. Als Charlie sich von der Wand abstößt, geht das Licht aus und wieder an. Obwohl das Zimmermädchen noch an derselben Stelle steht und nur ihre Schürze wie eine spitzenbesetzte Serviette trägt, ist das Bett weg – ja das ganze Zimmer hat sich herumgedreht. Entsetzt wendet Charlie sich zur Flucht – aber nein, es war ein Spiegelbild: er kracht gegen sie, und zusammen fallen sie auf das ungemachte Bett. Er strampelt, um sich zu befreien, verheddert sich aber im Bettzeug. Er verliert seinen kleinen runden Filzhut. Er wühlt zwischen den Laken, um den Hut wiederzufinden, verliert die Hose. Er findet seine Hose wieder, verliert einen Schuh. Er läßt ihn da, humpelt, den Himmel mit sich ziehend, zur Tür – aber das Zimmermädchen versperrt ihm den Weg, drückt ihre nackten Brüste gegen ihn, schwenkt die weißen, beschürzten Hüften und grinst aufreizend. Er droht ihr mit seinem Stöckchen, aber sie kehrt ihm, eine unzweideutige Einladung, nur den Hintern zu. Er saust auf eine andere Tür zu, aber da ist sie schon, hält die Schürze vor sich, schwenkt sie vor ihm, als verhöhne sie einen aufgebrachten Bullen, die Schere wie eine Rose zwischen den Zähnen. Er weicht zurück, stolpert durch das Tohuwabohu auf dem Teppich, läuft in der tiefer werdenden Dämmerung gegen Hindernisse. Nur sie strahlt, mehr denn je, ihre Augen funkeln, ihr Fleisch glüht, der struppige, schwarze Flecken Schamhaar winkt ihm unter der flatternden Schürze hervor zu wie das Negativbild einer blinkenden Glühbirne. Seine Hand schließt sich um einen Türknauf – er reißt die Tür auf und springt hindurch, aber es ist nur ein Wandschrank: er poltert gegen die Wand, fällt zurück in ein dickes Bündel verknäuelter Kleider und Petticoats, und das grinsende Zimmermädchen setzt sich mit gespreizten Beinen rittlings auf ihn. Er rappelt sich auf, verliert seinen kleinen Filzhut zwischen ihren zupackenden Schenkeln und versucht zu entkommen, doch sie pinnt ihn gegen die Wand und reißt ihm, auf seiner Hose stehend, die Unterhose herunter. Er öffnet den Mund zum Schreien: sie stopft ihn mit einer vollen Brust, zieht ihm dann den Hut über die Ohren, rammt ihm das Knie zwischen die Beine und beginnt, ihm mit der Schere seinen kleinen Schnurrbart abzuschneiden. Er schließt die Augen, erschaudert: das Zimmermädchen rutscht ab, und die Schere sticht ihm in den Nasenflügel. Schmerzerfüllt ringt er nach Luft und scheint die Brust des Zimmermädchens in die Kehle zu bekommen. Würgend und keuchend taumelt er umher, kracht in Gegenstände, fällt auf den Hintern, immer das verwirrte Zimmermädchen mitziehend. Tränen strömen ihm über die aufgeblähten Wangen. Das Zimmermädchen drückt ihm seinerseits mit vor Schmerz und Anstrengung aufgerissenem Mund das Gesicht herunter, hält sich an seinen Ohren fest, hebelt an seinem Kiefer. Endlich flutscht die Brust heraus, und sie fallen auseinander, purzeln wie von einer Feder katapultiert in entgegengesetzter Richtung davon. Das Zimmermädchen kriecht, sich die Brust haltend, zum Toilettentisch hinüber. Tränen trüben ihre dunkelgeränderten Augen, ihr Bauch ist schlaff geworden, ihre Fußsohlen sind schmutzig, die Haare verfilzt. Sie wirft ihm die Schere zu, als löse sie eine Verlobung auf, und kriecht unter den Tisch. Er zieht ein paarmal die Reste seines Schnurrbarts hoch, dann die Hose, hebt die Schere auf und krabbelt auf Händen und Füßen, wachsam das Zimmermädchen beobachtend, rückwärts aus dem Zimmer. Das Zimmermädchen scheint geschrumpft zu sein. Sie kauert, den Daumen im Mund, unter dem Toilettentisch wie ein kleines, den Tränen nahes Kind, wie vielleicht das Kind von dem vergilbten Foto auf dem Tisch über ihr, vergessen, betrogen, in einem Schlafzimmer mit abblätternder Blümchentapete, das mit zerwühlten Kleidern und gezackten Spiegelscherben wie mit Pailletten übersät ist.

Charlie dreht sich um und findet sich erneut im Badezimmer wieder, nun einen Schuh an den Füßen, nicht eine Schere umklammernd, sondern eine in sich zusammengesunkene Frauendusche. Der Polizist sitzt in voller Uniform in der Badewanne, bis zur Brust im Wasser. Seine strengen männlichen Züge sind nun sorgenzerfurcht, seine kantigen Kiefer grimmig zusammengebissen, die Augen zusammengekniffen. Charlie wischt sich mit dem Ärmel übers Gesicht und kriecht, immer noch auf Händen und Knien, hinüber, um ihn noch einmal anzuflehen, aber der Polizist ignoriert ihn. Sein Blick ist statt dessen auf eine kleine Schar Gummienten gerichtet, die zwischen seinen Beinen schwimmen. Unter dem Wasser ist seine Uniform schwarz und kräuselig, die Messingknöpfe scheinen frei zu schwimmen. Wasser ist durch den Wollstoff seiner Jacke hochgestiegen und leckt nun dunkel an den Rändern seines makellosen Abzeichens. Plötzlich schießt sein Arm aus dem grauen Badewasser hervor, seine Faust umklammert einen Knüppel: er zieht ihn mit aller Kraft – *rumms!* – einer der Gummienten über. Wasser spritzt aus der Wanne, besprengt Charlie, die Wände, den Boden, sogar die Glühbirne an der Decke, daß sie zischt und zerplatzt, aber die Ente taucht seelenruhig wieder auf. Immer wieder läßt der Polizist den Knüppel auf die Ente niedersausen, aber stets taucht die Ente wieder auf. Die Schultern des Polizisten sacken herab, sein Arm erlahmt. Er schaut zu Charlie hoch. Wasser tropft vom Rand seines glockenförmigen Helms, von der Nase und den Spitzen seines Knebelbartes. Charlie zeigt wieder zur Tür, Tränen in den Augen, er umklammert die Frauendusche wie eine Opfergabe, bekommt aber nur einen ausdruckslos starren Blick zur Antwort. Dann beginnt der Polizist langsam zu lächeln. Das Lächeln wird breiter, es entblößt seine Zähne: die beiden Schneidezähne fehlen. Charlie blinzelt ungläubig. Der Polizist fängt an zu schielen. Er zieht die Augenbrauen hoch, wackelt mit der Zunge. Er entreißt Charlie die Frauendusche, linst hinein, drückt darauf: sie ist mit Tinte gefüllt, die dem Polizisten das Gesicht schwärzt. Die Spitzen seines Schnurrbarts fliegen hoch, sein Helm rotiert, Dampf entströmt seinen Ohren. Er haut Charlie mit dem Knüppel auf den Kopf, haut sich selbst auf den Helm. Alles scheint sich zu beschleunigen. Knöpfe platzen wie Popcorn von der Jacke des Polizisten. Er streckt die Unterlippe über die Nase, sein Abzeichen schlägt Funken, seine Ohren flattern. Er gibt Charlie die Frauendusche zurück, weist ihm die Tür, schlägt ihn wieder mit dem Knüppel. Er versetzt sich einen weiteren Schlag auf den Helm und versinkt im Wasser, seine Augäpfel – hinter der schwarzen Tinte nun rein weiß – kreisen, die Gummienten tauchen auf und unter.

Geknickt schleicht Charlie von dannen, die Frauendusche auf den malträtierten Kopf gepreßt: der Polizist hat ihn in die Küche geschickt, wo der große kahlköpfige Mann mit der Serviette unter dem Kinn auf ihn wartet. Der Mann entreißt ihm die Frauendusche – in Wirklichkeit keine Frauendusche mehr, sondern irgendwie ein Kaninchen mit abgeschnittenem Kopf – und zieht ihm mit dem blutigen Ende eins über. Der Schlag läßt Charlie kopfüber in eine Anrichte purzeln, auf der weißes Geschirr gestapelt steht, das auf ihn herunterprasselt. Charlie, die

Hose um die Knöchel, müht sich benommen auf die Füße, hält nach seinem Hut Ausschau und erhält einen weiteren Schlag mit dem Kaninchen, einen heftigen über die Schultern, der ihn in den Holzstapel katapultiert und die Klötze fliegen und splittern läßt, das Kaminbesteck, Töpfe und Pfannen kommen herunter, die Kacheln an der Wand springen. Das Feuer ist niedergebrannt, und Schatten bedrängen ihn. Aus diesen Schatten taucht nun der Dicke auf und schwingt das enthauptete Kaninchen drohend an den Hinterläufen. Charlie krabbelt auf einen Tisch zu, aber ehe er darunter schlüpfen kann, erwischt ihn ein Schlag, der ihn von den Füßen fegt, ein Tritt in den Bauch, der ihn sich krümmen läßt, ein weiterer ins Gesicht, der ihn nach hinten schleudert und das Tischtuch gleichmäßig mit Blut besprüht. Der Dicke zieht am Tischtuch und läßt alles, was darauf steht, auf Charlie herunterregnen: eine alles erschütternde Lawine aus Tellern und Gläsern, Kartoffelbrei, Suppe und Sahnetorte, Messern, Gabeln und Butterschalen, Senftöpfen, Saucieren. Charlie liegt mit geschwollenem Gesicht in dem Müll, beinahe unfähig, sich zu rühren. Der Dicke erhebt sich nun über ihm wie ein aufgeblähter Koloß in Hemdsärmeln und Hosenträgern, sein Kahlkopf zerfließt hoch oben in der Nähe der Decke im Dunkel. Der Mann beugt sich zurück und läßt das kopflose Kaninchen strafend auf Charlie niedersausen, verprügelt ihn nach allen Regeln der Kunst, seinen übel zugerichteten Körper hinauf und herunter. Charlie wälzt sich in einem klebrigen Gewirr aus Hose und Tischtuch, Suppe, Pisse und Pasteten, mittlerweile unfähig, sich zu verteidigen. Die Schläge prasseln auf ihn nieder – nicht so sehr einzelne, getrennte Schläge als vielmehr ein einziger Schlag, der wie auf einer Endlosschleife beständig wiederholt wird: das mächtige Ausholen, das peitschende Niedersausen, das schmerzende Aufklatschen und das spritzende Blut, jedes Ausholen eine Art Umkehrung der Abwärtsbewegung. Beinahe scheint das Kaninchen auf dem Weg nach oben sein eigenes Blut wieder aufzusaugen, sich sozusagen für den nächsten Schlag wieder aufzufüllen, Charlie wirft sich in Krämpfen von einer Seite auf die andere, als habe ihn ein heftiger Schluckauf in den Fängen, Blut und Tränen verebben und fließen mit jedem Krampf neu, der Müll um ihn wogt hin und her wie choreographiert. Der einzige Unterschied zwischen dem einen Schlag und dem nächsten ist der zunehmende Schmerz in Charlies Augen, das intensiver werdende Entsetzen. Langsam, noch während die Schläge gleichmäßig, beinahe mechanisch fallen, treten kleine Veränderungen ein: Einer von Charlies Armen drängt langsam aus dem gleichförmigen Bild. Sein Körper dreht sich allmählich, bis er auf der Seite liegt, dann auf dem Bauch, sich schließlich auf Hände und Füße und in die Höhe müht. Ein Fuß strafft sich unter seinem Körper, tritt eine tanzende Gabel aus dem Weg. Die Schläge des Dicken erfolgen wie gehabt – hoch, zurück, vor, runter, hoch, zurück, vor, runter –, aber Charlie schleppt sich allmählich, als würde er sich durch eine Atmosphäre so dick wie Sahnetorte graben, darunter hervor, gewinnt hier einen Zentimeter, kommt dort zwei Zentimeter voran, gerät langsam in Schwung, bis er sich endlich freischütteln, seine Hose hochziehen und durch die Küchentür rasen kann.

Eine Weile bleibt er würgend und keuchend im Nebenzimmer liegen, die zerschlagenen Glieder von sich gestreckt. Das Zimmer ist dunkel, nur von ein paar fernen Kerzen erleuchtet, aber er kann sehen, daß er wieder in der Bibliothek ist. Sie ist tadellos in Ordnung, alles – außer ihm selbst – ist in den ursprünglichen Zustand zurückversetzt. Die Bücher sind in den Regalen, die Gemälde an den Wänden, die Spiegel ganz und die Aschenbecher wieder hingestellt, die Perserteppiche sauber. Selbst die Uhren funktionieren wieder alle, das Messingpendel der alten Standuhr entsendet rhythmische, nadelspitze Signale, wenn es in seinem steten Ausschlag den sanft flackernden Tanz der Kerzen reflektiert. Die Kerzen stehen um einen geschlossenen Sarg. Von Politur und Kerzenlicht glänzend, ist er der einzige deutlich erkennbare Gegenstand in dem verdunkelten Raum. Dahinter: ein leichter dünner grauer Lichtnebel von einer in der Ferne offenstehenden Tür. Charlie, der sich nicht aufrecht halten kann, schleppt sich über die dicken Teppiche in Richtung der Tür, aber als er sich dem Sarg nähert, erstarrt er, der blutige Mund klappt ihm auf: *der Deckel hebt sich!* Erst nur einen Spalt, bloß eine bebende Andeutung, daß etwas passieren wird, aber langsam wird der Spalt breiter, offenbart die Schwärze darin, so etwas wie ein Tümpel absoluter Dunkelheit strömt heraus und läßt die Kerzen tropfen und laufen – dann eine Hand: weiß, verkrümmt, ausgemergelt, schiebt sie zitternd den Deckel zurück. Bloß diese Hand und diese Schwärze und der sich hebende Deckel. Charlie sieht bestürzt zu, wie der Kopf hervorkommt und unsicher schwankt, als sei er aus den Wirbeln gesprungen. Es ist der Kopf des alten Mannes mit dem weißen Spitzbart, immer noch mit Zylinder und glänzendem Nasenkneifer, aber arg geschrumpft, kreideweiß und mit leeren, schattenumspielten Kratern an Stelle der Augen. Der Kopf dreht sich steif, als versuche er sich zurechtzufinden, die Lippen sind in einem starren Grinsen zurückgezogen, die spitzen Zähne gebleckt – dann verliert die Hand plötzlich ihren Halt: der Deckel kracht herunter und trennt den Kopf vom Hals. Der Kopf fällt auf den Teppich. Eine trübe, kerzenerleuchtete Pause. Charlie hält die Luft an. Dann geht der Deckel erneut auf. Wieder strömt Schwärze hervor, wieder erscheint eine blasse schrumpelige Hand. Wieder flackern und tropfen die Kerzen. Diesmal öffnet sich der Deckel ganz, wirft zum Schluß seines schweren Falls die Blumen ab und erstickt die Kerzen. Der kopflose Körper des alten Mannes im schwarzen Abendanzug erhebt sich aus dem Sarg. Er bewegt sich steif, förmlich, hebt ein Glied heraus und dann ein weiteres. Er stellt die Füße auf den Boden, steht starr neben dem Sarg, schwankt leicht hin und her. Blind streckt er die Arme aus, hebt einen Fuß, tritt auf den eigenen grinsenden Kopf: der Kopf rollt davon, die Füße der Leiche schießen in die Luft, und sie fällt – *kladderadatsch!* – auf dem Perserteppich auf den Hintern. Charlie, die Augen fest geschlossen, mit Armen und Beinen um sich dreschend, erreicht die halboffene Tür und stürzt ohne einen Blick zurück hindurch.

Er ist wieder da, wo alles losging. Aber der schachbrettgemusterte Marmorfußboden, auf dem er liegt, ist nun stumpf von Staub, die Halle selbst in eine körnige, beinahe unirdische Blässe getaucht. Die Spiegel spiegeln nichts, das breite Geländer glänzt nicht, und Spinnweben hängen nun in Schlingen und Schlaufen vom Kronleuchter, dem Treppenaufgang und den Topfpflanzen, der erhängten Dame. Durch verquollene Augen linst er zu ihr hoch. Sie baumelt schlapp von der Kordelschlinge, leblos und verwelkt, wenn auch immer noch beunruhigend schön, in lange verwirrte Haarsträhnen und das mottenzerfressene Spitzengewand gehüllt. Ist so viel Zeit vergangen? Charlie erschaudert. Er bekommt den Türrahmen zu fassen, zieht sich hoch, schlurft dann, von der heruntergerutschten Hose behindert, zu einem Tisch in der Ecke und fegt im Gehen mit schwingenden Bewegungen über das dämmrige Netz aus Spinnweben und Staub. Mit großer Mühe zieht er den Tisch aus der Ecke, schiebt ihn unter die Frau. Erschöpft lehnt er sich einen Augenblick gegen den Tisch, schaut sich um, erblickt einen Stuhl, der bei dem heruntergefallenen Hirschkopf umgekippt ist. Der Kopf ist nun moosüberzogen, die Glasaugen sind staubbedeckt, das Geweih wie in einem Abnehmspiel mit seilartig gedrehten Spinnweben und getrockneten Rosenstielen verwoben. Wolken aus Staubspiralen aufwirbelnd, zieht er den Stuhl aus den Trümmern, stellt ihn auf den Tisch. Dann zieht er seine ausgebeulte Hose hoch, klettert selbst auf den Tisch, gibt dem Stuhl festen Halt, steigt darauf. Die Dame kann er jetzt erreichen, die Schlinge aber nicht. Er seufzt, steigt wieder herunter, seine Bewegungen sind langsam und ungeschickt. Er findet einen Blumenständer, der groß genug für den Stuhl ist, wirft die abgestorbene Pflanze auf den Boden, stellt den Ständer auf den Tisch. Er klettert hinauf, hebt den Stuhl auf den Blumenständer. Aber jetzt ist auf dem Blumenständer nicht genügend Platz für ihn, deshalb stellt er den Stuhl auf den

Tisch, klettert auf den Blumenständer, zieht den Stuhl nach. Das Licht in der Halle ist schwächer geworden, als verlöre es sich in dem Staub und den Spinnweben: es fällt schwer, weiter als einen Meter weit zu sehen. Noch während er auf den Blumenständer klettert, verschwindet der Tisch in der dichter werdenden Düsternis unter ihm. Er zögert, wankt schwindelig, reißt sich zusammen, stellt den Stuhl zwischen seine Beine auf den Ständer und klettert hinauf, wobei der ganze Apparat mit jeder Bewegung gefährlich wackelt. Einen Augenblick kniet er da oben, noch nicht einmal in der Lage, die Augen aufzumachen. Dann öffnet er sie und erhebt sich schwankend auf die Füße, gebannt auf die erhängte Dame starrend. Er greift nach der Schlinge. Ein Stuhlbein rutscht zur Kante des Blumenständers und darüber hinweg. Charlie packt die Frau, die Hose fällt ihm auf die Knöchel. Der Stuhl fällt ins Nichts, der Blumenständer folgt. Das Kleid der Dame gibt nach: Charlie rutscht auf ihre Taille hinunter; schließt instinktiv die Knie um sie. Unter sich kann er nichts sehen – und über sich auch nichts: das Geländer ist ebenfalls in die tiefer werdenden Schatten entschwunden, die Dunkelheit schließt sich um ihn wie kurz vor dem Erblinden. Er kann nur die erhängte Dame sehen, deren zerschlissenes weißes Gewand unter seinem verzweifelten Griff zerbröselt wie Kuchenkruste und deren Hals sich in der Schlinge dehnt wie ein hartgewordenes Sahnebonbon. Mit heruntergerutschter Hose und Tränen in den Augen klammert er sich an sie, während Schatten über sein Gesicht kriechen wie blaue Flecken, und er starrt angstvoll und verwirrt in die ihn umfangende Düsternis, als wolle er fragen: Was für ein Ort ist das? Wer hat das Licht ausgemacht? Und warum lachen alle?

Einen Augenblick bitte,
der Vorführer muß die
Rollen austauschen

Pause

Die Lichter gehen an, und ein dünner Vorhang fällt über die Leinwand, aber die Aufschrift dahinter, die alle auffordert, doch bitte den Erfrischungsstand im Foyer aufzusuchen, bis der nächste Hauptfilm läuft, ist noch zu sehen, und auch das kräuselige Bild von einem riesigen tropfenden Bananensplit darauf, den es da noch nicht einmal gibt, soviel sie weiß, und der ihren Magen so laut knurren läßt, daß ein Zombie Schluckauf bekommen könnte. Deshalb beschließt sie, hinauszugehen und zu sehen, ob sie etwas mit weniger als Abermillionen Kalorien findet. Ihre Freundin, die mit einem Typen mit gebrochener Nase in einem High-School-Jackett und schwitzigem Cowboyhut in der Reihe hinter ihnen flirtet, dreht sich um und bittet sie scherzhaft, ihr einen Büchsenöffner mitzubringen – «Aber ohne Eis, denk dran!» –, woraufhin der Typ schnaubt und wiehert und die Hände in die Taschen schiebt.

Im Foyer muß man für alles anstehen – Süßigkeiten, Erfrischungsgetränke, Popcorn, Zigaretten, Eis, selbst vor dem Wasserspender. Die Schlange vor den Erfrischungsgetränken ist die kürzeste, also stellt sie sich dort an, obwohl der Geruch nach Pfefferminzkaugummi, Schokolade und heißer Butter sie zum Wahnsinn treibt. Sie hat ein Gefühl, als säße sie in diesem chinesischen Brutalfilm, wo sie einem Typen mit hinter dem Rücken gefesselten Armen einen Stahlkragen umlegten und das Essen vier Zentimeter vor seinem Mund stehen ließen, bis er sich schließlich bei dem Versuch daranzukommen zu Tode würgte. Ihr unglücklicher Bauch beschwert sich wieder, und sie packt einen Wulst und quetscht ihn, bloß um sich ins Gedächtnis zu rufen, warum sie so gemein zu ihm ist.

Beinahe im gleichen Augenblick grapscht so ein Affenarsch hinter ihr, als wolle er sagen: Und das ist noch nicht alles, Kleines, eine Handvoll von dem, was ihre Freundin ihr zweites Gesicht nennt – «Knie dich hin und küß es, Süßer!» sagt sie gern – und noch taub vom vielen Sitzen ist, aber nicht so taub, daß sie nicht einen Satz nach vorn in die altklug daherlabernden Schulkinder macht, die sofort einen Schwall kichernder Beleidigungen loslassen, die meisten über ihren Busen, der bei einem etwas erwachseneren Publikum gewöhnlich ihr herausragendstes Merkmal ist. Sie dreht sich um, um den Macker hinter ihr strafend anzublicken, aber da ist niemand. Statt dessen steht drüben bei einem Plakat, das für einen sexy religiösen Film wirbt, dieser verwirrende Typ, Rasse und Klasse, ein richtiger Traummann, wie man in ihren Lieblingsmusicals zu sagen pflegt, der gleichzeitig heroisch und verletzlich aussieht und Klamotten anhat, die in einer Stadt wie dieser noch nicht einmal verkauft werden – und er starrt sie direkt an! Sie ist sich beinahe sicher, daß sie ihn von irgendwoher kennt, nicht aus diesem Kaff natürlich, es muß aus einem Film sein – als wäre er einmal ein Privatdetektiv mit einer tragischen Vergangenheit oder ein großer Forscher oder ein Alkoholiker oder ein Abenteurer gewesen, der sein Leben für die Frau gab, die er liebte, irgendwas in der Richtung. Vielleicht sogar ein halbnackter Märtyrer aus diesem religiösen Opus hinter ihr, eine Show, die sie, wenn dem so wäre, nicht verpassen wollte, so sehr sie auch seine augenblickliche Garderobe bewundert. Sie zieht den Bauch ein und holt Luft, um ihre Brüste ein paar Grad zu liften, bloß für den Fall, daß er interessiert sein könnte (Null Chance, warnt sie sich, die sich allzuoft aus Liebe zum Idioten gemacht hat, sie ist berühmt dafür) – aber siehe da, er ist es! Er steckt sich eine Zigarette zwischen die Lippen, höhlt die Hand darum und zündet sie an, ohne auch nur ein einziges Mal den Blick von ihr zu wenden. Er schaut anerkennend auf ihre Brüste hinunter (daß sie plötzlich nach Luft schnappt, läßt die Titten in den Büstenhalterkörbchen hüpfen wie Lottobälle, das sieht sie an der Art, wie er die Brauen hochzieht) und dann wieder hoch zu ihren Augen. Er lächelt leicht, stößt den Rauch aus und hält dann die Packung hoch, als biete er ihr eine an.

Als sie hinübergeht, klopft ihr Herz so laut, daß sie sicher ist, es sei durch ihre Bluse zu sehen, als habe sie etwas Lebendiges dort drinnen, das hinauswolle, und sie weiß genau, was sie immer meinen, wenn sie in den Filmen sagen: «Ich hatte ein Gefühl, als ginge ich auf Wolken.» Nur daß die Luft nun etwas turbulent ist, als könne sie jeden Augenblick über etwas stolpern und auf die Fresse fallen und das Ganze in eine schreckliche Slapstick-Geschichte verwandelt werden, wie es ihr eben immer geht im Leben. Und klar wie Kloßbrühe, als sie dicht genug herankommt, um etwas von seinem Geruch mitzukriegen (irgendwas zwischen Pfeffersteak, heißem Badewasser und einem Weihnachtsbaum – gebuttertes Popcorn ist nichts dagegen), werden ihr die Knie weich, und sie denkt, taumelnd, o boy, schon wieder – aber er streckt die Hand aus und hält sie mit der allerleichtesten Berührung am Ellbogen, und dann, wie auf eine heimliche Verabredung zwischen ihnen, drehen sie sich um und (sie guckt, ob sie noch ihre Eintrittskarte hat, man kann ja nie wissen, verbrenn dir nicht die Dinger, wie ihre Freundin gerne sagt) treten auf die Straße.

Ihr Hände zittern, als sie nach der Zigarette greift, die er ihr anbietet, und ein Nebel umwirbelt sie (er läßt sie an dampfende Bahnhöfe und feuchte Abschiede denken, obwohl sie in Wirklichkeit noch nicht einmal guten Tag gesagt hat), vielleicht wird sie auch blind vor irrer Leidenschaft, wahrscheinlich sogar, und sie versucht bloß, sich ein paar kluge und doch romantische Worte einfallen zu lassen – etwa: «Das Schicksal ist wunderbar, nicht, aber manchmal ist es auch etwas unheimlich, finden Sie nicht?» Oder: «Als Sie mich dort drinnen ansahen, hatte ich das Gefühl, mitsamt meinen großen Füßen über Wolken zu stolpern», oder vielleicht bloß: «Woher wußten Sie das, hmm, meine Lieblingsmarke», wobei sie sich, um die Wahrheit zu sagen, fragt, was für Zigaretten man heutzutage verkauft, nachdem sie keine einzige mehr geraucht hat, seit sie vor Urzeiten im dritten Jahr an der High-School Cheerleader wurde –, als vier Typen aus dem Schatten treten, sie packen und Richtung Bordstein schleppen. «He!» kreischt sie, und jede Sprache ist lieblicher als die, die ihr entweicht, als ihre Füße den Boden verlassen. Sie verrenkt sich nach ihrem Lover von ehedem, in der Hoffnung wenn nicht auf eine heldenhafte Rettung, dann doch zumindest auf ein wenig Mitleid, doch er lächelt nur geheimnisvoll, zieht an seiner Kippe, schnippt sie weg und verschwindet, Schwaden von Nebel und Zigarettenrauch nach sich ziehend wie die Spannung vor dem Rollenwechsel, wieder ins Kino.

Ein schwarzes Auto ohne Nummernschild und mit blickdichten Fenstern hält, und sie stoßen sie hinein, zwei von diesen Fleischklößen in blauen Anzügen quetschen sich neben sie auf den Rücksitz, ein weiterer springt vorne zum Fahrer, der mit einer Stoffkappe und einem Mantel, dessen Kragen bis über die Ohren hochgeschlagen ist, über dem Lenkrad hängt, wie etwas, was sie tausendmal gesehen und doch nie zuvor gesehen hat. Der vierte Typ klappt einen Notsitz vor ihr herunter und setzt sich ihr mit einer Maschinenpistole gegenüber, die direkt auf ihren Bauch zielt, der sie überhaupt erst in diesen Schlamassel gebracht hat, das geht ihr selbst noch in ihrer augenblicklichen Panik auf. Vielleicht kann er ihn sogar knurren hören, denn als sie losdonnern, befiehlt er ihr, das Maul zu halten, obwohl sie kein Wort gesagt hat und es auch gar nicht könnte, wenn sie es versuchte.

Es ist schrecklich genug, daß sie mit einem Haufen muskelstarrender Bekloppter in dieses Auto gezwängt ist, die, wenn sie nicht Gangster sind, sich doch gewiß so verhalten, mit einer auf ihren Bauch gerichteten Knarre und dem Auto, das mit hundert Sachen durch den dicksten Innenstadtverkehr rast, den sie je in diesem Ort gesehen hat, Ampeln überfährt, um entgegenkommende Autos herumschlingert und überhaupt allen das Herz in die Hose fallen läßt, die Zeit haben, sie kommen zu sehen (eine Person, die ihrer Mutter ein bißchen ähnlich sah, fiel dort drüben gerade rücklings in eine Spiegelglasscheibe – ohne Witz!), aber sie hat auch deutlich den Eindruck, daß der Fahrer, der seine Augen auf der Straße haben sollte («Ihhh!» jault sie, als die Seite eines riesigen Busses vor ihnen aufragt, und der Typ mit der Knarre stupst sie und sagt: «Ich hab dir doch gesagt, du sollst die Klappe halten!»), sie statt dessen auf sie gerichtet hält, sie düster im Rückspiegel anstarrt, als habe er entweder Absichten, böse oder sonstwelche, oder als versuche er, ihr etwas zu sagen. «Wir werden verfolgt», knurrt er plötzlich, wie um zu verbergen, was er wirklich sagen will.

Die anderen Typen ziehen in null Komma nichts ihre Waffen heraus und kurbeln die Fenster herunter. *«Auf die Tube!»* schreit der mit der auf sie gerichteten Waffe, und jetzt legen sie *wirklich* los, fahren über Bordsteine und rasen verkehrt herum in Einbahnstraßen, nehmen quietschend Kurven auf zwei Rädern, krachen mitten durch Zeitungskioske und Blumenkarren, rasen vor beschleunigenden Lokomotiven über Gleisübergänge, setzen über Baustellen und auseinanderklaffende Brücken, während die Gorillas neben ihr sich aus dem Fenster lehnen und auf die Verfolger ballern, wer immer es sein mag. Niemand beachtet sie jetzt, wenn sie nicht gerade tausend Sachen draufhätten, könnte sie einfach die Tür öffnen und aussteigen, und keiner würde sie vermissen – keiner außer dem Fahrer, der sie immer noch im Rückspiegel beäugt, als könne er nicht genug von ihr bekommen. Spinnt der?

Da rutscht plötzlich einer der Schlägertypen neben ihr mit einem großen Loch da, wo ein Auge sein sollte, zu Boden, so daß sie die Zähne zusammenbeißen und die Lippen blecken muß, und der Typ auf dem Notsitz, der aussieht, als habe ihm gerade jemand den Stöpsel rausgezogen und alles Blut herausfließen lassen, schiebt sie auf das leere Fenster zu und schreit mit nervöser Fistelstimme: «Du hältst das wohl für komisch?

Dann streck du doch mal 'ne Weile den Kopf nach draußen!» Sie zuckt in dem Augenblick zurück, in dem der Schütze auf der anderen Seite sich krampfhaft krümmt und wie ein Sack Schmutzwäsche gegen sie knallt (und wo *sind* sie jetzt eigentlich? Sie scheinen am Rand einer *Klippe* entlangzurasen!). Sie tut ihr Bestes, um die Grimasse zu unterdrücken, doch der zappelige Typ kreischt bloß herum und stupst sie wieder mit seiner Maschinenpistole. Sein Finger zuckt auf dem Abzugshahn, seine Augen rollen, als hätte er einen kleinen Mann im Ohr, und der Fahrer, der sie mit zusammengekniffenen Augen im Spiegel anschaut, gibt ihr mit dem Kopf ein kleines Machschon-Zeichen, als habe er etwas im Sinn, was kann sie also schon tun?

Sie fahren so schnell, daß ihr die Augen tränen, als sie den Kopf hinaussteckt, und sie kann nichts sehen, aber sie kann die quietschenden Reifen und heulenden Sirenen und die Kugeln von den Wagentüren abprallen hören. Was die zwei Stunden im Schönheitssalon heute nachmittag anbetrifft, die kann sie vergessen, gut, daß es ihr eigenes Haar ist, sonst wäre es mittlerweile weg. Jedesmal wenn sie versucht, sich wieder ins Wageninnere zurückzuziehen, spürt sie, wie der ausgeflippte Typ hinter ihr mit dem spitzen Ende seiner MP auf ihre vier Buchstaben einsticht und sie immer weiter aus dem Fenster hinausdrängt, als versuche er, Ballast abzuwerfen, wie ihre Freundin gerne sagt, wenn sie aufs Örtchen muß. Dann meint sie zu ihrer Verblüffung inmitten von tosendem Wind, Schüssen und dahinsausenden Reifen zu hören, wie ihr jemand direkt ins Ohr flüstert: «*Spring!*» Was? Durch ihre windzerzausten Wimpern (*die* sind nicht ihre eigenen, und – *schwuppdiwupp!* – weg sind sie) erhascht sie bloß einen flüchtigen Blick auf den Schirm seiner Stoffkappe, die sich aus dem Fenster ihr zuneigt. «*Jetzt!*»

Das Auto scheint auszubrechen, und das nächste, was ihr klar wird, ist, daß sie ganz alleine irgendwo mitten in der Luft hängt (aus dem Augenwinkel sieht sie, wie das Gangsterauto über den Klippenrand schießt und explodierend in die Tiefe trudelt), und dann fällt sie. Sie weiß nicht, wie lange sie fällt, vielleicht verliert sie für eine Sekunde das Bewußtsein, denn es kommt ihr beinahe wie der nächste Tag vor, als sie aufs Wasser schlägt – das kalt ist wie Eis und aufschäumt wie in einer alten Waschmaschine und sie auf der Stelle aufweckt, falls sie überhaupt vorher geschlafen hat. Sie zappelt in den wirbelnden Wellen und wünscht, sie hätte nicht immer solche Hemmungen im Badeanzug gehabt und wäre wenigstens oft genug ins Schwimmbad gegangen, um zu lernen, wie man auf diesem Zeug oben bleibt und nicht andauernd soviel davon schluckt. Was schlimmer ist: als es ihr gelingt, einen Augenblick lang den Kopf über Wasser zu halten, kann sie sehen, daß sie auf eine Art sich rasch nähernden Horizonts zugetrieben wird, von dem selbst sie in ihrer landumschlossenen Unschuld weiß, daß es sich nur um den Rand eines Wasserfalls handeln kann: das Rauschen ist ohrenbetäubend, und von unten kann sie Gischt aufsteigen sehen wie der Dunst in den Filmen, wenn jemand stirbt und hinübergeht in die andere Welt. Nun, aus dem Regen in die Traufe, wie ihre Freundin sagen würde: sie hält sich die Nase zu und bereitet sich auf den Sturz vor.

Aber gerade als die Strömung Geschwindigkeit aufnimmt und sie auf die Kante zutreibt, kommt auf den Wellen tanzend und rollend dieses leere Faß des Weges und schaufelt sie auf, mit dem Kopf zuerst – und da steckt sie nun halb drinnen, der Kopf poltert auf den Boden, das Unterteil ragt in die Luft, und die Füße strampeln, als sie spürt, wie das ganze Gerät kippt, innehält und dann fällt. Es ist kein sehr angenehmer Fall. Ihre draußen gebliebene Hälfte fühlt sich auf dem ganzen Weg nach unten sehr luftumspielt und verletzlich an, nicht unähnlich der Gelegenheit, als sie in der vierten Klasse für eine Tracht Prügel ins Rektorenzimmer geschickt wurde, während ihre Hälfte drinnen herumgerührt wird wie die Bälle in einer Lostrommel. *Autsch!* Es ist schlimmer als damals, als sie beim Rollschuhlaufen vom Schwanzende einer Polonaise flog. Oder der Abend, an dem ihre Freunde ihr Zuckerwatte und eine doppelte Portion Eis in beide Hände drückten und sie die Wackelrampe eines Spiegelkabinetts hinunterstießen, vor dem tausend Leute standen und zusahen und sich ausschütteten vor Lachen.

Es scheint Jahrhunderte zu dauern, bis sie unten ankommt, so ist das, wenn man denkt, daß jede Sekunde die letzte ist, aber schließlich ist das Wirbeln und Holpern vorüber, und sie kommt zu sich, benommen dahintreibend, den Kopf im dunklen miefigen Ende des Fasses, die Beine im Wasser baumelnd, das ihr jetzt nicht mehr so kalt vorkommt. Sie weiß, das Faß läuft voll und sinkt, sie muß schnell etwas unternehmen, aber der Kopf tut ihr zu weh zum Denken, und außerdem ist es ein gutes Gefühl, einfach dazuliegen wie in einer Badewanne, ganz allein, während das kühle Wasser sanft um sie herumplätschert, wie um den Schmerz wegzuküssen. Sie erinnert sich an einen Film, den sie einmal sah, in dem diese Königin gerade ein Schaumbad nahm, als ein süßer Typ, den sie nie zuvor gesehen hatte, hereingelaufen kam, von Bösewichtern verfolgt und verzweifelt auf der Suche nach einem Versteck, also lächelte sie ihn königlich an und ließ ihn in ihr Badewasser tauchen. Man konnte nichts sehen; was sich da unten abspielte, als die Fieslinge, die hinter ihm her waren, griesgrämig herumstapften und in die Vorhänge stachen, war nur an dem majestätischen Ausdruck auf dem Gesicht der Königin abzulesen, während sie den Badewannenrand umklammerte. Wenn sie an diesen Film bloß denkt, tut ihr der Kopf schon ein bißchen weniger weh.

Eine kühle Strömung streicht unter ihr weg, etwas kitzelt ihren Schenkel und läßt sie erschaudern, so daß sie schließlich zögernd aus dem Faß rutscht, sich am Rand festhält und sich verträumt umschaut. Sie scheint weit aufs Meer hinausgetrieben zu sein; nichts als Wasser rundherum. Und dann sieht sie es: Flossen durchschneiden das Wasser! Haie! *Hunderte!* Sie krabbelt, wahnsinnig um sich strampelnd, ins Faß zurück und kippt es aufrecht, als sie sich mit ihrem Gewicht hineinplumpsen läßt. Indessen wuseln diese großen Dinger darum herum, stoßen und donnern dagegen, als wollten sie es wieder umkippen.

Sie hockt sich hin, späht sie über den Rand hinweg an, das Herz klopft ihr bis zum Halse (warum ist alles auf dieser Welt immer so *hungrig*?), im Augenblick ist sie sicher, aber nicht lange: das Faß ist mehr als halb voll mit Wasser, es steht ihr beinahe bis zu den Knusperchen, wie ihre Freundin sagen würde, und mit jeder Minute schwappt mehr herein. Sie versucht es mit den Händen auszuschöpfen, aber das geht zu langsam. Mit dem Schuh geht es auch nicht viel besser. Sie bastelt eine Art Beutel aus ihrer Bluse, aber die ist zu zerrissen, als daß etwas darin bliebe. Sie fühlt sich, als sei sie in einer dieser Zeitlupensequenzen, in denen man, je mehr man rennt, desto weniger irgendwo hinkommt. Am besten funktioniert schließlich ihr Büstenhalter, der Freund, der dem Herzen am nächsten steht, wie es in der Reklame heißt. Sie entwickelt so etwas wie eine Art Stehaufmännchen-Technik, klappt unter Wasser beide Hände zusammen, füllt beide Körbchen auf einmal und zieht sie dann rasch auseinander, gleichzeitig den Büstenhalter nach oben reißend – Platsch! *Schwups!* Platsch! *Schwups!* – immer wieder, als würde sie versuchen, den Ozean zu füllen.

Schließlich reißt der Büstenhalter – für soviel Action war er nie gedacht –, aber sie hat die Schlacht gewonnen. Den Rest schöpft sie mit dem einen übriggebliebenen Schuh aus. Sie bemerkt, daß die Haie weg sind. Wahrscheinlich ist es ihnen zu unheimlich geworden. Nicht daß ihre Probleme gelöst wären. Sie treibt in einem lecken Faß auf einem endlosen Ozean, kein Essen, kein Wasser, nicht einmal ein Hustenbonbon. Junge, Junge, ist das nicht typisch? Einmal hat sie genügend Kalorien abtrainiert, um sich wirklich gehenzulassen, und dann nehmen sie ihr die Erfrischungen weg. Sie zieht, was von ihrer Bluse übriggeblieben ist, wieder an, lockert die Knöpfe am Rockbund und kauert sich einmal mehr auf den pfützenbedeckten Boden des Fasses, fühlt sich gleichzeitig leer und aufgebläht. Sie würde auf der Eintrittskarte kauen, die sie immer noch in der Hand hält, wenn die nicht ganz aufgeweicht vom salzigen Meerwasser wäre.

Tage vergehen; Wochen vielleicht, sie kommt nicht mehr mit. Sie wird einsam, heiter, deprimiert, komplett verrückt, geil. Dann sieht sie eines Tages am fernen Horizont Rauch. Auf der Stelle denkt sie natürlich an jemanden, der Hotdogs oder Marshmallows brät, und beginnt, wie wahnsinnig mit bloßen Händen darauf zuzupaddeln. Dies ist nicht sehr wirksam. Sie macht ein Segel aus ihrem Rock und hält es zwischen den Armen hoch, was effektiver ist. Der Rauch, sieht sie, kommt oben aus einem Berg. Es ist alles viel weiter weg, als sie dachte. Die Haie kommen wieder zurück, sie muß sie mit ihrem Schuh abwehren und geht indessen zeitweilig ihrer Masten verlustig, wie man sie nennen könnte, aber trotzdem kommt sie langsam voran.

Als sie endlich auf die Küste zuschaukelt, in den Armen ein Gefühl, als seien sie wassergefüllte Bleirohre und über fünf Meter lang, sieht sie, daß ein Begrüßungskomitee – ein Haufen Eingeborener mit langen Speeren und Blumenketten – ihr entgegengekommen ist. Ihr Rock ist so eingelaufen, daß sie ihn nicht mehr über die Knie ziehen kann, aber ihre Unterhose ist bedruckt mit kleinen roten und grünen Herzchen (was für ein Wunschdenken!) und könnte leicht für einen Badeanzug gehalten werden, besonders von Ausländern, die selbst nicht gerade viel anhaben. Sie ist sich nicht sicher, was man bei Anlässen wie diesem zu Eingeborenen sagt, aber beschließt schließlich, das beste sei, einfach zu winken und guten Tag zu sagen. Das kommt nicht so gut an, wie sie gehofft hatte. Sie packen sie, binden ihre Hände und Füße an lange Stangen und beginnen, sie auf den Schultern den Berg hinaufzuschleppen. «Vulkangott viel Hunger», erklärt einer von ihnen, sich den Bauch streichend, und tatsächlich kann sie sein Inneres noch lauter rumoren hören als ihr eigenes. «Aber Moment mal, ich habe seit Wochen nichts gegessen; solltet ihr mich nicht wenigstens erst ein bißchen mästen?» schreit sie hoffnungsvoll zurück, als er vorangeht, aber er hört sie nicht oder tut jedenfalls so.

Am Rande des Vulkans bricht, gerade als sie sie hineinwerfen wollen – sie kann die Hitze bereits am Rücken spüren und riechen, wie der Schwefel sich in Schlingen um sie legt, die Lage ist aussichtslos, aber was kann sie tun, in Sprachen war sie noch nie gut –, ein Streit aus. Ein kleiner Mann, der dem Fahrer des Gangsterautos sehr ähnlich sieht, sich aber nun angesengten Korken übers Gesicht geschmiert hat, springt hysterisch rum und kreischt etwas von «Medizinmann! Medizinmann!». Das setzt großes Geschrei und Getue und Speerrasseln in Gang, aber schließlich binden sie sie los und jagen sie unter Tritten und Speerhieben den Berg hinunter, packen statt dessen ihren Retter und werfen ihn an ihrer Stelle hinein. Sie meint seinen verhallenden Schrei stundenlang hören zu können, als sie den Pfad hinunterläuft, auf den sie sie geschickt haben.

Der Pfad führt zu einer kleinen Hütte auf einer Lichtung, wo ein Mann steht und auf sie wartet. Es ist der Typ, den sie im Kinofoyer gesehen hat, nur daß seine Brust jetzt nackt und gebräunt ist und seine Shorts so dünn sind, daß man beinahe durchsehen kann. «Der Plan hat funktioniert!» ruft er und schließt sie in die Arme. «Endlich sind wir allein!» Hör mal, das ging wahrscheinlich weniger umständlich, hätte sie wohl gesagt, wenn sie nicht so außer Atem gewesen wäre, aber mittlerweile schält er ihre Blusenfetzen ab und starrt mit hervorquellenden Augen auf ihre beste Nummer, was soll's in Teufels Namen. Tritt nicht drauf, wie ihre Freundin sagen würde.

Er füllt seine Hände damit, rollt sie hin und her, kneift die Nippel mit den Fingern, amüsiert sich auf jede erdenkliche Weise damit, beugt sich dann hinunter, um mit der Zunge daran zu schlecken, was noch viel aufregender sein könnte, wenn es sie nicht daran erinnerte, wie wahnsinnig hungrig sie ist. Diese Schulter unter ihrer Nase ist so ungefähr das Köstlichste, was sie seit der Erfindung von Erdnußbutter gesehen hat. Er reißt den Mund auf und will gerade eine Brust ganz in den Mund nehmen, als alles von einer ungeheuren Explosion erschüttert wird und eine Baumgruppe, die gerade noch da stand, plötzlich nicht mehr da ist. Besorgt schaut er auf, sie fest an sich drückend, und dann heult eine weitere auf und trifft, wirft sie beide um. *«Invasion!»* schreit er, packt ihre Hand und zieht sie, auf allen vieren krabbelnd, in den Schutz des Dschungels.

Als nächstes wird seine Hütte getroffen, Feuersäulen steigen kilometerhoch in den Himmel. Überall schießen Trümmer herum: sie sind um Haaresbreite entkommen! Was hat er da gemacht, eine Sprengstoffabrik betrieben? «Meine kostbaren Experimente!» erklärt er keuchend, während er sie, das Gesicht zerkratzt und rußbeschmiert, weiter in den Dschungel hineinzieht. Er führt sie über einen tückischen Pfad an fauchenden Panthern, kreischenden Vögeln, Sümpfen mit Krokodilen und Moskitos vorbei, bis sie eine Reihe von Schützengräben unten am Strand erreichen, wo eine Handvoll erschöpfter Soldaten einer Woge feindlicher Invasoren nach der anderen standhält. Er schiebt ein paar Leichen beiseite, schnappt sich ihre Gewehre, gibt ihr eins und wirft sich in den Graben, gerade als ein Dutzend Kugeln von seinem Rand prallen. Er springt auf, mäht vier oder fünf Invasoren nieder, duckt sich wieder, während ihm die Kugeln um die Ohren surren und zischen, heiliger Bimbam, er ist wirklich toll. Ich bin verliebt! denkt sie, unfähig, es länger zu verleugnen. Ich bin plemplem, ich brenne lichterloh, um mich ist's geschehen! *«Runter mit dir!»* herrscht er sie an. O Gott, stimmt. Heiliges Kanonenrohr! Sie ist beinahe zu aufgeregt, um noch vernünftig zu denken!

Sie kauert sich neben ihn, und er zeigt ihr, wie man das Gewehr bedient. Er ist solch ein Wonneproppen, sie wünscht, er würde noch einmal schnell an dem schlecken, was ihre Freundin ihre Äpfelchen nennt, die reif vor ihm hängen – oder auch an was anderem, was das betrifft, sie ist offen für Vorschläge –, aber nein, er hat zuviel damit zu tun, aufzuspringen und auf diese anderen Lümmel zu schießen, es ist, als wäre er davon besessen. Na ja, sie wird alles einmal versuchen, trotz all der Probleme, in die dieses zweifelhafte Prinzip sie in der Vergangenheit gebracht hat, sie muß schwer von Begriff sein. Sie sucht sich einen schlaksigen Typen aus, der gerade ans Ufer platscht und dämlich in alle Richtungen schießt, kriegt ihn ins Visier und zieht am Abzug. Wow, es reißt ihr beinahe den Arm aus der Schulter! Aber es macht Spaß zuzusehen, wie er fällt: er streckt alle viere von sich, springt ungefähr zehn Zentimeter in die Luft und fällt flach auf den Rücken in die heranrollende Welle. Sie reißt sich zusammen und schießt noch einmal: es tut nicht mehr so weh wie vorher, und diesmal tanzt der feindliche Soldat eine Art Pirouette, dreht sich auf einem Fuß und hüpft ein bißchen, ehe er auf den Strand knallt. Sie schießt einem ins Gesicht, läßt ihn einen Salto rückwärts schlagen, trifft einen anderen in die Knie und dann in seine Haartolle, als sein Helm abfällt, während er ihr entgegenstürzt, erwischt einen im Bauchnabel (geteiltes Leid ist halbes Leid, denkt sie, weil sie hinter dem eigenen ein übles Brodeln und Gurgeln vernehmen muß) und einen andern im Ohr, läßt sie herumwirbeln und sich mit Schüssen zwischen die Rippen zusammenkrümmen, erledigt sie mit Kugeln in den Popo, reiht sie in ihrem Visier auf und knallt zwei, drei auf einmal ab, zielt auf ihre Gewehrläufe, so daß ihnen ihre Waffen ins Gesicht explodieren. Es ist toll! Sie hat gar nicht gewußt, daß Jungs soviel Spaß haben!

Aber es ist zu schön, um lange zu dauern, das hätte sie wissen sollen. Sie spürt, wie jemand sie hinten an der Unterhose zupft und schaut hinunter: es ist der Macker, mit dem sie gekommen ist. Er liegt verwundet zu ihren Füßen, einen blutigen Verband um den Kopf, die Hände immer noch um das rauchende Gewehr, die Knöchel aufgeschlagen, die Augen rot vor Schmerz und Fieber. Es sieht aus, als wolle er etwas flüstern. Sie beugt sich zu ihm hinab. Sie kann die Feinde johlen und schimpfen hören, als sie ungestüm, wie kleine Kinder bei der Ostereiersuche, den Hügel hinauf auf sie zukraxeln. «Es sind nicht mehr viele von uns übrig!» stöhnt er. «Du mußt Hilfe holen!» Sie will protestieren – wo ist der Spaß dabei? –, aber er unterbricht sie mit einem traurigen, zärtlichen Lächeln: «Wir verlassen uns auf dich, Süße!» pfeift er und gibt ihr einen Klaps auf den Allerwertesten wie ein Kumpel einem anderen, was kann sie da machen?

Sie eilt zurück durch den Dschungel und knallt im Gehen Krokos und Tiger ab, weil sie die Sache mit dem Schießen wirklich raus hat, aber irgendwie, vielleicht weil sie ihren Geliebten nicht aus dem Kopf bekommen kann (sie hält ihn für ihren Geliebten, denn solche Intimitäten, wie sie sie miteinander teilten, mögen für manche Leute, ohne Namen zu nennen, zwar keine große Sache sein, aber alle Geschichten sind, wie man so sagt, relativ), nimmt sie eine falsche Abzweigung und landet in der Wüste. Sie versucht, einen Kreis zum Dschungel zurück zu schlagen, den sie am Horizont noch sehen kann, aber nachdem sie sich mit ihren nackten Füßen ein paar Dünen hinauf- und heruntergemüht hat, kann sie ihn nicht mehr sehen, bloß noch Morgen um Morgen endlosen Sands. Sie versucht, ihre Fußabdrücke wieder aufzuspüren, aber nach fünf oder sechs Schritten verschwinden sie.

Sie denkt, daß es vielleicht an der Zeit sei, sich hinzusetzen und auszuweinen, aber während sie noch darüber nachdenkt, kommen ein paar Typen mit Turbanen, Pumphosen und Seidenstiefeln mit heraufgezwirbelten Spitzen des Wegs galoppiert und ergreifen sie. «He, Jungs, ihr habt nicht zufällig einen Cracker oder so was?» fragt sie hoffnungsvoll, aber sie hieven sie bloß hinten übers Pferd, die kleinen Herzchen hoch nach oben gereckt, und donnern mit ihr davon in einen Scheichpalast in einer Oase.

Okay, sie hat ein paar Überraschungen erlebt, seit sie an jenem Abend vor vielen Jahren in ihrer alten Heimatstadt ins Kinofoyer trat, aber die größte steht ihr noch bevor. Der Scheich ist exakt der Typ, der unter dem Plakat stand und den sie gerade verließ, als er in dem Graben gegen unmögliche Übermachten kämpfte, nur daß er sich hier einen offensichtlich falschen Schnurrbart auf die Oberlippe gepappt hat und ihr begreiflich gemacht wird, daß sie seine neue Favoritin ist und seine Braut werden soll. Heute abend. Natürlich sind jede Menge Bräute da, der Palast ist voller verschleierter Damen, die herumschleichen; ein paar Dutzend sind allein hier im Schlafzimmer, aber sie hält sich für eine gesellige Person und hat nichts gegen Gesellschaft. Sie zwinkert dem Scheich zu, um ihn wissen zu lassen, daß sie in alles eingeweiht ist, was auch immer er im Sinn hat, aber er starrt sie nur finster an und blafft etwas von «stinkendem Schwein» und «Macht sie für das Brautsakrament fertig». Okay, soll er es machen, wie er will.

Sie wird ein paar Eunuchen und Dienerinnen übergeben, die sie zu einer Art seichtem Swimmingpool voller nacktärschiger Damen führen und ihr die Lumpen abziehen. Sie klopft sich auf den Bauch und zeigt mit gespitzten Fingern auf ihren offenen Mund, aber sie kapieren nicht. Na ja, es ist eine Hochzeit, oder nicht, wahrscheinlich wird es ein Festmahl geben, sagt sie sich, immer fröhliche Optimistin. Sie hat gerade den Zeh im Wasser, um zu probieren, wie heiß es ist, als der Fahrer aus dem Gangsterauto wiederkommt. Die letzten Male, als sie ihn sah, krachte er in einem explodierenden Auto von einer Klippe oder wurde in den Schlund eines qualmenden Vulkans geschmissen, aber hier ist er wieder, diesmal als nackter Eunuch verkleidet, der gegenüber allen darauf besteht, daß sie vor dem Bad ins, wie er es nennt, «Virginorium» zu einer medizinischen Untersuchung gebracht wird.

Ehe sie oder sonst jemand protestieren kann, zerrt er sie im Sturmschritt einen Spiegelgang hinunter, ihre Füße patschen laut auf den Marmorfußboden, alles andere an ihr zittert und hat Gänsehaut und ist unter all dem Schmutz zweifelsohne rosenrosig. Ihr Geburtstagsanzug könnte leider, so ausgehungert sie auch ist, immer noch ein paar Abnäher hier und da gebrauchen, eine Tatsache, die wahrscheinlich all den Leuten nicht entgangen ist, die sich umdrehen, um ihr nachzustarren, als sie im Triumphzug vorbeisaust. Plötzlich stößt er sie vor sich her in einen dunklen Gang, preßt sich mit dem Rücken an die Wand, reckt den Hals um die Ecke. «Alles klar!» zischt er. «Hinter den Kamelställen wartet ein Flugzeug. Wir müssen schnell machen!» «Moment mal», keucht sie, «ich kenne den Typen, er ist in Ordnung.» «Nein, Sie kennen ihn nicht! Er ist nicht der, für den sie ihn halten! Er ist sein böser Zwillingsbruder! Haben Sie nicht die verräterische Narbe, das fehlende Muttermal bemerkt? Mit Hilfe gefälschter Papiere hat er das rechtmäßige Erbe seines Bruders gestohlen! Er schreckt vor nichts zurück! Deshalb wurden Sie ja auch da reingezogen!» «Was?» Es wird alles ganz schön kompliziert. «Sehen Sie, ich bin nicht wählerisch, sie sind beide ganz nett.» Er packt ihr Handgelenk. «Ich will Ihnen mal was zeigen.»

Er zieht sie noch mehr Gänge hinunter, noch mehr Treppen und Durchgänge. «Von wegen schreckt vor nichts zurück», murrt sie. Sie sind nun tief im Labyrinth des Palastes. Er legt die Finger an die Lippen und schleicht vorsichtig auf eine verschlossene Tür zu. «Dies ist der Raum der Favoritinnen», flüstert er. «Erst tanzen sie für den Scheich, werden dann seine Braut, und schließlich kommen sie hierhin.» Er knackt das Schloß mit einem unsichtbar an seinem Körper verborgenen Draht. Drinnen: ein ganzes Zimmer voll abgeschlagener Köpfe! Sie schreit auf. Eine Art Reflex. «Tut mir leid, ich weiß nicht, was über mich gekommen ist», flüstert sie. Sie hören Schritte näher kommen. Er klopft die Steinmauer ab wie ein Blinder, der zu erraten versucht, was das ist. Plötzlich, gerade als die Schritte die Treppen in den Korridor hinunterpoltern, gleitet ein Stück Wand beiseite, sie schlüpfen dahinter und schließen die Wand schnell wieder, als vollendeten sie ein Puzzle.

Der Geheimgang führt zurück zum Swimmingpool des Harems. «Schnappen Sie Ihre Kleider, und lassen Sie uns machen, daß wir hier rauskommen!» raunt er. Sie sind es kaum wert, bloß ihre zerlumpte Bluse und das Bikiniunterhöschen sind übrig, und es ist sowieso ein heißes Klima, aber sie tut, wie ihr geheißen, weil sie schon immer ein gefügiger Mensch gewesen ist. Während sie sie anzieht, scharen die anderen Eunuchen und Dienerinnen sich um sie und versuchen, sie wieder in den Pool zu treiben, aber ihr Freund macht die Halsabschneidebewegung vor seiner Kehle und packt sie am Haar. Das verstehen alle und weichen zurück. Wenn sie die Zeichensprache so gut beherrschen, fragt sie sich, warum haben sie ihr dann nicht etwas zu essen beschafft, als sie sie darum bat? Erst langsam dämmert ihr, wie bedrohlich dieser Ort wirklich ist. Er zieht sie am Haar von dannen, wobei er es ihrer Meinung nach mit dem Realismus ein wenig übertreibt, aber ehe sie sich beschweren kann, laufen sie ein paar von den Gorillas in die Hände, die sie am Anfang gekidnappt hatten.

Die Kopf-ab-Nummer nützt bei diesen Typen nichts. «Du! Tanz!» grunzt einer von ihnen und stößt sie schroff auf das Schlafzimmer des Scheichs zu. Sie stolpert und fällt. Wenn sie nicht einmal gehen kann, wieso glauben diese Strolche dann, sie könne tanzen? Ihr Eunuchenfreund hilft ihr auf die Füße und flüstert ihr heimlich ins Ohr: «Also gut, jetzt geht's um die Wurst, Mädel!» «Aber ich bin eine Niete als Tänzerin!» wimmert sie. «Ich kann bloß Polka!» «Sie müssen nur Sie selbst sein – glauben Sie mir, Sie schaffen es! Also, rein mit Ihnen, und zeigen Sie ihnen, was Sie können! Ich warte am Flugzeug!»

Sie wird ins Schlafzimmer des Scheichs geschoben, wo viel Publikum für ihre Show versammelt ist, und der Scheich fragt sie in seinem schwerfälligen unangenehmen Akzent, den sie immer noch für eine Art Tarnung hält, warum sie sich nicht ihrer dreckigen alten Lumpen entledigt habe («dräckige alte Lumpe», nennt er sie), und sie überlegt schnell und teilt ihm mit, daß sie als erste Nummer den «Tanz des Dreckschweins» geplant hatte. Er schaut skeptisch drein, und sie sagt ihm, daß der im Augenblick da, wo sie herkommt, sehr populär sei, er solle sich nur zurücklehnen und genießen. Sie hat nie zuvor allein in der Öffentlichkeit getanzt, aber sowie sie sich einmal den Titel ausgedacht hat, fällt alles andere ihr leicht. Jeder kann ein tanzendes Schwein nachmachen, besonders wenn man ein bißchen Übung als Cheerleader hat. Sie mischt ein bißchen tanzende Ente und tanzende Kuh hinein, worauf der Scheich unschlüssig dreinsieht und die Enden seines Schnurrbarts zwirbelt, und sie hätte immer weitermachen und den ganzen Bauernhof durchspielen können (schon – sie kann nichts dafür

– denkt sie an eine Karriere), wenn sie sie nicht mit einem lauten Gong unterbrochen und ihr eine bedeckte Servierplatte präsentiert hätten: schließlich doch noch ein Festmahl! Ihr Magen blubbert schamlos vor Vorfreude.

Als sie den Deckel hebt, findet sie jedoch den abgeschlagenen Kopf ihres Eunuchenfreundes, der nun seine alte Fahrerkappe trägt, etwas Metallenes zwischen seinen bleichen blauen Lippen. Ein Schlüssel! Innerlich weint sie oder würgt sogar, doch äußerlich lacht sie wie wahnsinnig, schnappt mit einer Hand die Kappe und mopst mit der anderen geschickt den Schlüssel: Gott hab ihn selig, seine Kiefer sind um den Schlüssel verkrampft, sie muß gegen sein Gesicht drücken, um ihn herauszubekommen, so daß der Kopf über den Marmorfußboden rollt, aber dies verleiht ihrem zweiten Auftritt, den sie gerade als «Folge dem hüpfenden Kopf» angekündigt hat, nur noch mehr Authentizität. Sie zieht die Kappe tief über die Augenbrauen und beginnt wild durchs Zimmer zu tanzen, tritt den Kopf vor sich her, jagt ihm nach und kickt ihn, ehe die anderen sich von ihrer Verblüffung erholen können, aus der Tür und den Gang hinunter.

Als sie endlich einen Weg aus diesem überdachten Irrgarten findet, kann sie die Verfolger direkt hinter sich poltern und brüllen hören. Das wird knapp! Sie schickt ihren Freund mit einer letzten Mission wieder den Gang zurück, in der Hoffnung, daß er ein paar von ihnen über den Haufen kegelt, und rast in den Mondschein hinaus. Sie hat keine Ahnung, wo die Kamelställe sein könnten, doch sie folgt einfach ihrer Nase und findet sie recht schnell. Sie bindet die Kamele los, um ihre Verfolger zu verwirren, doch die blöden Viecher stehen einfach bloß da und käuen wieder. «Das nächste Mal führe ich den ‹Tanz der Kamelburger› vor!» brüllt sie die Viecher wütend an und stürzt hinaus zum Parkplatz des alten Museumsstücks von Flugzeug. Noch während sie ins Cockpit springt, kann sie hören, wie die Ställe hinter ihr sich mit tollwütigen, säbelschwingenden Miesmachern füllen.

Ihre Hände zittern bei dem Versuch herauszubekommen, wo man den Schlüssel einsteckt (sie kann direkt ihre Freundin sagen hören: «Süße, steck ihn überall rein, wo er dir guttut!»), und als dämmerte es ihr gerade erst, wird ihr klar, daß sie nicht die leiseste Ahnung hat, wie man so eine Kiste fliegt. Sie kann noch nicht einmal Auto fahren, und auf dem Fahrrad ist sie das Gespött der Stadt. Selbst Gehen fällt ihr nicht leicht. Trotzdem, diese kopfjagenden Totschläger klettern bereits mit mordlustigen Blicken auf die Tragflächen, was bleibt ihr also übrig? Als sie schließlich die Zündung entdeckt, passiert vehement alles auf einmal: sie rast plötzlich mit durchgetretenem Gaspedal wie verrückt über das Feld, hüpft und schwankt, wirft verdutzte Meuchelmörder ab, wahrscheinlich gibt es eine Kupplung oder so etwas, was sie hätte treten sollen, aber zu spät, das ist tiefste Vergangenheit, im Augenblick hat sie nur ein einziges Problem, und das ist, wie sie diese Schrottmühle in die Luft kriegen soll, ehe sie in etwas kracht – beispielsweise in diese Kamelställe, die geradewegs auf sie zukommen. Sie scheint sich gedreht zu haben, und all die Typen in den Pumphosen, die sie verfolgten, sind wie angewurzelt stehengeblieben, haben einen Augenblick mit aufgerissenen Augen gestarrt und rasen nun um die Wette wieder zurück zu den Ställen.

Sie zieht, drückt, dreht, tritt, knipst, rüttelt an jedem Ding auf dem Schaltbrett vor ihr, aber nichts tut sich, deshalb schließt sie am Ende einfach die Augen, klemmt sich das Steuerdingsbums zwischen die Beine (vielleicht denkt sie an eine der alten zerkauten Puppen, mit denen sie in einsamen Nächten, also fast immer, noch schläft – oder vielleicht an die magere fuchsige Katze, die sie einmal hatte, möge sie in Frieden ruhen) und macht sich ganz klein vor dem bevorstehenden Aufprall. Der nicht kommt. Sie öffnet die Augen und merkt, daß die alte Klapperkiste wunderbarerweise geradewegs in den mondbeschienenen Himmel hinaufrattert. Der Palast und dann die Oase verschwinden in der Dunkelheit unter ihr. Verblüfft schiebt sie den Steuerknüppel weg, und – *schwups!* – stürzt sie geradewegs dahin zurück, woher sie gekommen ist! Also gut, sie ist ja nicht völlig bescheuert, ein bißchen Schieben und Ziehen an dem Dings da, und im Nu verflacht die Achterbahnfahrt zu etwas wie einem Hindernisrennen mit Pferden.

Nicht schlecht, Frau Specht, wie ihre Freundin sagen würde; tatsächlich wäre sie ganz schön stolz darauf, daß sie diese verrückte Erfindung fliegt, und das gleich beim erstenmal, und zwar einfach, indem sie sich auf den Hosenboden gesetzt hat, wenn a) dieser Hosenboden nicht so naß wäre (hört mal, da unten ging es eine Weile ganz schön *fürchterlich* zu – wer weiß, ob all diese terrorisierten Filmheldinnen es besser machen würden, sie zeigen einem ja nicht *alles*) und b) es eine Möglichkeit gäbe, die Kiste irgendwo zu parken und auszusteigen, ohne wieder die ganze Strecke bis zum Boden zurück zu müssen. Sie tastet nach Instruktionen oder auch nur einer Tüte Erdnüsse, um ihre Nerven zu beruhigen, und entdeckt auf der Schalttafel vor sich eine Art Zifferblatt, dessen winziger Minutenzeiger auf LEER steht. Au Backe, das hat ihr gerade noch gefehlt. Bereits jetzt macht der Motor ein merkwürdiges Stottergeräusch, als sei ihm etwas in der Luftröhre steckengeblieben, und die kleinen Lichter tief unten scheinen ihr «Guten Abend, gute Nacht» zu sagen.

Sie fummelt auf dem Sitz herum, darunter, dahinter, findet ein Kartenspiel, eine Zigarettenkippe, eine Flasche Haaröl, einen abgegriffenen Western, eine leere Ginflasche (einfach nicht ihr Abend: selbst der Geruch ist verflogen), einen Plastikring mit einem Geheimcode darin, ein benutztes, von Staubflusen umhülltes Stück Seife und schließlich das, was sie sucht, einen Fallschirm. Die alte Kiste heult und pfeift und faucht mittlerweile wie ein krankes Maultier und kippt bereits über die Nase ab, deshalb schirrt sie sich in den Fallschirm ein, klappt das Cockpit auf und stürzt sich in die Sternennacht, erstaunt über ihren eigenen Mut in solch einer Höhe, weil es sie sonst schon schwindelig macht, wenn sie im Kino bloß auf dem Balkon sitzt.

Sie hat keine Ahnung, wo sie landet oder wer auf sie wartet oder was für einen Eindruck sie machen wird, wenn sie so in Stoffkappe, feuchtem Unterhöschen und ein paar Fetzen einer ausgebleichten Bluse herunterfällt, aber sie hofft, das Überraschungselement wird ihr die Vorlaufzeit geben, die sie braucht, um zu verschwinden, ehe den Leuten dämmert, was sie gesehen haben. Sie wünscht allerdings, sie hätte ihre verlorenen Wimpern zurück oder zumindest einen Lippenstift oder vielleicht ein Deodorant, ganz zu schweigen von einem ganz gewöhnlichen Kamm. Wie von dem Gedanken angestoßen, fliegt die Kappe weg, und sie schaut ihr durch ihr fließendes Haargewirr nach, um zu sehen, wie sie im nächtlichen Himmel verschwindet, und denkt, als sie so in die Sternenkuppel starrt: Moment mal, da stimmt doch was nicht – *wo ist der Fallschirm?* Öffnen diese Dinger sich nicht von selbst?

Dann erinnert sie sich aus all den alten Kriegsfilmen an einen Ring. Es ist wie bei einem Rollo oder einer Hochzeit, man muß einen Finger in einen Ring stecken und dann ziehen. Sie tastet danach, aber sie kann ihn nicht finden. Sie kann überhaupt nichts finden mit diesem blöden Ding auf dem Rücken, sie kriegt bloß einen Krampf im Nacken, deshalb nimmt sie es ab und untersucht es. Nichts. Es ist wie ein Kissen. Soll sie es einfach unter sich halten und auf das Beste hoffen? Aber sie fällt so schnell! Dann entdeckt sie einen Schlitz und Knöpfe wie am Hosenladen eines Mannes. Sie fummelt mit den Knöpfen herum und bedauert unter Tränen, nicht zum erstenmal in ihrem Leben, daß sie so wenig Übung hat. Drinnen findet sie dann einen Stutzen mit einem Nippel am Ende. Was? Soll sie dieses Ding etwa aufblasen? Das ist ja verrückt! Entnervt reißt sie an dem Nippel, ein windiges zischendes Geräusch, und – *pop!* – plötzlich schwebt sie unter einem gigantischen Gasballon.

Wow! Hier kommt sie, hält sich verzweifelt mit einer Hand fest und plumpst auf die erleuchtete Hauptstraße zu, läßt Autos mit quietschenden Reifen bremsen und aufeinanderkrachen,

Hunde hysterisch bellen, mit offenem Mund staunende Fußgänger übereinanderstolpern. Sie ist noch zu erschüttert, um sich an all dieser Aufmerksamkeit zu weiden, das Herz klopft ihr in der Brust wie die Trommel eines ruhelosen Eingeborenen, und die Nase läuft ihr oder blutet, das einzige, was sie im Augenblick will, ist sich irgendwo ein paar Jahre lang hinsetzen, selbst der Appetit scheint ihr vergangen zu sein. Und es ist noch nicht vorüber! Sie weiß nicht, wie lange sie sich an dem Stutzen festhalten kann, und der Ballon, der jetzt über der Straße Richtung Kino schwebt, scheint wieder in die Höhe zu steigen.

Gerade als alles verloren scheint, ihre Hand schwitzig ist und den Halt verliert und der Ballon selbst in einen plötzlichen Aufwind heißer Luft vom Kinofoyer gerät, der sie Gott weiß wohin tragen könnte, erspäht sie die Markise über dem Haushaltswarengeschäft daneben und läßt los, fällt auf die Markise wie in einen Heuhaufen und rutscht hinunter in einen Haufen Abfall am Bordstein – vielleicht nicht die schönste aller vorstellbaren Landungen, und ein oder zwei Hautabschürfungen werden daran erinnern, aber es ist noch alles dran an ihr, wie ihre Freundin sagen würde, sie hat noch ihre Eintrittskarte, und im Kino ertönt gerade in diesem Augenblick das Pausenzeichen zum letztenmal, und alle stürzen auf ihre Plätze zurück.

Zum Glück schaut die Platzanweiserin in die andere Richtung, als sie vorbeiwitscht, die Türen schlagen hinter ihr zu, der Zuschauerraum ist bereits dunkel, auf der Leinwand beginnt gerade ein Zeichentrickfilm für Kinder: lautes Kreischen und klappernde Geräusche, scheppernde Musik, ein Tier zertrampelt das andere, das übliche, und ablenkend genug, da ist sie sich ziemlich sicher, damit niemand bemerkt, wie sie angezogen oder besser ausgezogen ist. Ihre Freundin hat sich in die Reihe dahinter verzogen und sitzt engumschlungen mit dem Cowboy da, ihre Hand in seinem Schoß, und das ist gut so, denn sie ist viel zu fertig, um sich jetzt mit irgendwelchen blöden Sprüchen über ganznächtliches Bananenlecken oder pickeltreibendes Essen abzugeben oder damit, was sie so lange auf dem Örtchen gemacht hat, hat es Spaß gemacht, können wir alle es tun, wer kümmert sich um die Brötchen? Ihre Freundin kann einem manchmal ganz schön auf die Nerven gehen, besonders wenn sie versucht, bei einem Typen das Glöckchen zum Läuten zu bringen.

Sie drückt sich merkwürdig fröstelnd in ihren Sitz und wünscht, sie hätte eine Strickjacke oder so was mitgebracht, ganz zu schweigen von einer Ersatzjeans oder einem Extrapaar Schuhe. Sie kriegt das Zähneklappern und eine Gänsehaut, aber so kalt kann es hier doch gar nicht sein, wahrscheinlich sind es bloß die Nerven (so nahe ist sie diesen Sitzen sozusagen vorher auch nie gewesen), deshalb versucht sie sich auf den Zeichentrickfilm zu konzentrieren, um sich zu beruhigen. Aber irgend etwas ist komisch. Eins der Tiere ist zu einer Art Sprungfeder verdreht und titscht auf eine Art herum, über die die Leute gewöhnlich johlen und kreischen und sich vor Lachen kugeln – aber niemand lacht. Niemand gibt überhaupt einen Ton von sich. Beklommen verrenkt sie sich den Hals und späht über den Sitz nach hinten: der Zuschauerraum, nur vom Licht des Projektors erleuchtet, ist voller Menschen, das stimmt, aber sie alle sitzen steif und mit unheimlich geistlosen Gesichtern auf ihren Plätzen, die geweiteten Augen starren auf die Leinwand, als wären sie hypnotisiert oder tot oder sonstwas. Oh, oh! Sie faßt nach hinten und tippt ihre Freundin an, um zu fragen, was sie denn meint, was da ablaufe, und ihre Freundin rutscht nach dem leichten Stupser leblos vom Schoß des Typen auf den Boden zwischen den Sitzen. Es gibt einen leisen Bums, deutlich zu hören unter dem blechernen Pfeifen und Krachen oben auf der Leinwand, wo es so albern rappelt und rattert, als würden irgendwelche Sachen tausend Stufen herunterpoltern. Der Typ sieht auch nicht gerade gut aus, wie er da hingelümmelt ist, mit dem Cowboyhut über der Nase, der geifernde Mund offen, die Gürtelschnalle gelöst, die Hand starr um einen mageren Hintern gehöhlt, der nicht mehr da ist. Sie will gerade einen Schrei ausstoßen, als sie diesen eisigen Klauengriff an der Schulter spürt, und sie kann nicht einmal mehr quieksen. Die Klaue dreht sie auf ihrem Sitz herum, bis sie wieder auf die Leinwand schaut, und hält sie dort fest. Sie muß in der gruseligen Stille auf diesen ganzen dumpfen Quatsch da oben schauen und fragt sich, wie sie hier rauskommen soll. Wenn *wie* das richtige Wort ist. Es ist wie ein Zauber, und es gibt wahrscheinlich eine Möglichkeit, ihn zu brechen, aber im Augenblick kommt sie nicht darauf, sie kann kaum denken: es ist, als habe dieser Unglücksrabe hinter ihr ihr einen seiner knochigen Finger tief ins Ohr gesteckt und den AUS-Knopf gedrückt. Was bleibt ihr anderes übrig, sie starrt auf die Leinwand, tut so, als sehe sie dem Schlachtfest da oben zu (eines der Tiere wurde in ein Eiswürfeltablett gepreßt und wird nun in Würfeln ausgeschüttet: es kullert und knallt übertrieben, als die verschiedenen Körperteile aus dem Tablett purzeln), und wünscht bloß, sie hätte auf dem Weg herein ihre Limonade mitgenommen oder, besser noch, einen Becher Popcorn und ein halbes Dutzend Currywürstchen, es könnte eine lange Nacht werden. Wie ihre Freundin sagen würde, wenn sie noch lebte: «Manchmal, Süße, mußt du dich einfach hinhocken, die Backen spreizen und der Natur ihren Lauf lassen.» Soviel sie sehen kann, will die Klaue sowieso bloß, daß sie den Film anschaut, und Mensch, sie hat doch ihr Leben lang Filme angeschaut, weshalb also jetzt aufhören, oder? Außerdem, gibt es nicht immer ein Happy-End? Muß doch. Ist im Eintrittspreis inbegriffen …

Cartoon

Der Cartoon-Mann fährt mit seinem Cartoon-Auto in die Cartoon-Stadt und überfährt einen echten Mann. Der echte Mann ist nicht schwer verletzt – das Cartoon-Auto wiegt schließlich so gut wie nichts, es ist kaum schlimmer, als sich beim Zukleben eines Umschlags die Lippe aufzuschneiden –, aber der echte Mann hat trotzdem das Gefühl, es sei ihm Unrecht geschehen, deshalb macht er sich auf die Suche nach einem Polizisten. Es gibt keine echten Polizisten in der Nähe, also trägt er seine Beschwerde einem Cartoon-Polizisten vor. Der Cartoon-Polizist salutiert forsch und stürzt beinah ohne Kehrtwendung in Richtung des Unfalls davon, doch es bringt den echten Mann aus der Fassung, wie der Polizist rund fünf Zentimeter über dem Bürgersteig dahineilt, für jeden Schritt des echten Mannes fünf oder sechs Luftsprünge macht und dabei unablässig auf seiner Pfeife trillert. Es ist, als gingen sie Seite an Seite zwei verschiedene Straßen hinunter. Die stille Cartoon-Stadt gleitet unterdessen mehr oder weniger selbständig vorbei.

An der Unfallstelle treffen sie den Cartoon-Mann mit einem echten Polizisten an. Das Cartoon-Auto liegt auf dem Dach, es sieht übel zugerichtet und mißbraucht aus. «Ist er das?» will der echte Polizist wissen und deutet mit seinem Gummiknüppel. Der Cartoon-Mann hüpft auf und ab und stößt hohe, anklagende Geräusche aus, das Auto schnauft und wimmert mitleiderregend im Hintergrund. Als der Cartoon-Polizist protestierend oder vielleicht auch bloß gewohnheitsmäßig pfeift, springt ein riesiger Cartoon-Hund, größer als das Cartoon-Auto, an den Ort des Geschehens und verjagt den Cartoon-Polizisten. «Sie müssen mitkommen», verkündet der echte Polizist streng und packt den echten Mann, der das Cartoon-Auto boshaft kichern hören kann, am Kragen. «Hier sind Ermittlungen erforderlich!»

Wie die leibhaftige Verkörperung dieser Ankündigung donnert der riesige Cartoon-Hund aus der entgegengesetzten Richtung wieder herein, diesmal gejagt von einer echten Katze, die Katze wiederum von einer Cartoon-Frau verfolgt. Die Frau bleibt wie angewurzelt stehen, als sie den echten Polizisten sieht, der mittlerweile die Katze erschossen hat (dies ist so wahrscheinlich wie verwirrend), zwinkert dem echten Mann zu und entblößt vor dem Polizisten ihre Brüste. Diese Brüste sind beinah so groß wie die Frau selbst, und sie haben Nippel, die sich nacheinander in gespitzte Lippen, tropfende Wasserhähne, Ampeln und lockende Finger verwandeln und schließlich in erleuchtete Flipper-Säulen. Der echte Polizist ist doch nicht so ganz echt. Er hat Cartoon-Augen, die sich wie eine paarige Erektion aus den Höhlen recken und die Brüste der Cartoon-Frau mit ihren flippigen Nippeln verschlingen. Sie nimmt die Brüste ab und gibt sie dem echten Polizisten, und der schleicht sich verstohlen von dannen, das Geschenk wie ein furchtbares Geheimnis fest an sich drückend, während seine Augen sich tief in den Schädel zurückziehen, als wolle er ihn von seiner eigenen Echtheit leeren oder von dem, was von ihr übrig ist.

«Vielen Dank», sagt der echte Mann. «Sie haben mir wohl das Leben gerettet.» Er kann das Cartoon-Auto darüber kichern und schnauben hören, aber die Cartoon-Frau zuckt schlicht die Achseln und bemerkt orakelhaft: «Es gibt noch jede Menge davon.» Sie kuschelt sich an den riesigen Cartoon-Hund, der zurückgekehrt ist und neugierig den Kadaver der echten Katze betatzt. «Irgendwie empfinde ich», murmelt der Hund, am Geschlecht der Katze schnüffelnd, «eine gewisse unerklärliche

Beklommenheit.» Das Cartoon-Auto hupt und schnaubt wieder spöttisch, und der Hund hebt verärgert das Bein über ihm. Ein gewaltiges Zischen und Knallen, dann schweigt das Auto still. Der Cartoon-Mann ist erbost, er quiekst und kreischt und trommelt mit den Fäusten gegen den Cartoon-Hund und die Cartoon-Frau. Sie ignorieren ihn und schmiegen sich wieder aneinander. Der Hund keucht schwer, nachdem er sich geistig wie auch körperlich so angestrengt hat, die Frau berührt erregt die riesige lappige Zunge des Hundes mit der eigenen Zungenspitze (sie hat einen echten Mund, bemerkt der echte Mann, und die Berührung ihrer winzigen runden Zunge mit der ungeheuren rosa Landschaft der flachen Hundezunge rührt ihn aus irgendeinem Grund beinah zu Tränen). Der Cartoon-Mann huscht deshalb herüber, um den echten Mann zu verprügeln. Es ist weniger schmerzhaft als vage entnervend, so als bohre man an ihm, um ihn an etwas zu erinnern, das er endlich vergessen hatte.

Die Cartoon-Frau schlendert mit dem Cartoon-Hund davon («Wann», grübelt der Hund und kratzt sich weltklug hinter dem Ohr, «ist ein Floh *nicht* ein Floh?»), und der Cartoon-Mann, der sich ausgetobt hat, geht hinüber, um die tote Katze aufzuheben. Als der Cartoon-Mann weggeht, scheint er zu wachsen, und als er zurückkommt, die tote Katze am Schwanz hinter sich herschleppend, scheint er wieder zu schrumpfen. Er gibt dem echten Mann, wie aus dem Nichts hervorgezaubert, ein riesiges Cartoon-Messer, stürzt dann wieder davon und kehrt im Handumdrehen mit einem Cartoon-Tisch, Tischtuch, Servietten, Tellern und Besteck, einem Kerzenhalter und zwei Cartoon-Stühlen zurück: die Dinge stehen an Ort und Stelle, ehe sie auch nur aufgezählt werden können. Seine Stimme macht wieder schrille, überdrehte kleine Geräusche, mit denen er den echten Mann veranlassen zu wollen scheint, die Katze zum Essen zu zerlegen. Er schwirrt wieder ab und kommt mit Cartoon-Salat, Steaksauce und Cartoon-Wein zurück, dann rast er zu einer Cartoon-Bäckerei davon.

Wer weiß? denkt der echte Mann, während er die Serviette vorbindet, all dies dient vielleicht der Einhaltung einer weiteren örtlichen Gepflogenheit. Deshalb macht er sich mehr aus Respekt als aus Appetit daran, die tote Katze zu zerlegen. Als er sie jedoch auf dem Cartoon-Tisch plaziert, springen alle Cartoon-Teller und Bestecke, Gewürze und Kerzenhalter vom Tisch und laufen kreischend weg, oder lachend, das ist schwer zu sagen. Und obwohl der Tisch waagerecht aussieht, rutscht die Katze schnurstracks hinunter. Auch gut, seufzt der echte Mann bei sich und wirft das Messer trübsinnig auf den Tisch, als zahle er die Zeche, sie können nicht sagen, ich hätte mich nicht bemüht. Er geht zu dem Cartoon-Auto, stellt es wieder auf die Räder, steigt, nachdem sich darunter eine Pfütze gebildet hat, ein und startet den Motor. Oder richtiger, der Motor startet von alleine, er würgt und spuckt und macht mit dem Auspuff laute Furzgeräusche, dann räuspert er sich, kommt auf Touren und brummt schließlich gleichmäßig dahin. Die Cartoon-Stadt gleitet unterdessen vorüber wie zuvor.

Als sie in die echte Stadt gelangen, oder als die echte Stadt, in der der echte Mann lebt, zu ihnen gelangt, scheint das Cartoon-Auto nicht mehr zu funktionieren. Der Mann stellt fest, daß er die Füße durch den Boden stecken und sehr zur offenkundigen Belustigung all der echten oder zum Großteil echten Passanten zu Fuß mit dem Auto nach Hause laufen muß. Das erinnert ihn an die Zeit, wo er sich als Junge dabei ertappte, daß er zu seiner Lehrerin hochschaute, die mit humorlosem Lächeln, ein Holzlineal schwingend, drohend über ihm stand (im nachhinein stellt er sie sich als Cartoon-Lehrerin vor, aber vielleicht vertut er sich da – das Lineal jedenfalls war echt) und ihn etwas mysteriös beschuldigte, bei den «Interpolationen versagt zu haben». «Was?» hatte er sehr zu seinem sofortigen Bedauern gefragt, einem Bedauern, das er jetzt merkwürdigerweise wieder empfindet, als sei er das Opfer einer Art spontaner Reinkarnation. Und plötzlich, während er mit seinem Cartoon-Auto kläglich zwischen all den röhrenden echten Autos über die Fahrbahn geht, fällt ihm ein, daß, ja, die Lehrerin mit ziemlicher Sicherheit echt war – aber ihre Anschuldigung war ein Cartoon.

Zu Hause zeigt er seiner Frau, die lustlos auf dem Sofa liegt, das Cartoon-Auto, nun nicht größer als seine Handfläche, und erzählt ihr von seinen Abenteuern. «Es ist, als sei man die Zielscheibe eines Witzes ohne Erzähler oder so etwas», sagt er, nach Erklärungen suchend, wo es in Wirklichkeit wahrscheinlich keine gibt. «Ich weiß», erwidert sie mit einer gewissen gequälten Verbitterung. Sie hebt ihre Röcke und zeigt ihm den Cartoon-Mann. «Er ist schon den ganzen Tag da.» Der Cartoon-Mann grinst ihn über die Schulter an, während er übertriebene, untertourige Stöße mit seinen winzigen Cartoon-Arschbacken macht, die puderweiß mit roten Tupfen sind wie die Wangen eines Clowns. «Tut er... tut er dir weh?» Der echte Mann ringt nach Luft. «Nein, es macht mich bloß zappelig. Es ist ungefähr so, als schneide man sich die Lippe an der Kante eines Umschlags auf», setzt sie mit einer Grimasse hinzu und läßt den Rock fallen, «wenn du weißt, was ich meine.»

«Ah...» Auch er spürt irgendwo einen Stich, wenn auch vielleicht nur in seinen Überlegungen. In der Ferne hört er die Trillerpfeife eines Polizisten, für einen Augenblick verlockend, aber er weiß, daß dies keine Lösung ist, weder eine echte noch sonst eine. Es wäre, als kratzte man eine juckende Stelle mit der Legislative oder einer Analogie – so etwas mochte der Cartoon-Hund vielleicht oder tatsächlich gesagt haben, er hatte nicht die ganze Zeit zugehört. Nein, man bemüht sich, aber nie genug. Schweren Herzens (was für eine Welt!) geht er ins Badezimmer, um das Cartoon-Auto die Toilette hinunterzuspülen, und entdeckt bei einem Blick in den Spiegel, daß ihm über der Cartoon-Serviette, die noch wie eine heraushängende Zunge in seinem Kragen steckt, ein Paar Cartoon-Ohren gewachsen sind. Wie Schmetterlingsflügel ragen sie ihm seitlich aus dem Kopf. Sieh an, denkt er und wackelt beseelt mit seinen neuen Ohren, oder vielleicht wackeln sie mit ihm, es gibt noch Hoffnung für mich...

Milford Junction, 1939
Kurze Begegnung

Er kommt wie aus dem Nichts in der naßkalten Nacht, dröhnt heran aus der unwirtlichen leeren Stille mit einem plötzlichen Kreischen wie vor Schmerz oder Verzückung oder vielleicht bloß vor Überraschung, erstaunt darüber, hier zu sein, hier im Bahnhof von Milford (solch einem ordinären Ort, dem ordinärsten Ort der Welt, ehrlich, und doch...), oder besser, erstaunt darüber, dort durchzufahren, denn er hält nicht, der Fährzug hält nie, das ist das Problem mit ihm, wie die Leute unten auf der Hauptstraße von Milford oft bemerken, er kann ziemlich gefährlich sein, wenn er plötzlich unter ohrenbetäubendem Kreischen hier durchrattert, mit seinem donnernden *Ratamratam!* wie laute Akkorde, dabei Staub, Zeitungen und alte Fahrkarten aufwirbelt, ungeheuere Dampf- und Qualmwolken ausstößt, auf andere Züge wartende Fahrgäste von der Bahnsteigkante scheucht, flackernde Lichter aus den Fenstern auf sie wirft, als schlage er ihre blassen Gesichter mit dem unregelmäßigen Pendel der Zeit selbst und erinnere sie daran, wie unbedeutend sie sind (der Zug hält nicht, nicht wegen ihnen), und mit seinem wogenden Rauch Sandkörner und Ascheflocken ausstößt, die sich im Auge eines Menschen festsetzen können, wenn er oder sie nicht aufpaßt, eine unangenehme Geschichte, eine sehr unangenehme Geschichte.

Und dann, so schnell, wie er gekommen ist – ein Augenblick, der eigentlich nicht länger dauert als ein Gruß, ein verstohlener Kuß, das Einschenken einer Tasse Tee –, ist er weg, donnert davon in die unendliche Dunkelheit, aus der er kam, hinterläßt in seinem Sog eine merkwürdige hohle Stille, in der man den leisen Aufprall von niedersinkendem Abfall hören kann, einen schweren Atemzug, oder vielleicht einen Seufzer, Schritte, die durch die Unterführungen hasten. Die zurückgelassenen fahlen Dampf- und Qualmwolken treiben umher und verdecken alles, als beharrten sie darauf, zumindest diesen einen Augenblick lang all das, was der rasenden Durchfahrt des Fährzuges vorangegangen ist, völlig auszulöschen, aber recht bald lösen sie sich auf, und die alten vertrauten Umrisse tauchen wieder auf, wie sie es (wenn auch nicht ohne eigene geheimnisvolle Aura) natürlich müssen: die Pfosten und Masten, die Tore und elektrischen Lampen, die Hängeuhr, die Schilder (ERFRISCHUNGSRAUM, AUSGANG, CAPSTAN ZIGARETTEN, MILFORD JUNCTION), die Wegweiser und Warnlampen, die anonymen Schuppen und Türme, und einander gegenüber, zu beiden Seiten der glitzernden Schienen wie spiegelbildliche Bühnen, die überdachten Bahnsteigepaare mit ihren Bänken und Geländern, schweren Holzkarren mit aufgestapeltem Gepäck, Verkaufsautomaten und Reklametafeln, ihren Tümpeln von mattem Licht und tiefem Schatten, ihrem unaufhörlichen Drama von Ankunft und Abfahrt.

Selbstverständlich hat dieser lebhafte Marktflecken mehr zu bieten als nur einen Bahnhof. Tatsächlich betrachten die Bürger von Milford den Bahnhof nicht wirklich als Teil der Stadt, sondern eher als eine Art Tor vor der Stadt, durch das all die Leute aus den umliegenden Dörfern hereinströmen, angezogen von der geschäftigen Hauptstraße mit ihren Drogerien, Andenkenläden, Cafés, Kinos und Tabakwarenhandlungen – an sonnigen Tagen gibt es sogar gelegentlich einen Drehorgelspieler, der solche beliebten alten Lieder spielt wie «Let the Great Big World Keep Turning» –, um ihre Wocheneinkäufe zu erledigen, ihre Bücher aus der Bibliothek umzutauschen, zusammen zu Mittag zu essen, vielleicht ins Kino zu gehen. Es gibt Fabriken hier und Kohlenbergwerke, ein weithin bewundertes Kriegerdenkmal, sogar ein berühmtes Krankenhaus zur Behandlung der spezifischen Form der Staublunge, die als Kohlenstaublunge bekannt ist. Für all die, die hier wohnen, ist das völlig normal, aber es ist ziemlich aufregend, verstehen Sie, wenn man aus einem Ort wie Churley oder Ketchworth kommt. Milford: das ist wie ein magischer Ort aus einem Märchen, der nur auf die Erfüllung wartet, für einen wahnsinnig glücklichen Augenblick (obwohl der natürlich nicht ewig dauern kann, nichts dauert wirklich ewig) *zur Heimat gemacht* zu werden – allein schon bei dem Namen bekommt man Lust zu lachen! Es ist, als sehe man einen Film und komme gleichzeitig darin vor, als könne man die Welt mit Blicken verzehren, wenn das nicht zu dumm wäre. Milford! Also, an einem Ort wie diesem ein wenig närrisch zu sein ist nicht schwer. Es gibt einen wunderbaren Botanischen Garten mit Seen, auf denen Schwäne sich putzen und kleine Jungen ihre Bötchen schwimmen lassen, und malerischen Pfaden, auf denen Kindermädchen ihre Kinderwagen schieben, und Landungsstegen für Ruderboote und Kanälen mit lustigen niedrigen Brücken und schönen alten Bootshäusern entlang des Ufers. Wenn man Glück hat, kann man nach einer kräftigen Ruderpartie beim Bootsverleiher eine Tasse Tee bekommen, sich an seinem kugelbäuchigen Heizkessel aufwärmen, nasse Kleidung trocknen, falls das nötig ist, ein wenig plaudern. Und direkt hinter Milford ist das offene Land mit seinen Steinbrücken und hübschen kleinen Bächen und Gaststätten und windigen Hügeln – Vergnügen, die zugleich unschuldig und doch etwas furchterregend sind, als berge diese sanfte Landschaft womöglich schreckliche Abgründe in sich, gefährlich verführerische Schluchten, in die man sich in einem Augenblick äußerster, aber herrlicher Verrücktheit stürzen könnte. Nun, natürlich nur sozusagen.

Doch abends verschwindet all dies, und es gibt nur noch den Bahnhof von Milford. Es ist, als seien die Bürger von Milford einem Irrtum erlegen: als sei der Marktflecken, auf den sie so stolz sind, wenig mehr als eine Theaterinszenierung, jeden Tag für die Kunden aufgeführt, die ihre Eintrittskarten bei der Ankunft am Bahnhof Milford Junction abgeben, und jeden Abend abgebrochen, wenn die Kunden zurückkehren, ein Schauplatz so flüchtig, so illusorisch wie der des Nachmittagsfilms unten im Palladium oder Palace. Man nähert sich dem Bahnhof über eine Überführung mit ausgezeichneter Sicht durch den hohen Eisenzaun (wenn man nicht zu beschäftigt ist, um sie zu bemerken) auf die Lichter der Stadt, durch den Dampf gesehen, der von den Eisenbahngleisen aufwogt wie Nebel auf dem Moor und gleichsam riesige Wolkensymbole (wenn man Lyrikliebhaber ist, denkt man unweigerlich an Keats) und andere merkwürdige Trugbilder in die Luft wirft, zusammen mit diesen Sandkörnchen, die den Leuten manchmal in die Augen kommen. Ein langer Abstieg folgt, der einem das Herz sinken läßt, obwohl es so ein schöner Tag gewesen ist und man solchen Spaß gehabt hat – das ist natürlich Teil des Problems, nicht, man freut sich so auf diese Tage in Milford, und dann, kaum daß sie begonnen haben, sind sie schon vorüber, es scheint überhaupt keine Zeit vergangen zu sein; noch eine weitere Erinnerung daran (als ob man daran erinnert werden müßte!), daß nichts, noch nicht einmal das Leben, sehr lange dauert. Das reicht, um einem die Tränen in die Augen zu treiben, und manchmal tut es das auch, ganz abgesehen von den Sandkörnchen und so.

Die Bahnsteige erreicht man durch eine große Schalterhalle und die Fahrkartenkontrolle, stets mit Mr. Godby besetzt, und dann, wenn der Zielort es erforderlich macht, durch einen weiteren Abstieg in unterirdische Passagen, beachtenswert durch ihre harschen Lichtdreiecke, den Abfall, der durch sie flattert, wenn oben die Züge darüberrumpeln, und die Paare, die sich verstohlen in halbdunklen Nischen küssen, sogar wenn sie nur hindurcheilen, als müsse die ein wenig beschämende Atmosphäre dieser gedärmähnlichen Passagen, wie kurz auch immer, ausprobiert werden. Auf den Bahnsteigen selbst sind Umrisse von Gestalten auszumachen, in gewöhnliche Regenmäntel oder in gegürtete Trenchcoats gekleidet, an Pfosten lehnend,

Zeitung lesend, vielleicht auf Bänken sitzend, Pfeifen und Zigaretten rauchend. Andere spazieren in die Lichttümpel der schwachen Birnen an der Decke hinein und wieder heraus. Regenschirme und kleine Koffer in den Händen oder Handtaschen unter den Armen, auf die Uhr guckend, Zeichen von Ungeduld und Müdigkeit zeigend, tauchen sie auf und verschwinden wie Schauspieler auf einer Bühne, eine unsäglich banale Beobachtung vielleicht, aber an diesem merkwürdig abgehobenen Ort irgendwie genauso unwiderstehlich wie die geraubten Küsse in den Gängen darunter. Wenn Züge kommen und fahren, entsteht plötzlich Geschäftigkeit, Leute klappern hastig durch die Unterführungen, springen auf Züge auf und von ihnen herab, umarmen und küssen sich ungestüm und wechseln Abschiedsblicke, und dann folgen Pfiffe und lautes Zischen, das Zuschlagen von Wagentüren, Rufe, Rollen von Stahlrädern, Versprechungen in letzter Sekunde («Nächsten Donnerstag!» «Ja, nächsten Donnerstag!»), und die Züge rumpeln aus dem Bahnhof, während ihre Schlußleuchten im Dunkel verschwinden. In der folgenden Stille lehnen sich die zurückbleibenden Fahrgäste einmal mehr gegen Pfosten oder laufen hin und her durch die Lichttümpel, während Gepäckträger vollbeladene Karren vorbeischieben und Schaffner ihre Uhren überprüfen. Dann überqueren sie die Gleise zu Fuß, hüpfen auf den Bahnsteig Nr. 2 und 3, folgen der Hand mit dem ausgestreckten Zeigefinger, die auf das Schild oben gezeichnet ist, und betreten den Erfrischungsraum für eine Tasse Tee.

Schließlich kehrt man natürlich nach Ketchworth oder Churley oder wohin auch immer heim, zu Ehemännern und Ehefrauen, einem kranken Kind vielleicht, zu Kindern ganz gewiß, ob krank oder gesund, zu Problemen mit Dienstmädchen, dem Auspacken von Paketen und Geschichten über Milford («Ich wollte es erledigen, Fred, ehrlich, ich wollte!» «Wie schön für dich!»), einem kleinen gesellschaftlichen Ereignis in der Provinz oder auch einem ruhigen Abendessen zu Hause, dann dem neuesten Buch von Boots vielleicht, einem bißchen Musik im Radio, Kreuzworträtseln oder Hausbesuchen (wenn man praktischer Arzt ist, beispielsweise), dem obligatorischen Nähkorb, von dem einen anscheinend keine zehn Pferde wegziehen können, und schließlich ab ins Bett – aber erst, ehe man den Zug nach Hause besteigt, ist beinahe immer noch Zeit für eine Tasse Tee im Erfrischungsraum des Bahnhofs. Tatsächlich ist ein Tag in Milford ohne das nicht ganz vollständig: ein Film mit Überlänge im Palladium oder eine Begegnung mit klatschenden Bekannten, die reden und reden und reden, bis man sie erwürgen will, dann in fliegender Hast zum Bahnhof, gerade wenn der Zug einfährt, und dann keine Zeit für einen Tee, also, das verdirbt doch einfach alles.

Nicht daß etwas Besonderes an dem Erfrischungsraum wäre; er ist eigentlich ganz gewöhnlich, helle Wände, dunkle Holztäfelung, Bogentüren und -fenster, deren Scheiben ein in Spiegelschrift daraufgestempeltes ERFRISCHUNGSRAUM undurchsichtig gemacht hat, schlichte Holztische und Kaffeehaus-Stühle darum herumgestellt, ein alter eiserner Kohleofen mitten im Raum und eine kleine Bar und Teetheke an einer Seite, die Art Gaststätte, wo der Tee mit zuviel Milch serviert wird, die Sandwiches und das Gebäck trotz aller gegenteiligen Behauptungen gewöhnlich altbacken sind, wo es ständig zieht, es noch nicht einmal ein Örtchen gibt und das Personal dem Genuß von Drei-Sterne-Brandy verfallen ist. Und doch ist es möglich, hier ganz normal zufrieden zu sein, mit sich in Frieden zu sein, was nicht wenig ist und vielleicht alles, worauf man wirklich hoffen kann, wenn man fähig bleiben will, wieder nach Hause zu fahren, und das alles um den Preis einer bloßen Tasse Tee. Natürlich kann man sich einen Raum wie diesen, hier draußen am Ende eines Bahnsteigs, einer Art Insel auf einer Insel, sehr wohl als möglichen Ort für zufällige Begegnungen, neue Freundschaften, sogar wilde Liebesgeschichten vorstellen, im Verein mit all dem verzweifelten Glück und Elend, das erwartungsgemäß auf solche Kühnheit folgt, aber größtenteils sind die Leute, die hier verkehren, vernünftige

Menschen, sogar eher zurückgezogen, scheu und schwierig (das Klima soll etwas damit zu tun haben), und sie haben wenig Interesse daran, Fremde kennenzulernen oder auch nur alte Bekannte zu treffen. Sie sind zu müde. Sie sind hier, um sich auszuruhen, um sich vor der langen Heimfahrt zu erfrischen, deshalb heißt es ja auch Erfrischungsraum. Sie erwerben ihre Tasse Tee und vielleicht ein Hefeteilchen oder etwas Schokolade und schleppen sich zu einem freien Tisch, um dort für sich über ihrer dampfenden Tasse zu hocken und eine Zigarette zu rauchen, vielleicht in einem Buch oder einer Zeitung zu lesen, in der Handtasche zu kramen, das Gesicht ein wenig zurechtzumachen, und sie schauen nur auf, um träge, wie in einem Wachtraum, andere hereinkommen und hinausgehen zu sehen, oder um die Frau an der Theke zu beobachten, die mit der gepflegten Stimme. Ab und zu gibt es wohl unverantwortliche Leute, die sich nicht benehmen, Leute, die plötzlich außer Rand und Band geraten und ein bißchen verrückt spielen, in den Erfrischungsraum zurückkehren, nachdem sie ihren Zug verpaßt haben und so tun, als hätten sie etwas vergessen, sich etwas zu leidenschaftlich wie romantische Schulmädchen oder erregte Schuljungen betragen, einander an die Wolle gehen, völlig benommen und verwirrt aufstöhnen, sich über Sandkörnchen oder was auch immer im Auge beschweren, richtig ein bißchen durchdrehen und sich gelegentlich sogar Gewalt antun, dem Herzen und dem Verstand und allem anderen auch, sich unter den durchrasenden Fährzug werfen oder wahrscheinlicher direkt unter die Tische, sich auf eine, wie man es nennen könnte, ziemlich unwürdige Balgerei einlassen, zu überwältigt von ihren leidenschaftlichen Gefühlen, um auch nur ihre Regenmäntel und pelzgefütterten Wintermäntel, ihre nassen Socken und Schuhe und schrecklich peinlichen Strumpfgürtel auszuziehen («Es ist noch Zeit!», könnte einer von ihnen keuchen, wie vor Schmerz oder Verzückung oder vielleicht bloß vor Überraschung, worauf der andere erwidert: «Wir sind nur einmal in den besten Jahren, es ist überhaupt keine Zeit mehr!»). Ihre

Hüte rutschen ihnen über die Augen, während die Tische und Teetassen ihnen um die Ohren fliegen («Beryl!» ruft die Frau an der Theke gewöhnlich bei diesen ärgerlichen Störungen, das Taschentuch an die Nase gepreßt, gerade als etwa das Ofenrohr herunterkracht, wie es das nur allzu gerne tut, und überall Schwaden von Kohlenstaub aufsteigen, der die Brötchen und den Tee verdirbt und, wie man wohl weiß, einem in die Lungen kommen und Kohlenstaublunge verursachen kann, «würdest du Mr. Godby sagen, er soll mal kurz herkommen?»), alles in einer ganz abscheulichen Zurschaustellung von verrückter, gewalttätiger Energie und blinder Enttäuschung und in einem tief verwurzelten, unsentimentalen, aber sehr ungehörigen Verlangen, verborgene Tiefen zu offenbaren, und das so schnell wie möglich – «Oh, paß auf! Wir kommen nicht durch!» «Zieh das linke an!» «Ach du meine Güte, ich konnte noch nie links von –!» «Liebster!» «Nein!» «Bitte noch nicht!» «Ich muß!» Und dann, beinahe auf der Stelle, Zeit und Gezeiten warten auf niemanden, wie die Bardame mit charakteristischem Hochmut sagen und die beiden verächtlich angucken würde, deren sonst ganz unbedeutendes Leben plötzlich gemeinsam die quälendste Aufblähung erlebt, mit erschreckenden scheeläugigen Zuckungen, die die Kohlenschaufel in die Luft fliegen lassen und einen *schrecklichen* Radau verursachen. Und dann, so schnell wie es begann, ist es vorbei (kaum zu glauben, daß es nur so kurze Zeit dauern sollte!), sie lösen sich voneinander und fallen in eine Art Trance, wie man es beschreiben könnte (neigt sich der Raum?), erleben eine Art idiotischen Ohnmachtsanfall und wissen in der merkwürdig hohlen Stille danach nichts zu sagen außer vielleicht: «Es war sehr nett, ich habe den Nachmittag sehr genossen!» oder «Wie nett, daß Sie sich so angestrengt haben.» «Es war mir ein Vergnügen. Da ist mein Zug, ich muß gehen – auf Wiedersehen.»

Nun, bis natürlich Mr. Godby hereinkommt mit seinem munteren «Hallo, hallo, hallo! Was geht denn hier vor?», die Lippen gespitzt und die Daumen würdevoll in die Westentaschen gehängt, fährt der Fünfuhrvierzig nach Churley bereits auf Bahnsteig 4 gegenüber ab, und der Zug nach Ketchworth, der um fünf Uhr dreiundvierzig abfahren soll, fährt gerade auf Bahnsteig 3 ein – die große Welt dreht sich schließlich weiter, und es ist ja nichts Schlimmes passiert («Also kommt schon, worauf starrt ihr denn da? Und Beryl, wo du gerade dabei bist, leg noch ein paar Kohlen nach!»), selbst der Fährzug, der gerade durchrast, hat keine neuen Opfer gefordert, es ist nur ein weiterer gewöhnlicher Abend im Bahnhof von Milford gewesen. Draußen auf dem Bahnsteig schlagen Wagentüren, werden Fenster für die letzten Abschiedsgrüße heruntergekurbelt («Nächsten Donnerstag, um dieselbe Zeit?»), es wird gepfiffen, und Lautsprecher verkünden bevorstehende Abfahrten und Ankünfte. Fahrgäste in den Zugabteilen wuchten ihre Pakete und ihr Gepäck in die Gepäcknetze oder stellen es in der Hoffnung, daß der Zug nicht so voll werden wird, auf leere Sitze, holen Bücher und Zeitungen für die langweilige Heimfahrt (ja, man hat seine Wurzeln) hervor, wechseln Grüße mit Bekannten, wenn welche da sind, oder vielleicht mit völlig Fremden, eigentlich mehr aus Höflichkeit denn aus einem anderen Grund, lehnen sich dann für einen letzten Blick auf den Bahnhof Milford Junction zurück (im Erfrischungsraum, wo es eine kleine Saalschlacht gegeben zu haben scheint, ist Mr. Godby zu sehen, obwohl er nun bloß Tee schlürft, sich vielleicht mit der Frau hinter der Theke unterhält oder ihr auf den Hintern patscht, wie er es immer gerne tut, wenn er gute Laune hat oder unglücklich verliebt ist, überwältigt von den Flammen der Leidenschaft und anderen gefährlichen Gefühlen, die letzten Endes, wenn man nicht an sie gewöhnt ist, doch zu sehr der Seekrankheit auf einer Kanalfähre gleichen, ehrlich gesagt, auch wenn sie tatsächlich für etwas Abwechslung sorgen), dessen Bahnsteige bereits langsam in die Dunkelheit hineingleiten wie die letzten Rolltitel eines Films im Palladium. Die schemenhaften Figuren auf den Bahnsteigen sind nun wenig mehr als ein paar namenlose Geschöpfe, die überhaupt nichts Greifbares an sich haben und bald gänzlich verschwinden, die schneller werdende Landschaft, vom Zugfenster eingerahmt, tritt allmählich zu einer Art Panoramakulisse für die eigenen Träume und Erinnerungen zurück, projiziert auf den merkwürdig verschwommenen Raum dazwischen, der mehr oder weniger da ist, wo das Fenster ist, aber nicht das Fenster selbst ist, ein eher merkwürdiger Ort vielleicht, irgendwie zur selben Zeit da und nicht da, aber trotz alledem nicht weniger wirklich, meine Liebe, und zumindest ein faszinierender Ort, in dem man sich für eine kleine Weile, nur eine kleine Weile, auf der Heimfahrt nach Churley oder Ketchworth verlieren kann, bis jemand, der freundlich sein möchte, einen rüttelt und ganz nüchtern und grausam sagt: «Aufwachen! Wir sind da!», und (beinah ist es schon so weit) all diese dummen Träume verschwinden ...

Ich tanze mich in dein Herz hinein

Gleichgekleidete Männer bewegen sich wie ein Chor in einer dunklen Masse unter nicht angezündeten Laternen um den Fuß eines Eisenturms, ihre Zylinder abgewinkelt vor sich, ihre Gesichter im Schatten anonym und austauschbar. Sie lassen an Macht denken, ohne selbst welche zu haben, bewegen sich mit zeremonieller Präzision, stumm, ihre geheimen Motive verborgen. Es sieht aus, als wollten sie ihre Spazierstöcke, die sie wie Embleme Auserwählter tragen, für sich sprechen lassen.

Plötzlich, als aus dem Fluchtpunkt der Nacht eine neue Gestalt auftaucht und unbekümmert zwischen sie spaziert, gerät das Dekorum durcheinander, als würde eine Tür aufgerissen, Licht entzündet, ein Würfel geworfen: sie alle weichen zurück. Auf den ersten Blick könnte er einer von ihnen sein: auch er trägt Zylinder und Frack, weiße Krawatte, Gamaschen, Stock. Er ist gekleidet wie sie und doch nicht wie sie: der Zylinder sitzt keck über einem Ohr, der Spazierstock wirbelt, als würde ein Sakrament vulgär enträtselt, die Revers werden von einer Hand, die wie eine Eidechsenzunge aus seiner Hosentasche schnellt, zurückgezogen, um mehr von seiner schneeweißen Brust zu zeigen. Er ist zweifelsohne (ein entwaffnendes Grinsen überstrahlt sein Gesicht, er ist ein Einzelgänger und extravagant, und er packt zu) ein Außenseiter hier. Und er will Anstoß erregen.

Die anderen treten hinter ihm wieder zusammen, als schlössen sie eine Wunde, beobachten ihn mit aufmerksamer Besorgnis. Vielleicht ist er einer von ihnen, noch nicht getrimmt. Ist es möglich? Wie zur Erwiderung verschwindet die fixe Hand wieder und taucht diesmal mit einem Zettel auf. «Ich bekam eben eine Einladung mit der Post», krächzt er und schwenkt das Papier herum wie ein Bulletin. Sie stützen sich auf ihre Stöcke, beobachten diesen sich spreizenden Eindringling: vielleicht fasziniert sie vorübergehend die Häresie. Vielleicht ist dies eine Schwäche. «Bitten Sie um die Ehre Ihres Besuchs heute abend, Abendkleidung, Zylinder, weiße Krawatte und Frack!» Er hat mit seinem Spazierstock auf das Papier eingeschlagen, als sei es ein Reklamezettel, eine Predigt, ein Erlaß, aber nun knüllt er es zusammen und wirft es – die Männer hinter ihm erstarren, die Spazierstöcke fest zwischen den Beinen – achtlos weg. Empfehlungsschreiben? Ha, wer braucht denn so was? Er wirbelt seinen Stock und stolziert vor ihnen auf und ab, spöttisch grinsend über ihre Kleidung, ihre Rituale, ja ihre ureigene Raison d'être, wie die Eingeborenen sagen würden. «Und mit Verlaub, machen Sie sich nichts draus, 's gibt Staub, wenn ich losbraus!» lacht er und wehrt ihre versuchsweise Herausforderung, in geschlossener Reihe loszumarschieren, frech ab, die Arme in die Seite gestemmt.

Ein ungehaltenes Tappen von Spazierstöcken läßt ihn innehalten. Er zögert, zuckt dann die Achseln – als wolle er sagen, nun ja, wenn du in Rom bist (falls er da ist), und mögen die hier auch verrückt sein (vielleicht ist es genau das, was er im Innersten wirklich will, es macht schließlich nicht gerade Spaß, in dieser Welt ein Einzelgänger zu sein, selbst wenn man die Nummer eins ist) – und schließt sich dem förmlichen Schritt der anderen an. Aber nicht lange. Irgendwie paßt er nicht zu ihnen. Sie drehen sich weg, vielleicht, um ihn dorthin zurückzuführen, wo er herkommt, aber er hat keine Lust, schon nach Hause zu gehen. Nicht so jedenfalls. Er folgt ihnen einen Schritt oder zwei, aber dann, als überwinde er die Versuchung (alle gesellschaftlichen Konventionen sind schließlich Verschwörungen, oder nicht?), tanzt er aus der Reihe und zeigt ihnen mit wippenden Schultern und kreisenden Hüften, wer er wirklich ist. Er trommelt es mit Stock, Fersen und Zehen laut und deutlich hinaus, alle vier Glieder auf einmal wirbelnd, dann pflanzt er den Spazierstock hin, als beanspruche er mehr Platz. Sie sehen unbeeindruckt zu, die eigenen Stöcke diskret versteckt. Er verleiht seinem Dissens erneut Ausdruck, diesmal noch nachdrücklicher, die Ellbogen gestreckt und pumpend, als versuche er abzuheben.

Er hält inne. Hat er den Fall gewonnen? Er schaut über die Schulter zurück. Nein, sie sind noch nicht einmal beeindruckt. Sie wiederholen seine Schrittfolge, aber gelassen und en masse. Es ist wie ein Tadel: die Bewegung ist möglich, technisch jedenfalls, ungezügelter Egoismus jedoch nicht. Er gibt nicht auf, wirft sich in noch unorthodoxere Zuckungen, der Spazierstock fliegt, fliegt wie eine geschwungene Peitsche um seinen Kopf. Er ist unverbesserlich. Ein Barbar, ein Pfau. Er scheint noch nicht einmal ein richtiger Weißer zu sein. Sie lassen ihn stehen.

Vielleicht wünschte ich sie auch irgendwie weg, verdrängt sie aus meinem Leben wie ein ungeliebtes Märchen, einen gemeinen Traum, genauso wie ich sie mir, soviel ich wußte, am Anfang hierhergewünscht haben mochte. Ich war weit weg von daheim; alles schien möglich. Auf jeden Fall verschwanden sie wie Schatten und hinterließen diese fremden Straßen in ein frisches Licht getaucht, das meine Stimmung hob. Ich wußte, daß die Zeit verging, weil ich meine Hände und Füße unten weiter ticken und tacken hören konnte, aber was ich empfand, war eine träge Gelassenheit, das Gefühl einer köstlichen Pause zwischen zeitlich bemessenen Unruhen. Mein Leben änderte sich, aber einen Augenblick lang stand es still.

Ich mochte der puren Verzückung darüber ein wenig erlegen sein, denn, alleine jetzt, spürte ich, wie mein Körper plötzlich sein Gewicht abwarf und in einen beinahe unkontrollierbaren Anfall von hüftenverrenkendem Überschwang ausbrach. Vielleicht meinte ich es als Affront: ihre Schwänze hingen runter, meine mußten fliegen! Selbst als ich pflichtbewußt meinen Stock aufpflanzte, traten meine Füße – ich schien mindestens vier zu haben, die alle gleichzeitig zappelten – ihn weg. Der Stock erwachte zu eigenem Leben, er wirbelte mich schwindelerregend herum, während er den harten Boden peitschte, die Luft zerteilte. So etwas hatte ich noch nie erlebt. Ich fühlte mich, als würde mir gleich der vermaledeite Hut hochgehen.

Ich wußte, daß ich an diesen Ort gekommen war, um mein Leben zu ändern. Oder daß ich, weil mein Leben sich ändern mußte, irgendwie an diesen Ort gekommen war. Die Einladung schien das anzudeuten: es war ein besonderes Ereignis. Aber noch als ich mich plötzlich benommen um meinen wie angewurzelt dastehenden Spazierstock kreiselnd fand, konnte ich mir nicht vorstellen, welcher Art diese Veränderung sein mochte. Vielleicht hatte sie mit den alten Männern zu tun (ich meinte mich alter Männer zu entsinnen) oder vielleicht mit dem Ort selbst, einem Ort, der zugleich da und nicht da zu sein schien, wie eine ungeschriebene Melodie, mehr Nimbus als Ort, leer und verführerisch, und darüber melancholische Sturmwolken. Und bedenklich dunkel werdend...

Moment mal! Ich blieb stehen, schwankte besoffen, spreizte die Beine, um nicht hinzufallen. Was für ein Ort war das? Was tat ich hier eigentlich? Ich legte die Ellbogen an. Ich hatte diese Einladung für selbstverständlich gehalten: doch wer hatte sie geschickt? Ich konnte mich nicht erinnern. Vielleicht hatte ich es nie gewußt. Ich sah zum dräuenden Himmel hoch, packte mit beiden Händen meinen Spazierstock, fühlte mich verwaist, vergessen. Fand aber Gefallen am Griff um den Stock. Die Straßenlaternen waren angegangen. Unter ihnen stand ein Mädchen. «Scheint wohl», sagte sie und starrte dabei auf meine Füße, die sich, obgleich ich wenig damit zu tun hatte, weiter bewegten, «eine Art Leiden zu sein.»

«Ja, ja», stammelte ich, «es ist – es ist ein Leiden...» Ich senkte den Spazierstock. Ihr sarkastisch näselnder Dialekt, so weit von daheim, hatte mich aufgerüttelt. Sie hatte echtes

Schmelztiegelfett an Wangen und Hüften, ihr Negligé war rasant, aber auch ordinär, direkt von der Stange, und sie hatte die bärbeißige Leg-mich-nicht-aufs-Kreuz-Weltläufigkeit des Mädchens von nebenan. Ich hatte das Gefühl, sie schon einmal irgendwo gesehen zu haben. Ich begann, die Art meiner Prüfung zu erkennen.

Ich war in einer fremden Stadt. Das Licht war schlecht, aber ich sah deutlich genug, daß dieser Typ nicht von hier war. Die schnieken Klamotten paßten ihm zwar, aber komisch, als würde er gleichzeitig in sie hinein- und daraus herauswachsen. Er spielte mit seinem Ausgehstöckchen, als würde er versuchen, damit loszurammeln, und wie er mich anstarrte, schwante mir, daß er im Augenblick bloß zwei Titten und eine Schnute wahrnahm. Auf der Stelle fing er an, von seiner Amme zu faseln, womit er wohl seine alte Dame meinte. Dieser Freier war trotz seines vollen Wichses eindeutig aus dem hintersten Kuhdorf – also, er hatte zwar ein paar ziemlich ausgetüftelte Schritte drauf, aber diese ganze Leichtfüßigkeit sah mir aus, als hätte er sie beim Trippeln zwischen Kuhfladen gelernt. Ich tippte, daß das nächste in Richtung Amme, was er gehabt hatte, irgendeine alte Oma draußen in der Prärie gewesen war, die ihm Kürbisauflauf, Rhabarberkuchen und peppige Märchen aus der Geschäftswelt eingetrichtert hatte, aber Quatsch oder nicht, die Botschaft war klar: der Junge wollte seine Mami.

Das Unheimliche war, daß er nicht aufhören konnte herumzuzappeln. Es war, als hätte ihn jemand aufgezogen und dann den Schlüssel weggeworfen. Waren es die alten Knaben oben auf dem Balkon gewesen? Ich war auf ihn gestoßen, wie er in einem fort um seinen aufgepflanzten Stock kreiselte, als sei er in ihn verliebt. Sein Schwanz, na klar, dachte ich, aber mehr als das: es war wie ein Loch in der Mitte, das er den ganzen Tag umkreisen, in das er aber nie eindringen konnte, und das machte ihn kirre. «Ich bin frei, jawohl», johlte er, und davon bekam er Fracksausen. Als er endlich seinen Stock wieder in die

Kleider steckte, taumelte er so, daß er sich kaum aufrecht halten konnte – aber seine Füße tickten und tackten weiter unter ihm, wie beim Veitstanz oder so was. Also tat ich den Mund auf. Ich sagte, das sei wohl eine Art Leiden, und er sagte ja, und man dürfe ihn eigentlich nicht allein lassen. Das konnte ich sehen und schlug ein paar Beschützer vor. Ich muß gestehen, daß er trotzdem was Faszinierendes hatte, obwohl er ein Wichser und ein Idiot war. Vielleicht hatte ich einfach bloß Heimweh. Oder war es leid, mich in diesen schweren Zeiten als Hure eines reichen Damenschneiders durchzuschlagen: diese Art Glamour hat eine Seite, die die meisten Leute nicht sehen. Und es ist nicht die Vorderseite. Wie auch immer, als er mit einer kleinen Bienchennummer über «eine dicke träge Wolke und ein zartes Schäfchenwölkchen» loslegte (machte er Witze? Vielleicht hatte er bisher nur Schafen an die Wolle gehen dürfen...), ertappte ich mich bei dem Gedanken, nun ja, was soll's, auch wenn ich ihn nicht besser kenne als Adam im Paradies, könnte ich ihn doch mal meinen Honig schlecken lassen, wenn es ihm denn guttäte. Wenn er bloß aufhören würde, so herumzuhampeln.

Und genau da tauchten diese Heinis auf.

Fragen Sie mich nicht, wer sie waren. Ich bin mir nicht mal sicher, *was* sie waren. Sie wuchsen aus dem Boden, wie aus dem Sie-wissen-schon. Und man konnte sehen, daß diese Schmalzlocken es ernst meinten. Schäfchenwölkchen für den Arsch, dachte ich, der Junge hätte zu Hause auf dem Hof bleiben sollen! Er sah aus, als würde er Murmeln pupsen, wie er mit seinem Prügel zwischen den Beinen dahockte und dem Hut, der seine großen Ohren zur Seite drückte. Selbst seine kribbeligen Füße versagten ihm den Dienst. Ich dachte, um den Tölpel wäre es geschehen, und wollte gerade Mitleid mit ihm kriegen, als er, hast du nicht gesehen!, plötzlich hochschießt, diesen kleinen Stock mit der weißen Spitze in eine Art Zaubergewehr verwandelt und anfängt, die ganze Truppe umzulegen! *Rappedi-tapp*! fallen sie um, Blut und Hirn überall, phantastisch, sie werden niedergemacht! He, dachte ich, der Junge ist *gut*!

Sie kehren zurück, wie sie weggegangen sind: wie unter Zwang. Wachsen wie Pflanzen aus dem Boden. Wurden sie wegen des Mädchens zurückgerufen? Um ihr vielleicht eine moralische Alternative zu präsentieren? Oder um *ihn* in die Welt der Menschen zurückzurufen? Auf jeden Fall haben sie die Aura von Zweck und Ziel, von Kultur und Gesetz, von Unterwerfung des Willens unter die größere Schönheit des Ganzen, aber diese Aura ruht eher als Leiden denn als Verheißung auf ihnen. Vielleicht kommt das aber auch nur von diesen absurden, abgewinkelt getragenen Hüten.

Sie bleiben stehen, in einer Reihe wie Soldaten in Rührteuch-Stellung, die Spazierstöcke zwischen den Beinen aufgestützt, die weiß behandschuhten Hände um die Knäufe gelegt, wie um die Geschlechtsteile zu schützen. Oder darauf hinzuweisen. Sie scheinen bereit, den Dienst anzutreten, aber unsicher hinsichtlich der Art ihres Dienstes. Soll er bei ihnen ins Glied treten? Soll sie sie schmücken? Oder sind sie bloß Zeugen eines Dramas, von dem sie – ontologisch sozusagen – ausgeschlossen sind? Er gibt gewissermaßen Antwort: hebt seinen Spazierstock, legt ihn an wie ein Kirmesgewehr und erschießt einen aus ihrer Reihe: *Peng!* Der Mann krümmt sich und fällt, nach dem Himmel greifend.

Nichts ändert sich. Und doch alles. Der Außenseiter, scheint es, ist zum Töten hier. Und sie, seine Gastgeber, sind zum Sterben hier. Plötzlich von erstaunlicher und beispielhafter Barmherzigkeit überwältigt, exekutiert er sie der Reihe nach, aber auf die erste Überraschung folgt keine weitere: *Peng! Peng!* fallen sie um, sich an die Brust, ins Gesicht greifend, verzweifelt die Arme zum dunkler werdenden Himmel ausstreckend.

Das Mädchen verliebt sich unterdessen wahnsinnig – oder wird vielleicht endlich mit seiner wahren Liebe vereinigt –, sein Gesicht leuchtet jetzt in einer Art mystischer Ekstase. Sie paßt sich seinem Rhythmus an, bewegt sich in hingebungsvoller Harmonie, ohne ihn jedoch zu berühren, entdeckt – oder entdeckt wieder – eine grundlegende Übereinstimmung, eine

Freude am Leben und der Kunst – *Peng! Peng!* –, die ihnen von Natur aus gemeinsam ist. Er feuert über den Kopf, legt zwei auf einmal aus der Hüfte um, hebt sogar das Bein und schießt darunter hinweg, als wolle er die Demütigung ihres unentrinnbaren und gebannt erwarteten Todes vergrößern. Sie tanzt zwischen den Opfern, ihre Absätze trommeln ein abschließendes Klippe-di-klapp, ihre Röcke bauschen sich, als fielen Schlußvorhänge.

Er legt einen weiteren um, schießt blind über die Schulter, dann, den Stock vor den Bauch haltend – *rucke-di-zuck-rucke-di-zuck-zack!* –, mäht er sie alle ungeduldig nieder. Die Sterbenden wälzen sich und zucken, Blut sprudelt aus ihren Körpern, als schäume ihr Inneres über. Ihr Henker, hoch aufgerichtet, taumelt einen Augenblick wie trunken vor Freude, wendet sich mit aufgerissenen Augen dem Mädchen zu. Sie nähert sich, um ihre Schlußfigur zu vollenden, die, ihrem Gesichtsausdruck nach zu schließen, nichts weniger als ein Orgasmus ist (vielleicht überkommt es sie bereits, denn als seine Arme sich nach ihr ausstrecken, lehnt sie sich mit geschlossenen Augen und weit offenem Mund zurück) –

Aber Moment mal! Einer steht noch! Dieser sieht kleiner aus, oder jedenfalls entrückter, am Fuß des Eisenturms aufgepflanzt wie ein Makel im Charakter des Besuchers, die Hände ernst um den Knauf seines Stocks gelegt. Der Besucher läßt das Mädchen los (sie schnappt nach Luft, rappelt sich im Fallen auf), richtet sich hoch auf und feuert, sein jungenhaftes Grinsen auf dem Gesicht erstarrt: der Mann bückt sich zur Seite, duckt sich unter dem Schuß weg und sagt: «Ich weiß, was du im Schilde führst, mein Freund, und ich will dir nicht den Wind aus den Segeln nehmen, aber auf der Suche nach dem ungetrübten Glück bist du vielleicht ein bißchen unbedacht gewesen. Denn es gibt Verabredungen, die man nicht brechen, und Worte, weißt du, die man nicht aussprechen kann. Dies ist mehr als ein Aufeinanderprallen verschiedener Geschmäcker, eine kleine Meinungsverschiedenheit. Du suchst durch Mord –»

Sein Henker, der jetzt schwitzt, aber immer noch breit grinst, die Zähne entweder in männlicher Entschlossenheit oder in ungezügelter Angst zusammengebissen (das Mädchen liegt stöhnend und zweideutig zuckend zu seinen Füßen), feuert wieder: der Mann bückt sich ruhig zur anderen Seite und fährt fort: «Du suchst, wie ich bereits sagte, durch Mord jene tiefgreifende Ambivalenz deiner Suche zu überwinden, aber was du tötest, ist bloß etwas in dir selbst. Es ist sogar unwahrscheinlich, daß überhaupt etwas übrigbleiben kann, wenn das Töten vorbei ist. Du kannst nicht feiern, mein Freund, was nicht existiert. Es gibt keinen Adam, so gern du es auch hättest, und es hat nie einen gegeben; diese betrügerischen Brüder haben das bloß erfunden, um eine Begründung für ihre Unzufriedenheit zu haben. Du erliegst einem schwerwiegenden Irrtum, mit Konsequenzen, die weit über deine überstürzten Taten hier hinausgehen. Glaube mir, ein paar technische Fertigkeiten, Schneid und ein dummes Lächeln lösen nicht –»

Erzürnt läßt der Neuankömmling sein Ausgehstöckchen auf die Straße titschen, schnappt es, wie um sich für Findigkeit und Mut des einzelnen einzusetzen (es ist *nicht* bloß reine Technologie, verdammt noch mal, es ist ein ganz neuer *Geist*!), im Abprallen und hebt es wie einen Indianerbogen. «Moment mal!» ruft der Mann am Fuß des Turms. Die über ihm schwebenden Globen sind so ausgerichtet, daß sie auf seine Brust zu zeigen scheinen. «Hör mich an!» Man kann das Mädchen in seinem schimmernden Negligé in die Schatten kriechen sehen, vielleicht um ein Weilchen zu schlafen und zu träumen. «Ich gebe zu, deine Instinkte sind korrekt, aber deine Methoden sind naiv! Es geht nicht darum, *wessen* Hüte, sondern wer –!» Sein Gegenspieler spannt den Bogen – jedenfalls sieht es so aus: das mit dem Pfeil bleibt geheimnisvoll – und läßt los. Ein Knall wie ein Gewehrschuß, der Mann am Turm schreit auf: «*Nein, nein, verdammt noch mal!* ERSCHIESS DIE ALTEN MÄNneeherrr –!», reißt einen Arm hoch und bricht zusammen, sein Gesicht fällt in die Schatten.

Der Eindringling ist jetzt allein auf der Straße, abgesehen von all den Leichen, jenen angebissenen Äpfeln, angehäuft wie Hügelgräber, wie Slalompfosten für eine Tanzpflichtübung. Die Nacht hat sich herabgesenkt. Er steckt sich den Stock unter den Arm, rückt die weiße Krawatte zurecht, wischt die Frackschöße ab, als erinnere er sich an einen alten Ehrenkodex. Er schaut auf seine Füße: sie sind endlich still. Darüber grinst er, zuckt die Achseln und wackelt mit den Hüften. In der tiefen Stille (er wird sich nie, nie ändern) zieht er den Hut und verneigt sich wie eine Spinne.

You must remember this
(. . . a kiss is just a kiss)

Es ist dunkel in Ricks Wohnung. Pechschwarz wie beim Filmstart, unergründlich und wesenlos, still bis auf ein leises heiseres Prasseln wie eine stimmlose Klage und kurz wie Schlaf. Dann öffnet Rick die Tür, und das Licht vom Flur springt herein wie ein Page, der Platz schafft und Oberflächen freilegt (eine Gestalt ist im Zimmer), Vorbote eines Ereignisses (es ist Ilsa). Rick folgt, zu beschäftigt, um etwas zu bemerken: sein Café wurde geschlossen, jemand wurde erschossen, er hat Probleme. Aber dann, mit einem Schnipser, macht er eine kleine Lampe an (solch ein Schimmer! Die Schatten weichen zurück, *alles* weicht zurück: wo sind die Wände?), und da steht sie, ihm gegenüber, hält den Vorhang des Fensters an der entgegengesetzten Wand vor sich auf wie einen Morgenmantel, das Licht flackert über ihr bleiches, aber entschlossenes Gesicht wie statische Elektrizität. Einen Augenblick bleibt Rick erstaunt stehen. Ilsa läßt den Vorhang und das, was er andeutet, fallen, tritt einen Schritt vor in das merkwürdig gesprenkelte Licht, ihr Blick sucht den seinen.

«Wie bist du reingekommen?» fragt er, obwohl das wahrscheinlich nicht die Frage ist, die ihm am Herzen liegt.

«Über die Treppe von der Straße.»

Die Antwort scheint ihm zu gefallen. Er weiß, wie verwundbar er ist, schließlich ist das seine Art zu leben – seine Tür steht offen, er trägt keinen Hut, sein Smokingjackett ist schneeweiß –, aber das ist nicht wichtig. Wichtig ist, daß sich durch solch eine Antwort so etwas wie ein Schicksal erfüllt. Sam kann ein

Lied davon singen. «Ich habe dir heute morgen gesagt, du würdest vorbeikommen», sagt er und kräuselt die Lippen, wie um seine Lust, sie zu bestrafen, kundzutun, «aber daß du so zeitig kommst.» Sie schaut ihn freimütig an, breitschultrig und schmalhüftig, eine Schärpe um die Taille geschlungen wie einen Patronengürtel, etwas Glänzendes in ihrer verkrampften linken Hand. Er hebt beide Hände, wie um zu zeigen, daß sie leer sind: «Was ist, willst du dich nicht setzen?»

Sein Angebot, spöttisch oder nicht, erlöst sie. Ihre Schultern, ihre Brüste fallen erleichtert; sie rauscht vor (sie trägt nur eine Börse: eine Zahnbürste vielleicht, Schminke, ihr Hotelschlüssel), ihr Gesichtsausdruck wird sanft: «Richard!» Er zuckt erschrocken zurück, die Hände fahren an die Hüfte. «Ich mußte dich sehen!»

«Du sagst also wieder Richard!» Sein bärbeißiger Rückzug errichtet eine Schranke zwischen ihnen. Sie bleibt stehen. Er schiebt die Hände in die Taschen, als suche er nach der richtigen Parade: «Wir sind wieder in Paris!»

Das war's wahrscheinlich nicht. Ihr Lied scheint von irgendwo in der Nacht ins Zimmer zu sickern, vielleicht war es auch die ganze Zeit schon da – Sam vielleicht, der aus der dunklen Bar unten leise rhythmische Warnungen nach Art seiner afrikanischen Rasse heraufschickt: «Überlegen Sie's sich, Boss. Herz voll Leidenschaft, da kann man sich nicht drauf verlassen. Eifersucht, Boss, und Haß. Geh'n wir angeln. Sam.»

«Bitte!» bettelt sie und starrt ihn an, aber er bleibt ungerührt:

«Dein unerwarteter Besuch hat nicht zufällig mit den Transitbriefen zu tun?» Er zieht den Kopf ein, seine Oberlippe schwillt vor Bitterkeit und verletztem Stolz. «Sieht so aus, als würde ich nie einsam, solange ich diese Briefe habe.»

Und doch, man muß es gar nicht erst sagen, wird er immer einsam sein – dies ist sogar das diesbezügliche Eingeständnis («Du kannst jeden Preis verlangen», sagt sie), nur halb verborgen hinter seinem Satz: Rick Blaine ist ein Einzelgänger, durch und durch. Man muß Mitleid mit ihm haben. Es gibt dieses allgegenwärtige, beinahe grundlegende Bild von ihm, wie er in seinem weißen Smoking alleine vor einem Schachbrett sitzt und nachdenklich raucht inmitten einer rauhen, intriganten Menge, einer Menge, die er selbst um sich versammelt hat. Er berührt einen Bauern, zieht einen weißen Springer, liebkost die große schwarze Dame, während ein zynisches Lächeln um seine Lippen spielt. Er scheint spöttisch mit dem Schicksal selbst zu spielen, dem Rick Blaine (mag er auch sagen – wie jetzt, während er sich von ihr abwendet – «Ich bin die einzige Sache, an der *ich* interessiert bin ...») so gleichgültig ist wie der Rest der Welt. Es ist sowieso alles Scheiße, was soll's also?

Ilsa starrt ins Leere, in den Raum, den vor einem Augenblick noch Rick ausfüllte. Sie scheint sich etwas zu überlegen. Die Verhandlungen laufen schlecht, vielleicht macht sie sich darüber Gedanken. Er hat gerade ihr Angebot «jedes Preises» abgelehnt, ihr Ultimatum ignoriert («du *mußt* mir diese Briefe geben!»), sich über den Heldenmut ihres Mannes lustig gemacht und sogar das, was sie überhaupt erst in Paris zusammenbrachte, verhöhnt. Wie konnte er nur? Und nun hat er ihr abrupt den Rücken zugekehrt (meint er etwa, es war bloß Sex? Wie ist es ihm seitdem ergangen?) und ist zur Balkontür gegangen, offenbar, um sie hinauszuwerfen. Sie holt tief Luft, preßt die Lippen zusammen und wirbelt, ihre winzige Börse mit beiden Händen umklammernd, herum, um ihn zu verfolgen: «Richard!» Das hat früher funktioniert, es funktioniert wieder: Er dreht sich um, sieht ihrer neuen Annäherung entgegen: «Wir haben uns einmal geliebt ...» Die Stimme versagt ihr, Tränen treten ihr in die Augen. Sie ist schön dort in dem schräg einfallenden Schatten, mit dem Haar, das sich um die Ohren herum löst, den glitzernden Augen, dem Hals so nackt und verletzlich im offenen V-Ausschnitt der Rüschenbluse. Sie kleidet sich gut. Selbst dieses kleine Futteral, das sie da an sich drückt: so ähnlich dem anderen, so schön, so versteckt. Flehentlich wiegt sie den Kopf: «Wenn diese Tage dir ... überhaupt etwas bedeuteten ...»

«Ich würde Paris nicht ins Gespräch bringen, wenn ich du wäre», sagt er unbewegt. «Das ist eine schlechte Verkaufstaktik.»

Sie schnappt nach Luft (sie hat es nicht ins Gespräch gebracht: ist er übergeschnappt?), wirft den Kopf zurück: «Bitte! Bitte, hör mir zu!» Sie schließt die Augen, schiebt die Unterlippe vor, als sei sie gequetscht. «Wenn du wüßtest, was wirklich passiert ist, wenn du nur die Wahrheit wüßtest –!»

Er steht über diesem Schauspiel, ungerührt wie ein maurischer Henker (das ist es! Er verwandelt sich in so einen verdammten Araber, denkt sie). «Ich würde dir nicht glauben, ganz egal, was du mir erzählst», sagt er. In Äthiopien sah er einmal, wie nach einem Attentatsversuch auf einen italienischen Offizier eines Nachts eintausendsechshundert Äthiopier zusammengetrieben und zur Vergeltung erschossen wurden. Viele davon waren Freunde von ihm. Oder zumindest Kunden. Aber irgendwie ist ihr Täuschungsversuch schlimmer. «Du würdest jetzt alles sagen, um zu kriegen, was du willst.» Wieder dreht er ihr den Rücken zu, strebt von ihr fort.

Schockiert starrt sie ihn an, als laufe alles, was vor achtzehn Monaten in Paris geschehen ist, blitzartig vor ihren Augen ab, durch irgendeine schreckliche Enthüllung häßlich gemacht. Ein übertriebenes Keuchen entweicht ihr wie ein Furz: sein Kopf ruckt hoch, und er dreht sich abrupt nach rechts. Sie folgt ihm, heftet sich an seine Fersen. «Du willst dir selbst leid tun, nicht?» ruft sie, und überrascht (er griff gerade nach etwas auf einem Ziertisch, dem Zigarettenkistchen vielleicht) wendet er sich ihr wieder zu. «Wo so viel auf dem Spiel steht, kannst du nur an deine eigenen Gefühle denken», schimpft sie. Ihre Lippen sind hochgezogen, sie atmet mühsam, ihre Augen tränen vor Wut und Enttäuschung. «Eine Frau hat dich verletzt, und du rächst dich am Rest der Welt!» Sie würgt, sie kann kaum sprechen. «Du bist ein Feigling und ein Schwächling und –»

Sie ringt nach Luft. Was sagt sie da? Er beobachtet sie, als sei er leicht amüsiert. «Nein, Richard, es tut mir leid!» Jetzt laufen die Tränen im Ernst: sie ist zu weit gegangen! Das verrät ihr Gesichtsausdruck. Sie steckt in der Klemme und bemüht sich herauszukommen. «Es tut mir leid, aber –» Sie wischt sich die Tränen von der Wange und ruft ihm wieder ihren Mann ins Gedächtnis, jenen großartigen und mutigen Mann, den sie beide bewundern, den die ganze Welt bewundert: «– du bist unsere letzte Hoffnung! Wenn du uns nicht hilfst, wird Victor Laszlo in Casablanca sterben!»

«Na wenn schon?» sagt er. Er hat auf diese Gelegenheit gewartet. Jetzt spielt er damit, zieht sie in die Länge. Er dreht sich um, langt nach einer Zigarette, sein Kopf ist vom Licht, das aus einem Türbogen fällt, wie von einem Heiligenschein umgeben. «Ich werde auch in Casablanca sterben. Es ist ein guter Ort dafür.» Dieser Spruch soll lustig wirken, aber Ilsa reagiert entsetzt. Ihre Augen weiten sich. Sie hält die Luft an und wendet sich ab. Er zündet die Zigarette an, zufrieden mit sich, zieht geübt daran, stößt den Rauch aus. «Also», sagt er, sich ihr zuwendend, «wenn du –»

Er bricht mitten im Satz ab, kneift die Augen zusammen: sie hält einen Pistole auf ihn gerichtet. Das wären also die Zahnbürsten und Hotelschlüssel. «Na gut. Ich habe versucht, mit dir zu diskutieren. Ich habe alles versucht. Jetzt will ich diese Briefe.» Von ferne deutet eine melodische Untermalung einen Kampf um Liebe und Ruhm an, eine ironische Variante von Friß oder Stirb. «Beschaff sie mir.»

«Muß ich gar nicht.» Er klopft auf seine Jacke. «Ich habe sie bei mir.»

«Leg sie auf den Tisch.»

Er lächelt und schüttelt den Kopf. «Nein.» Rauch kräuselt sich von der Zigarette, die er neben sich hält, wie der Dampf, der den Fünf-Uhr-Zug nach Marseille umhüllte. Ihre Augen füllen sich mit Tränen. Selbst als sie weiter drängt («Zum letztenmal...!»), weiß sie, dieses «Nein» ist endgültig. Hinter seinem ironischen Lächeln liegt eine tiefe Traurigkeit, das sehnsüchtige Eingeständnis des fatalistischen Überlebenden, daß letzten Endes die fundamentalen Dinge zutreffen. Die Zeit läßt im Vergehen nichts zurück, noch nicht einmal Augenblicke wie diesen. «Wenn dir Laszlo und die Sache so viel bedeuten», sagt er und quält sie mit ihren eigenen Unsicherheiten, «wirst du vor nichts zurückschrecken ...»

Beinahe scheint er zurückzuweichen. Die Zigarette verschwindet, der Rauch. Seine Traurigkeit macht etwas anderem Platz, fast Bereitwilligkeit. «Gut, ich werde es dir leichter machen», sagt er und kommt auf sie zu. «Na los. Schieß schon. Du tust mir sogar einen Gefallen.»

Sie scheint verdutzt, die Augen feucht, die Lippen geschwollen und geöffnet. Licht umspielt ihr Gesicht. Er schaut sie aus seiner überlegenen moralischen Position unnachgiebig an, während der Rauch wieder von seiner Hand aufsteigt und sein weißer Smoking gegen den Pistolenlauf gedrückt ist. Ihre Augen schließen sich, als sie die Waffe senkt, und sie stöhnt seinen Namen: «Richard!» Es ist wie eine Beschwörung. Oder ein Glaubensbekenntnis. «Ich habe versucht, dir fernzubleiben», seufzt sie. Sie schlägt die Augen auf und schaut ihn in tiefster Ergebenheit an. Eine Träne rollt langsam über ihre Wange zum Mundwinkel wie eine Geheimschrift. «Ich dachte, ich würde dich nie wiedersehen ... daß du verschwunden wärst aus meinem Leben ...» Sie blinzelt, schreit leise auf – «Oh!» – und (endlich scheint er gerührt, die hochmütige Maske fällt ab wie Schweiß) wendet sich ab, den Kopf zur Seite gedreht, wie unter Schmerzen.

Von plötzlicher Anteilnahme ergriffen oder von etwas, was wie Anteilnahme aussieht, tritt er hinter sie, umfängt mit beiden Händen ihre Brüste und preßt das Gesicht in ihr Haar. «An dem Tag, als du Paris verlassen hast ...!» schluchzt sie, wenn sie ihrer selbst auch nicht ganz sicher scheint. Eine seiner Hände ist bereits zwischen ihren Beinen, die andere in der Bluse und zieht eine Brust aus ihrem Körbchen. «Wenn du nur wüßtest ... was ich ...» Er stöhnt, lutscht an einem Ohr, die Hand zwischen ihren Beinen hebt sie beinahe vom Boden, sein

Becken stößt gegen ihre Hinterbacken. «Ist das... richtig?» stößt sie hervor.

«Ich – ich weiß es nicht!» ächzt er, während er ihre Brust massiert, den Nippel zwischen zwei Fingern. «Ich kann nicht denken!»

«Aber... du *mußt* denken!» ruft sie, mit den Hüften wackelnd. Die Tränen strömen ihr jetzt über die Wange. «Für... für...»

«Was?» keucht er und reißt ihre Bluse auf, zerrt an ihrer Brust, als wolle er sie über die Schulter ziehen, wo er sie küssen könnte. Oder verschlingen: er scheint plötzlich versessen darauf.

«Ich... ich weiß es nicht mehr!» schluchzt sie. Sie greift nach hinten, um seinen Hosenschlitz aufzumachen (was soll sie sonst tun, um Himmels willen?), reißt dann ihre Schärpe ab, öffnet mit zitternden Fingern den Rock.

«Gott im Himmel!» schnauft er und schiebt seine Hand in ihren Strumpfgürtel, als der Rock fällt. Auch seine Wangen sind naß von Tränen. *«Ilsa!»*

«Richard!»

Sie fallen zu Boden, grabschen und reißen einander die Kleider vom Leib. Er versucht, ihren Büstenhalter abzubekommen, der sich jetzt in der Bluse verheddert hat, sie kämpft mit seinem Gürtel, zieht heftig an seiner schwarzen Hose, macht sie mit Gewalt auf. Knöpfe fliegen, Strapse springen auf, sanft Reißen von Seide, Klimpern von Schnallen und fallenden Münzen, Ächzen, Stöhnen, Gewimmer der Lust. Er zieht das verknotete Durcheinander von Unterwäsche ab (all diese Träger und Halterungen – wie kommt sie in dieses verrückte Elastikzeug rein und raus?); sie bemüht sich, seine Hose über die sich gegen sie stemmenden Hüften zu ziehen, kämpft mit seinen Schuhen. *«Dein Ellbogen –!»*

«Mmmff!»

«Ah –!»

Sie zieht ihm Hose und Boxershorts aus, kriecht herum und

(er streichelt ihren schimmernden, vom über dem Flughafen kreisenden Licht des Leuchtstrahls überfluteten Hintern, sieht zu, wie ihre vollen Brüste über ihm schwingen: es geht alles so schnell, er würde es gerne langsamer haben, einige der besseren Teile wiederholen – den Anblick ihrer zitternden Schenkel auf Händen und Knien gerade jetzt, beispielsweise, wie eine 22, seine Glückszahl –, aber es drängt sie, sie können nicht warten) besteigt ihn und führt ihn ein wie einen Zug, der in einen Bahnhof rangiert wird. *«Ich liebe dich, Richard!»* erklärt sie atemlos, obwohl sie, mit fest geschlossenen Augen und wogenden Brüsten, nicht zu ihm, sondern zur Zimmerdecke zu sprechen scheint, falls eine da ist. Auch seine Augen sind jetzt geschlossen, seine Hände umfassen ihre weichen Hüften und ziehen sie herab, sein Atem kommt in kurzen angstvollen Stößen, sein Gesicht ist aufgeschwemmt und feucht von Tränen. Wie immer hat der Ausdruck seines mitgenommenen Gesichts, wie es dort auf dem Perserteppich liegt, etwas tief Verletztes und Verletzliches: Rick Blaine, ein Mann, von Einsamkeit und Betrug ausgehöhlt, aber von der Hoffnung selbst – hoffnungslos, scheint es – gebrandmarkt. Ein wahrer Revolutionär im tragischen Sinne: Sein weit offen stehender Mund zeugt davon, der Speichel in den Mundwinkeln, seine Augen, geöffnet jetzt und in eine unendliche Ferne nicht unähnlich der Zukunft starrend, die zusammengezogenen Brauen. Er bäumt sich auf und durchbohrt sie bis ins Innerste: *«O Gott!»* schreit sie mit zurückgebogenem Rücken, den Mund offen, als wolle sie die «Marseillaise» anstimmen.

Nun halten sie einen Augenblick inne, fühlen sich verbunden, sein Glied schwelgt in der warmen Wanne ihrer Vagina, ihr entflammter Schoß umklammert seinen pulsierenden Penis wie eine Mutter ein verlorenes Kind. «Wenn du nur wüßtest ...» scheint sie zu sagen, obwohl sie das vielleicht vorhin schon gesagt hat und es bloß jetzt erst zu hören ist. Er liebkost ihre Brüste; sie reißt sein Hemd auf, streichelt seine Brust, beugt sich vor, um ihn auf die Lippen, die Nippel zu küssen.

Das ist nicht Victor in ihr mit seinem langen dünnen Rapier, dessen verlegene Besuche ohnehin allzu selten sind; das ist nicht Yvonne mit ihren trickreichen professionellen Muskeln, ihrem ausgehöhlten, luftigen Loch. Das ist Liebe in ihrer ganzen klebrigen Rätselhaftigkeit, die tiefste Verbindung, das glitschige Hin und Her der Wahrheit, Fleisch als eine sich selbst verzehrende Botschaft. Das ist Notwendigkeit, wie in: Frau braucht Mann, und Mann muß Gefährtin haben. Selbst ihre Persönlichkeiten scheinen sich aufzulösen; von Zeit zu Zeit müssen sie einander beim Namen nennen, wie in einem rituellen Kampf gegen eine endgültige Verzauberung, aus der es kein Zurück mehr geben könnte. Dann beginnt sie langsam mit den Hüften über ihm zu kreisen, und er kontert ihr sanftes Wogen mit Gegenstößen. Sie umarmen einander, keuchend, ihre Brüste gegen seine gepreßt, bewegen sich nur von der Taille abwärts. Sie zwängt ihre Schenkel zwischen seine und drückt seinen Penis dazwischen, wie um ihn dort zu verbergen, eine Säule des Untergrunds auf der Flucht, angeschlagen, aber ungebeugt. Er hebt seine bestrumpften Füße und stellt sie hinter ihre Knie wie in Steigbügel, ihre Hinterbacken pressen sich zusammen und öffnen sich, pressen sich zusammen und öffnen sich wie eine Saugpumpe. Und das mit ihrer berühmten strahlenden Erscheinung stimmt: sie scheint beinahe von innen heraus zu glühen, ihre mahlenden Backen sind von ihrem eigenen blendenden Glanz wie von einem Heiligenschein umgeben.

«Es ist ein so gutes Gefühl, Richard! Hier drin ... ich bin so – *ah!* – so einsam gewesen ...!»

«Ja, ich auch, Kleines. *Psst!* Sag nichts.»

Sie läßt ihre Schenkel wieder über seine Beine gleiten und zieht sie hoch an seine Taille wie ein Kind, das sich an seinen Teddybär kuschelt, die Knie gegen seine Rippen, ihr Po sanft auf seinem Pfahl schaukelnd wie ein Gedächtnis, das liebevoll an eine ihm teure Erinnerung denkt. Er liegt einen Augenblick lang passiv da, ausgestreckt, die Augen geschlossen, und genießt diese warme rhythmische Waschung, wie man sich das neckische Bad eines Kindermädchens, die Fürsorge einer Mutter (eine Fürsorge, die ihm, wie er oft sagte, verweigert wurde) gefallen läßt, in all ihrer köstlichen Unschuld – jedenfalls sieht es so aus: in Wirklichkeit zittert sein ganzer Körper leicht, als werfe er unter großen Schwierigkeiten den letzten Stolz und die letzte Bitterkeit, seine einsame Neutralität ab. Dann beginnen sich seine Hüften mit langsamen Stößen gegen ihre zu pressen, seine Knie sich in unfreiwilliger Kapitulation zu heben. Sie spielt mit der Zunge an seinem Ohr, ihre Arschbacken klatschen jetzt schwerer auf, sie küßt seine Kehle, seine Nase, seine vernarbte Lippe, bäumt sich dann auf, biegt den Rücken durch, wirft den Kopf zurück (ihr Haar ist lose jetzt, wilder, Röte hat die deutliche Blässe ihrer Wangen und Kehle überzogen, was zuvor wilde Entschlossenheit war, ist jetzt brutale Intensität, was Verletzlichkeit war, ist nun dreiste, hemmungslose Hingabe), zieht ihn tiefer hinein als je zuvor, seine eigenen Backen prallen vom Boden zurück, als versuchten sie abzuheben wie der nächste Flug nach Lissabon – «Gott im Himmel, *ist das gut*!» ruft sie. Sie langt hinter sich, um seine Eier zu packen, er umschlingt ihre Hand mit seinen beiden, seine Schenkel spreizen sich, sie fällt nach vorne, sie rollen herum, er rammelt nun von oben (ihm fehlt ihre berühmte Ausstrahlung: wenn überhaupt, dann scheinen seine Arschbacken Licht aufzusaugen, ziehen eine nostalgische Düsternis um sich wie Nachtnebel, signalisieren eine grundlegende Distanz und eine unwiderstehliche Anziehung zwischen ihnen), sie krallt sich unter dem weißen Jackett in seinen Rücken, in seine Hüften, in seine Schenkel, ihr unersättlicher unterer Mund springt ihn immer wieder von unten an und rutscht zurück, wie ein wahnsinniger Kletterer an einem eingefetteten Mast. Immer schneller klatschen ihre Körper aufeinander, unterwerfen sich diesem rasenden Rhythmus, wie um sich zu erleichtern, stoßen Grunzer, wiehernde Laute und hilflose kleine Fürze aus, nicht mehr Rick Blaine und Ilsa Lund, sondern eine namenlose Verbindung irgendwo zwischen ihnen, Zeit und Raum, die durch den sich rasch verengenden Zielpunkt ihrer weißglühenden Leidenschaft selbst neu definiert werden – dann wirft Rick sich plötzlich zurück, sein Gesicht scheint aufzugehen wie ein Kürbis, Ilsa schreit auf und tritt aus, kreuzt ihre Knöchel über Ricks verkrampftem Arsch, für einen Augenblick scheinen sie beinahe zu schweben, in der Luft zu hängen, von der Schwerkraft der Erde befreit, und dann – *rumms!* – schlagen sie wieder auf dem Boden auf, ihre Körper hämmern weiter aufeinander ein, wenn auch weniger regelmäßig, stürzen, zucken, verlängern diesen geräuschvollen Dialog, ziehen ihn selbst dann noch in die Länge, als die Intensität nachläßt, als er mehr Erklärung denn Forderung wird, mehr Nachfrage denn Erklärung. Ilsas Füße lösen sich, rutschen langsam zu Boden. «Uff... *Gott!*» Sie liegen da, Wange an Wange, halten einander fest, ringen nach Luft, ihre Schenkel beben mit den letzten unfreiwilligen Zuckungen, dem echoähnlichen Nachklang der verhallenden Trompetenstöße der Lust tief in ihren Lenden.

«Herr im Himmel», schnauft Rick, «das habe ich verdammte eineinhalb Jahre lang aufgespart...!»

«Das war der beste Fick, den ich je hatte», antwortet Ilsa mit einem vibrierenden Seufzer und küßt ihn aufs Ohr, fährt ihm mit den Fingern durchs Haar. Er will sich von ihr herunterwälzen, aber sie drückt ihn an sich: «Nein... warte...!» Eine tiefere, reichere Lust, nicht so ekstatisch, aber irgendwie anrührender, scheint von tief in ihr aufzusteigen, um den geschwollenen Besucher zu umarmen, der sich feucht in ihren Leib kuschelt, einst ein vertrauter Freund, ein geliebter und verläßlicher Kamerad, nun beinahe ein Fremder, wie ein von den Toten Auferstandener.

«Ah –!» stößt er hervor. Gott, es ist beinahe, als würde sie ihn melken! Dann läßt sie los, umgibt ihn wie ein Schwamm mit einer Art warmer, nasser, pulsierender Dankbarkeit. «Ah...»

Er liegt da zwischen Ilsas feuchten seidigen Schenkeln, spürt, wie sein Gewicht zunimmt, seine Gedanken verschwimmen und zerfließen. Sein Wille versiegt, als sei er ein morbides Leiden, Trägheit überkommt ihn wie eine einmarschierende Armee. Selbst sein Kiefer fällt herab, seine Finger (drei rekeln sich müßig auf einer Brust mit dunkler Spitze) werden kraftlos. Er trägt noch seine schneeweiße Smokingjacke und seine glänzenden schwarzen Socken, die gegen den Rahmen von Ilsas weißen Schenkeln seine melancholischen Arschbacken – in der Kindheit verprügelt, auf See ausgepeitscht, in Gewerkschaftsscharmützeln mager geworden, in Äthiopien sonnenverbrannt und in Spanien beschossen – dunkler denn je aussehen lassen, rauh und selbstmitleidig, mit einer Art heroischer Traurigkeit auseinanderklaffend. Eine gewalttätige Zärtlichkeit. Diese Arschbacken sind, so könnte man sagen, so, wie die Pose der Isolation am besten aussieht: stolz, verbittert, voll Trauer und, wie der Polizeipräfekt es hätte ausdrücken können, ungeheuer attraktiv. Obwohl sein Penis aus seinem Vaginalfutteral herausgerutscht ist und schlaff wie ein fetter kleiner Zeh gegen ihre langsam sich spitzenden Lippen liegt, hält sie ihn immer noch umfangen, klammert sich an etwas, was sie nicht ganz definieren kann, etwas wie einen umfassenden Traum von Freiheit oder einem Klostergarten oder der Entdeckung der Elektrizität. «Läuft da ein Grammophon, Richard?»

«Was –?!» Ihre Frage hat ihn aus der Fassung gebracht. Seine Hinterbacken ziehen sich zusammen, sein Kopf schießt schnaufend hoch, er scheint nach den Transitbriefen zu tasten. «Ah ... nein ...» Er entspannt sich wieder, läßt sich schwer fallen, wenn er auch jetzt einen Schenkel über ihren gleiten läßt, streckt die Arme aus, wie um sie geradezubiegen, und dreht sein Gesicht zur Seite. Sein Sack wölbt sich auf ihrem Schenkel wie ein Emblem seiner inneren Gelassenheit und Großzügigkeit, die nur allzuoft verborgen ist, ungefähr so, wie eine ursprüngliche Anständigkeit durch eine Maske aus Zynismus und Verzweiflung durchscheinen könnte. Er holt tief Luft. (A kiss is just a kiss, deutet die Musik an. Ein Seufzer ...) «Wahrscheinlich Sam ...»

Sie seufzt (... und so weiter), schaut zur Decke über ihr, gemustert mit überlappenden Lichtkreisen von den Lampen im Zimmer und in regelmäßigen Abständen überflutet vom sich drehenden Leuchtstrahl des Flughafens, der ungeduldig, aber zuverlässig kommt und geht wie das Verlangen selbst. «Er haßt mich, glaube ich.»

«Sam? Nein, er ist ein Freund. Was ich denke, denkt auch er.»

«Als wir gestern abend in die Bar kamen, fing er an ‹Love for Sale› zu spielen. Alle haben sich umgedreht und mich angeschaut.»

«Das war nicht das Lied, Süße, es war die Art, wie ihr beiden gekleidet wart. Niemand in Casablanca –»

«Dann hat er versucht, mich zu verscheuchen. Er hat gesagt, ich bringe dir Unglück.» Sie sieht ihn noch die weißen Augen rollen, wie ein verrückter Voodoo-Zombie.

Richard grunzt vieldeutig. «Vielleicht solltest du aufhören, ihn ‹Boy› zu rufen.»

War es das? «Aber in all den Filmen –» Nun ja, vielleicht ein Übersetzungsproblem, eine Schwierigkeit, die sie oft in ihrem Leben erfahren hat. Sprache kann manchmal steif sein wie ein Brett. Wie das, was jetzt unter ihr ist. Sie mag Richards entspannte Körpermasse auf ihr, seinen Herzschlag direkt auf ihrer Brust, seinen dicken weichen Genitalbeutel gegen ihren Schenkel gedrückt, aber der Boden scheint unter ihr immer härter zu werden wie ein strenger calvinistischer Verweis, und zwischen ihren Beinen, wo er von ihr weggerutscht ist, ist jetzt eine unangenehme ätherische Klebrigkeit. «Hast du ein Bidet, Richard?»

«Klar, Kleines.» Mit einem trägen Grunzen rutscht er zur Seite, rollt sich herum. Er denkt vage an die Lust, die er gerade empfunden hat, was sie ihn wahrscheinlich kosten wird (es ist ihm egal), und fragt sich, wo er die Kraft hernehmen soll, auf die Beine zu kommen, um eine Zigarette zu suchen. Er zieht den Hemdenschoß herunter und trocknet sich damit zwischen den Beinen, macht eine Kopfbewegung über die Schulter nach hinten. «Da drin.»

Sie setzt sich auf, späht zwischen ihre gespreizten Beine. «Ich fürchte, wir haben einen Fleck auf deinen schönen Teppich gemacht, Richard.»

«Na wenn schon? Nimm es als Zeichen der Liebe. Willst du was zu trinken?»

«Ja, das wäre schön.» Sie beugt sich vor und küßt ihn, das Gesicht immer noch gerötet, die Augen feucht, aber jetzt lächelt sie, steht dann auf und sammelt einen Haufen verknäuelter Kleider ein. «Es riecht ein bißchen verbrannt.»

«Was –?!» Er fährt hoch. «Meine verdammte Zigarette! Ich muß sie auf die Couch fallen gelassen haben!» Er krabbelt hin, streicht darüber: die Zigarette ist ausgegangen, aber jetzt ist ein dunkles Loch da, mit einem dunklen Rand wie von einer Pilzflechte. «Scheiße.» Er rappelt sich auf, stolpert zum Zigarettenkistchen, um sich eine anzuzünden. Nichts im Leben ist umsonst, denkt er und fühlt sich ein bißchen schwindelig. «Was für ein Wässerchen willst du, Kleines?»

«Unten habe ich Cointreau getrunken», übertönt sie das rauschende Wasser. Er schenkt sich einen großen Whiskey ein, kippt ihn pur hinunter (das vorbeiwitschende Licht fällt auf seine gerunzelte Stirn, als er den Kopf zurückneigt: stimmt was nicht?), schenkt sich noch einen ein, findet eine Karaffe mit Grand Marnier. Sie wird den Unterschied nicht merken. In Paris verwechselte sie Champagner mit Cidre, bestellte Pommard, weil sie dachte, sie bekäme Rosé, trank Gin, weil sie ihn nicht schmecken konnte. Er klemmt die halb aufgerauchte Zigarette zwischen die Lippen, steckt sich eine zur Reserve hinters Ohr und bringt dann die Drinks ins Bad. Sie sitzt rittlings auf dem Bidet und läßt das Wasser zwischen ihren Beinen aufschäumen wie das Kielwasser eines Vergnügungsdampfers. Der Leuchtstrahl vom Flughafen kommt hier nicht herein: es ist, als sei er seiner Reichweite entronnen, aber deshalb fühlt er sich nicht wohler (etwas nagt an ihm, bereits seit geraumer Zeit nun). Er hält ihr den Drink an den Mund, und sie nimmt einen Schluck und schaut schelmisch zu ihm auf, eine nasse Hand für einen Augenblick auf seine Hüftknochen gestützt. Selbst in Paris schien sie zu denken, daß Trinken verworfener sei als Sex. Was sie gelegentlich zur Säuferin machte. Sie tippt sich aufs Kinn, und er stellt ihren Drink aufs Becken. «Ich wünschte, ich würde dich nicht so sehr lieben», sagt sie beiläufig, sich die Lippen leckend, und beginnt mit einem Stück Seife Schaum zwischen den Beinen zu produzieren.

«Was hast du eigentlich gemeint», fragt er mit der Zigarette im Mund (das ist es, zum Teil zumindest: er schaut ängstlich zurück über die Schulter, als würde die Antwort auf seine Frage ihm von dort ins Gesicht starren – oder das, was man von hinten dafür halten könnte), «als du sagtest: ‹Ist das richtig?› »

«Wann ...?»

«Eben, als ich deine, du weißt schon –»

«Ach, ich weiß nicht, Lieber. Bloß so ein merkwürdiges Gefühl. Ich erinnere mich nicht mehr genau.» Sie spült Seifenwasser über ihren glatten Bauch und die Innenseiten ihrer Schenkel, fährt mit der Seife über den Hintern. «So, als ginge alles zu schnell oder so etwas.»

Nachdenklich zieht er an der Zigarette, schnippt die Kippe in die Toilette. «Ja, das ist es.» Rauch kräuselt sich aus seinen Nasenlöchern wie Sprechblasen in einem Comic strip. «*All* das scheint irgendwie seltsam zu sein. Wie etwas, das nicht –»

«Also, schließlich *bin* ich eine verheiratete Frau, Richard.»

«Das meine ich nicht.» Aber vielleicht meinte er es doch. Sie spült sich ab, ihre Brüste hüpfen fröhlich über dem Geplansche, es fällt schwer, sich auf etwas zu konzentrieren, aber er hat nicht nur die Frau eines anderen gevögelt. Dies ist die Frau Victor Laszlos aus dem internationalen Untergrund, einer seiner gottverdammten Helden. Einer der Helden der Welt. Spielt das eine Rolle? Er schiebt seine freie Hand in die Tasche des Jacketts, weil er keine andere hat, und kippt den Drink hinunter. «Außerdem», keucht er, «nach dem, was du mir erzählst, warst du schon verheiratet, als wir uns in Paris kennenlernten, das ist also nicht –»

«Komm her, Richard», unterbricht Ilsa ihn mit sanfter, aber fester teutonischer Beharrlichkeit. *Komm her.* Sein Rücken streckt sich, seine Augen verengen sich, und für einen Augenblick kehrt der alte Rick Blaine zurück, der einsame amerikanische Krieger, unbestechlich, melancholisch, Herr über sein Schicksal, nichts und niemandem verpflichtet – aber dann streckt sie die Hand aus und greift nach ihm wie das Schicksal selbst. «Versuch nicht wegzulaufen», murmelt sie und zieht ihn zwischen ihre Knie ans Bidet, «es wird dir nie gelingen.»

Sie hält ihn weiter in der Hand (er wächst dort, reckt sich und erfüllt ihre Hand mit weichem warmem Pulsieren, und mehr als alles andere, das ihr widerfuhr, seit sie nach Casablanca gekommen ist, mehr noch als Sams Lied, versetzt diese Empfindung sie wieder zurück zu ihren Tagen in Paris: wo auch immer sie hingingen, vom Zirkus ins Kino, vom Ausflugsdampfer ins Tanzlokal, er schwoll in ihrer Hand, genauso wie jetzt), während sie ihn mit der anderen einseift: «Weshalb bist du beschnitten, Richard?» fragt sie, als die pralle Spitze (wenn sie anschwillt, scheint sie blau zu schwellen) zwischen ihrem Daumen und Zeigefinger hervorschießt. In Paris hatte er doch immer etwas gesagt, wenn er ihr so entgegenwuchs. Nostalgisch in sich hinein lächelnd, betrachtet sie ihn.

«Mein Alter war ein Medikus», sagt er und holt tief Luft. Er setzt das leere Glas ab und greift nach dem Ersatzglimmstengel. Er scheint verschwunden zu sein. «Er hielt das für hygienisch.»

«Victor hat seine noch. Klar, in Europa ist es oft wichtig, nicht für einen Juden gehalten zu werden.» Sie nimmt das duftende Seifenstück (vom schwarzen Markt, das Beste, Ferrari besorgt es ihm) und striegelt den Schaft damit, befingert dann die Spitze mit seifigen Händen, als wolle sie sie sanft abschrauben. Am Tag, als er sie kennenlernte, öffnete sie seine Hose und holte ihm in seinem offenen Kabriolett direkt unter dem Arc de Triomphe einen runter, dann, beinahe übergangslos, so kam es ihm jedenfalls vor, blies sie ihm großartig einen im Bois de Boulogne. Er erinnert sich an alle Einzelheiten, jedenfalls an die besten. Und es war nie – niemals – besser als damals. Bis heute abend.

Sie wäscht die Seife ab, gießt den Rest Grand Marnier (sie denkt: Cointreau) über sein glänzendes Glied wie eine Art Trankopfer und verteilt den überschüssigen darum herum, als wolle sie es vorsichtig bestreichen (er denkt: präparieren). Ein leichtes, trauriges Lächeln scheint um ihre Mundwinkel zu spielen. «Sag es einmal, Richard . . .»

«Was –?» Sie lächelt süß, aber: ist das eine Träne in ihrem Auge? «Um der alten Zeiten willen. Sag es . . .»

«Ah.» Ja, er hatte es vergessen. Er ist aus der Übung. Er grunzt, fährt ihr mit der Hand über die nasse Wange und hinters Ohr. «Ich schau dir in die Augen, Kleines . . .»

Sie schürzt die Lippen und küßt die Spitze, lächelt sie schielend an, reißt dann weit den Mund auf und schluckt alles, alles auf einmal. «O Gott!» ächzt er, spürt, wie er in dem dicken kraftvollen Schaum ihres Speichels schwimmt, «ich bin verrückt nach dir, Baby!»

«Mmhh!» stöhnt sie. Das hat er ihr schon vorher gesagt, mehr als einmal zweifelsohne (sie schlingt unter dem Jackett die Arme um seine Hüften und drückt ihn an sich), aber das Mal, an das sie denkt, war der Nachmittag im Kino in Paris. Sie wollten einen amerikanischen Krimi sehen, der zu der Zeit populär war, aber davor lief eine Wochenschau, in der die Eroberung von Kopenhagen, Oslo, Luxemburg, Amsterdam und Brüssel durch die Nazis im gleichen Monat gezeigt wurde. «Der Fall von fünf Hauptstädten», hieß sie. Und die Szenen aus Oslo, die, wenn auch kurz, zeigten, wie die SS im Stechschritt durch die sagenumwobenen historischen Straßen ihrer Kindheit marschierte, erfüllten sie mit solchem Entsetzen und Heimweh (etwas in ihr schrie auf: «Wer *bin* ich?»), daß sie impulsiv nach Richards Hand griff und statt dessen das, was Victor «den alten Knaben» nannte, zu packen bekam. Sie wollte die Hand zurückziehen, aber er hielt sie dort fest, und als nächstes hatte sie den Kopf in seinem Schoß, weinte und saugte wie an der Brust ihrer toten Mutter, während das schreckliche Gedröhne des deutschen Blitzkriegs in ihren Ohren hämmerte, Richard ihren Nacken massierte, wie ihr Vater es vor seinem Tod immer getan hatte (wie Richard es jetzt tut, während seine Hinterbacken unter ihren Armen gefangen sind und sein Penis in ihrem Mund flattert wie ein verängstigter Vogel), die Franzosen im Kino Obszönitäten brüllten, ihr eigenes Herz wummerte wie Maschinengewehrfeuer. «Gott! Ich bin verrückt nach dir, Baby!» wieherte Richard, als er kam (nun, während seine Knie sich gegen ihre drücken und ihr Mund sich mit der erschreckend vertrauten Unvertrautheit seines spritzenden Samens füllt, ist es bloß ein verzweifeltes «O Scheiße! Laß nicht los ...!»), und als sie sich mit tränenden Augen, sabbernd und nach Atem ringend aufsetzte (auch jetzt ist es nicht gerade leicht zu atmen, als er ihr Gesicht fest an seinen behaarten Bauch drückt und dankbar wimmert, während sein Körper zusammensackt und ihr Mund sich füllt), sah sie auf der Leinwand glückliche Deutsche, die ihre Siege feierten, Frühlingsspaziergänge durch überquellende Blumen- und Gemüsemärkte unternahmen, ins Theater gingen, um sich Shakespeare in Übersetzung anzuschauen und Fotos von ihren Kindern machten. «O Gott!» schnüffelte sie damals (nun schluckt sie, saugt und schluckt, als wolle sie aus dieser beinahe unfaßlichen Essenz ein starkes Erinnerungsgerüst gewinnen), «es ist zuviel!» Worauf der Mann hinter ihnen sich vorbeugte und sagte: «Dann versuchen sie meinen, Mademoiselle. Wie Sie sehen, ist er nicht so groß wie der Ihres Nazifreundes, aber hier in Frankreich züchten wir Männer, keine Schwänze!» Richards Französisch war schrecklich, aber es war gut genug, daß er «Nazifreund» verstand: er hatte noch nicht einmal seinen Penis in die Hose zurückgesteckt (nun rutscht er glitschig über ihr Kinn, platscht auf ihre Brust, seine Hinterbacken in ihrer Umarmung werden weich wie Butter, wie eine köstliche, halbbewußte Erinnerung, die ihre festen Umrisse verliert und zum bloßen Gefühl verschmilzt), sondern sprang einfach auf und versetzte dem Franzosen einen Kinnhaken.

Daraufhin brach im Kino ein Tumult aus, bei dem jeder jeden einen Faschisten oder eine Hure nannte. Sie wurden natürlich rausgeschmissen, die Polizei setzte Richard als Exhibitionisten auf die schwarze Liste, und den Krimi bekamen sie nie zu sehen. Ach ja, damals konnten sie darüber lachen ...

Jetzt sitzt er auf dem Rand des Bidets, seine Knie unter ihren eingeklemmt, die Hemdenschöße im Wasser, die Wange auf ihre breite Schulter gefallen, die Arme lose um sie, und fühlt sich wundervoll entspannt, abgeklärt wie eine alte Melodie (die immer noch irgendwo läuft, Mondschein und Liebeslieder, dieselbe alte Geschichte – vielleicht kommt sie durch die Leitungsrohre), und braucht bloß was zu rauchen, um alles perfekt zu machen. Die Zigarette, die er sich hinters Ohr gesteckt hatte, schwimmt in der schaumbedeckten Pfütze unter ihnen, sieht er. Ilsa bespritzt träge sein ermattetes Glied, als taufe sie es. Es gibt nur eine einzige Antwort, sagte sie einmal, als sie dieses schöne Satingewand, das sie hatte, wie einen Pariser abstreifte, auf all unsere Fragen, und sie hatte recht. Wie immer. Er ist derjenige, der mit seinen komplizierten moralischen Attitüden und seinem unerträglichen Stolz Mist gebaut hat – einen krankhaften Romantiker nannte Louis ihn einmal, und der wußte noch nicht einmal die Hälfte. Sie ist die einzige Realistin weit und breit; er muß anfangen aufzupassen. Selbst jetzt ist sie vernünftig: «Mein Hintern schläft ein, Richard. Trockne mich ab, und laß uns ins andere Zimmer zurückgehen.»

Aber als er aufzustehen versucht, sind seine Knie weich wie Zahnpasta, und er muß sich wieder setzen. Mitten ins Bidet, wie sich herausstellt, er tunkt den Hintern hinein wie Teigkringel in Tee. Sie lächelt verständnisvoll, drapiert ein Badetuch um ihre Schultern, stöbert im Medizinschrank, bis sie einen Topf mit Yvonnes Cold Cream findet, und nimmt ihn dann beim Ellbogen. «Komm, Richard. Du schaffst es, stütz dich auf mich.» Was ihn (sein Gedächtnis zumindest funktioniert noch mehr oder weniger) an eine Nacht in Spanien erinnert, halbwegs oben (oder unten) auf dem Selbstmordhügel im Jaramatal, eine

Nacht, die er für seine letzte hielt und in der er das zu jemandem sagte oder jemand zu ihm. Gott, was, wenn er ihn dort abgeschossen bekommen hätte? Und das hier verpaßt hätte? Ein Ausdruck, gemischt aus Hoffnung und Schmerz, Skepsis und Ehrfurcht, zieht über sein erschöpftes Gesicht (schon achtunddreißig an Weihnachten, wenn Strasser recht hat – o Muttergottes, sie vergeht tatsächlich!) und gerät in den rotierenden Leuchtstrahl vom Flughafen. Sie zieht ihm das tropfnasse Jakkett aus, dann das Hemd und trocknet ihm den Hintern ab, ehe sie ihn auf die Couch plumpsen läßt, geht dann hinüber zum Ziertisch, um eine Zigarette aus dem Kistchen zu holen. Sie trägt das Handtuch wie ein Cape, ihre Oberschenkel darunter glitzern wie mit Pailletten besetzt. Sie ist wie immer eine Art wandelnder Lightshow, kein bißchen weniger großartig von vorn, als sie sich nun zur Couch zurückdreht und die genoppte Oberfläche des Handtuchs raffiniert mit dem zarten Glanz ihres Halses und ihrer Brust, dem glatten nassen Schimmer ihres Bauches kontrastiert.

Sie klemmt sich zwei Zigaretten zwischen die Lippen, zündet sie beide an (fummelt ein bißchen mit dem Feuerzeug herum, sie ist nicht sehr geschickt im Umgang mit mechanischen Dingen), schaut gefühlvoll auf Rick hinunter und gibt ihm eine. Er grinst. «He, wo hast du denn das gelernt, Kleines?» Sie zuckt geheimnisvoll die Achseln, gibt ihm das Handtuch und tritt zwischen seine Knie. Während er ihr Brust, Bauch und Schenkel mit dem Handtuch abtrocknet, die Zigarette locker zwischen den Lippen, schaut sie sich zwischen den Rauhputzwänden seiner Wohnung um, betrachtet die maurischen Möbel mit ihrem filigranen Einlegemuster, die kleinen erotischen Kunstwerke (auf dem Sideboard stehen die Statue eines Kamels, die aussieht wie ein nasser Männerpenis auf Beinen, und ein merkwürdiger Akt, der sowohl ein Junge als auch ein Mädchen oder etwas dazwischen darstellen könnte), die Alabasterlampen und Topfpflanzen, die hölzernen Lattenjalousien, die in ihren nördlichen Augen so exotisch wirken. Er hat Stil, denkt sie und verreibt mit der freien Hand Cold Cream auf Nacken und Schultern, hatte er immer...

Sie hebt erst das eine Bein, damit er es abtrocknet, und dann das andere, ringt innerlich nach Luft (nach außen würgt und schnauft sie, weil sie aus Versehen den Rauch der Zigarette inhaliert hat: er drückt seine mit einem mitleidigen Grinsen aus und nimmt ihre), als er das Handtuch fest dazwischen hin und her zieht, dann dreht sie sich um und bückt sich, stützt sich auf dem Kaffeetisch ab. Rick, das Handtuch in den Händen, hält einen Augenblick inne und starrt durch den aufsteigenden Zigarettendunst auf diese leuchtenden Arschbacken, findet sie beinahe überirdisch, wie Pforten zum Himmel oder ein Sinnbild der Ewigkeit. Hat er sie so schon den ganzen Abend gesehen? Vielleicht, er kann sich nicht erinnern. Ganz gewiß ist er nun, nicht mehr im Brunftrausch, in der Lage, den Anblick zu genießen. Sie sind ganz buchstäblich ein wahr gewordener Traum: er hat sich in der Erinnerung daran in den letzten eineinhalb Jahren so oft einen runtergeholt, daß es jetzt beinahe angemessener scheint, sich selbst zu berühren anstatt diese gegenwärtigen Manifestation. Als er sich ihnen mit dem Handtuch nähert, scheint er eine seltsame Schwelle zu übertreten, als gehe er von einem Element ins andere über. Er spürt, wie sie geschmeidig und voller Spannkraft gegen seine Hand federn, als er darüber reibt, und doch bleiben die Backen, obwohl fleischlich, irgendwie immateriell, unberührbar noch in der Berührung, Gegenstände, deren Abwesenheit sich gerade in ihrer Anwesenheit manifestiert. Glaubte Rick Blaine an Engel, so sähen sie aus wie Ilsas überirdische Hinterbacken.

«Hast du dir, äh, vorgestellt, daß der Abend so enden würde?» fragt er mit dem Zigarettenstummel im Mund, während der Rauch sich aus seiner Nase kräuselt wie die Ausdünstung des Gedankens. Ihre Wange scheint wie sein Schild «Café Américain» jedesmal, wenn der Leuchtstrahl vom Flughafen vorbeifegt, angestrahlt zu werden und sich leicht zu verschieben wie eine Abfolge von Einstellungen im Film. Die Zeit selbst kann so sein, das weiß er: nicht ein unaufhörlicher Strom, sondern eine rasche Folge elektrischer Sprünge über winzige Lücken zwischen nicht zusammenhängenden Einheiten. Er nennt es gerne seine Filmtransporttheorie der Zeit, obwohl die Theorie natürlich nicht von ihm ist...

«Na ja, er ist vielleicht nicht perfekt, Richard, aber besser, als wenn ich dich erschossen hätte, nicht?»

«Nein, ich meinte...» Nun ja, laß gut sein. Sie hat recht, es ist besser, als gottverdammtes Blei zu fressen. In Wahrheit ist es besser als alles, was er sich vorstellen kann. Er drückt seine Zigarette im nassen Handtuch aus, wirft es beiseite, schlingt die Arme um ihre Schenkel und zieht ihren Hintern (er denkt immer noch an die Zeit als einer pulsierenden Sequenz von Filmbildern, nicht so sehr an die Einzelbilder mit ihrem sinnlosen veralteten Inhalt, sondern an die Lücken dazwischen: unendlich klein, wenn man sie zweidimensional betrachtet, doch in der dritten Dimension so tief und mysteriös wie der Kosmos) an sein Gesicht, preßt sich dagegen wie ein Kind, das versucht, durch ein beschlagenes Fenster zu gucken. Er küßt und benagt die frischgewaschenen Backen (und was, wenn man *zwischen* zwei Einzelbildern durchrutscht? fragt er sich –), fährt mit der Zunge in (– wo wäre er dann?) ihren Anus und massiert dabei das Fleisch auf ihrem Venushügel zwischen den Fingern wie kleine Klumpen Sahnebonbons. Sie hebt erst das eine Knie auf die Polster, dann das andere, stützt die Ellbogen unten auf (oh! denkt sie, als das Blut in zwei Richtungen zugleich schießt, sich in ihrem Kopf und Geschlecht verteilt, als fülle es leere Einstellungsrahmen, ihr Herz die Lücke dazwischen: was für ein merkwürdiger, schwindelerregender Traum die Zeit ist!) und präsentiert so seinem nachdenklich forschenden Blick etwas, das aussieht wie eine zwischen ihren Schenkeln festhaftende Seeanemone, eine dicke wollige Samenhülse, ein paarhufiger Chinchilla, eine offene Börse, eine gespaltene Frucht. Aber nicht das Aussehen motiviert ihn (bloß zur Erfindung solch phantasievoller Kataloge), sondern der Geruch. Der katapultiert ihn plötzlich und gänzlich zurück nach Paris, ein Paris, das ihm bis zu diesem Augenblick entglitten war (sie ist nicht in Paris, sie ist in einem ungeheueren, dimensionslosen Raum, den sie mit Kindheit assoziiert, einem nächtlichen Glanz in ihrem hochsommerlichen Zimmer, das Federbett zwischen den Beinen), jetzt aber zurückgekehrt ist. Für jetzt und alle Ewigkeit. Als er mit der Zunge die schwammige Furche auf und ab fährt, die Lippen zärtlich zwischen Zunge und steifer Oberlippe (eine alte Kriegsverletzung) preßt und fühlt, wie sie größer werden, vibrieren, sich beinahe spitzen, um ihn zurückzuküssen, meint er – als würde sie auf die blanke Leinwand ihres sanft wogenden Hinterns projiziert – jene Nacht in ihrem Appartement in Paris zu sehen, als sie ihn das erste Mal bat: «Küß mich, Richard, hier. Mein anderer Mund möchte dich auch lieben ...» Das hatte er noch nie getan. Er war überall in der Welt gewesen, hatte in Kriegen gekämpft, sich mit Polizisten geschlagen, im Gefängnis gesessen und Folter erlitten, sich in Puffs versteckt, Absprünge mit dem Fallschirm hinter sich gebracht und so ungefähr alles gegessen und getrunken, was man sich vorstellen kann. Er war von Schiffsdecks gefegt worden, hatte mehr Männer getötet, als ihm aufzuzählen lieb war, und Frauen aller Art und Hautfarbe auf der ganzen Welt gevögelt, aber eins von diesen Dingern hatte er noch nie geschmeckt. Natürlich hatten andere Frauen ihn gelutscht, ehe er wegen Ilsa an dem Tag im Bois de Boulogne beinahe sein Auto zu Schrott fuhr, aber das hatte er immer für einen ihm zustehenden Dienst gehalten, etwas, für das er in harter Münze gezahlt hatte – er war schließlich der Mann. Aber Gegenleistungen zu erbringen, ebenfalls zu lutschen – nun, das war ihm immer irgendwie pervers vorgekommen, als etwas, das Männer, richtige Männer jedenfalls, nicht taten. An dem Abend jedoch hatte er viel Champagner getrunken und war – dies war die schlichte Wahrheit, und die Erfahrung war für Rick Blaine so exotisch wie der Geschmack einer Möse – wahnsinnig verliebt. Sein Leben lang war er ein unglücklicher Einzelgänger gewesen, bestenfalls ein romantischer Herumtreiber, schlimmstenfalls und in den Augen der meisten ein halbseidener Waffenschieber, Schmuggler und herumbollernder Söldner (obwohl er weiß Gott mehr erhofft hatte), ein Hurenbock, Ruhestörer und elender Säufer: jemand wie Ilsa Lund war ihm noch nie begegnet, und er konnte kaum glauben, daß es in jener Nacht soweit war. Seine unmittelbare Reaktion – das räumt er ein, während er nun begierig saugt (sie galoppiert auf dem Pferd ihres Vaters durch die Wälder des Nordens, es ist dunkel wie unter einem Baldachin und zugleich gleißend hell im Sonnenschein, sie treibt das Tier unter ihr an, rast auf das zu, was sie damals für Gottes Wahrheit hält, die sie vom Sattel aus durchströmt, wie die Ewigkeit es tun könnte, wenn die Heiligen riefen), während er sich auf der breiten Leinwand ihres wogenden Hinterns zum erstenmal davor niederknien sieht wie einen Atheisten, der sich halbherzig bekehren läßt – war nicht augenblickliche Verzückung. Nein, wie bei Oliven, Selbstgebranntem und arabischer Küche brauchte man ein Weilchen, bis man sich daran gewöhnte. Aber sie lehrte ihn, ihre Scheide mit der Zunge zu liebkosen, die Maus («meine kleine Schwester», nannte sie sie, was ihm komisch vorkam) zu finden und herauszuziehen, Finger, Nase, Kinn, ja sogar Haar und Ohren zu gebrauchen, und je mehr er um ihretwillen übte, desto mehr mochte er es um seinetwillen. Ihre Lust (er konnte sie *sehen*: sie erblühte direkt unter seiner Nase und erfüllte sein trostloses Leben mit Farben, an die er zuvor nie auch nur gedacht hatte!) vergrößerte seine, bis sein Appetit darauf beinahe unersättlich wurde. Gott, die Jungs im Block daheim in New York würden sich totlachen, wenn sie sähen, wie tief er gefallen war! Und obwohl er seitdem andere probiert hat, ist sie immer noch die einzige, die er wirklich mag. Yvonne ist schrecklich, bitter und parfümiert (sie scheint das zu spüren, hat überhaupt keinen Spaß daran, wird nervös und nörgelig, wenn er sich ihr unten zuwendet, fing einmal sogar an zu beißen und zu kratzen: «Warum magst du denn nicht *ficken*?» hatte sie gekreischt), der Hauptgrund dafür, daß er das Interesse an ihr verloren hat. Das und ihre behaarten Beine.

Seine Leinwand wird kleiner (ihre Knie sind auf seine Schultern gekrabbelt, wodurch ihre Hüften sich zu kleinen Hügeln zusammenziehen und ihre Schulterblätter ins Blickfeld kommen da unten auf dem Boden, wo sie stöhnt und wimmert und am Teppich saugt), aber seine Vision der Vergangenheit wird größer, als seien ihre pumpenden Backen ein pausbäckiger Blasebalg, der sich öffnet und schließt, öffnet und schließt und seine Erinnerungen aufbläht. Ja, er braucht gar keine Leinwand mehr dafür, denn nun erinnert er sich nicht mehr an diese oder jene Eroberung, dieses oder jenes Ereignis, weder an das, was sie trug, noch an das, was sie oder er sagte, sondern an etwas viel Tieferes, etwas, das so erfahren wird, wie ein Blinder sieht und ein Amputierter fühlt. Eine Struktur fällt ihm wieder ein, Atmosphäre, der sinnliche Reiz strahlenden Glanzes und Verschmelzens, der schaumige Geschmack des Unsäglichen auf seiner Zunge, der daunige Flausch der Zeitlosigkeit, der Zahn des Hier und Jetzt. All dies findet er in Ilsas saftiger, hüpfender Möse – und noch mehr: die bitteren Illusionen der Liebe über Zweieinigkeit und Unendlichkeit (Oh, er weiß, was er an jenem Tag im Regen an der Gare de Lyon verlor!), den bittersüßen Fall in die Wirklichkeit, die geheimen Falten des Raums, in denen man sein Ich, sein verzweifeltes Gefühl der Isolation verlieren konnte, Paris, hier als purer Duft wieder entdeckt, sprudelnd und anspielungsreich, La Belle Aurore als Theater der Immanenz, als geheiligter Spielort –

Ach verdammt, denkt er, als Ilsas hämmernde Hüften ihn auf der Couch in die Rückenlage drängen und ihre Schenkel gegen seine Ohren klatschen (als sie sich erhebt, ihr Blut gegen ihre steigende Erregung anbrandet und der rotierende Leuchtstrahl sie erfaßt wie jähe Inspirationen, denkt sie: die Kindheit ist ein von allem losgelöster Ort, der die Erwachsenenwelt braucht, um überhaupt zu bestehen: ohne Victor könnte es keinen Rick geben – und dann kann sie gar nicht mehr denken), La Belle

Aurore! Sie brach ihm das Herz in der Belle Aurore. «Küß mich», sagte sie, sich mit beiden Händen haltend, wie um zu verhindern, daß der Schmerz dort unten herausflösse, «ein letztes Mal», und er tat es, für sie, Henri war es egal, *merde alors*, die Deutschen kamen sowieso, und die anderen Gäste dachten, es sei Teil der Unterhaltung; nur Sam war beleidigt und ging zum Lokus, bis es vorbei war. Und dann verließ sie ihn. Für immer. Oder zumindest bis sie gestern abend mit Laszlo hier auftauchte. Gott, er erinnert sich an alles an jenem Tag in der Belle Aurore, was sie trug, was Henri trug. Der Tag war nicht leicht zu vergessen. Die Deutschen standen am Rand der Stadt und bombardierten sie, was das Zeug hielt, es flog ihnen buchstäblich alles um die Ohren (jetzt erstickt sie ihn mit dem gegen ihn gestemmten Arsch, den gegrätschten Schenkeln: er stemmt sie auf den Rücken und schiebt die Arme zwischen ihre Schenkel, um sie zu spreizen), sie mußten über Schutt und Leichen klettern, sich durch Barrikaden zwängen, bloß um das verdammte Café zu erreichen. Keine Chance, mit dem Auto rauszukommen, er konnte von Glück sagen, daß genug in seinem «A. a. A. Fonds» war, um Zugfahrkarten für sie alle zu kaufen. Und dann der Betrug: «Ich kann sie nicht finden, Mr. Richard. Sie ist aus dem Hotel ausgezogen. Aber diese Nachricht ist gekommen, gerade als Sie weg waren!» Ach du Scheiße, selbst jetzt noch bringt ihn das zum Weinen. «Ich kann nicht mit dir gehen und dich auch nie wiedersehen.» In perfekter Schönschrift, als frohlocke sie in ihrer Macht über ihn. Die ganze Zugfahrt nach Marseille hatte er den armen Sam schikaniert, in der Überzeugung, es sei irgendwie seine Schuld gewesen. Oder vielleicht gar Hexerei, an dem Tag hätte er alles glauben können. Nun, wo ihre Hüften wie wahnsinnig gegen seinen Mund stoßen, ihr Busch zu erstaunlicher Größe angewachsen ist, die Lippen hervortreten und wie Fahnen flattern und die Furche zwischen ihnen in einer duftenden Brühe wie ölige Luft schwimmt, hebt er den Kopf und fragt: «Warum warst du nicht ehrlich mir gegenüber? Warum hast du deine Ehe verschwiegen?»

«O Gott, Richard! Nicht *jetzt* –!»

Sie hat recht, es scheint nicht der richtige Augenblick dafür zu sein, aber schließlich scheint nichts richtig zu sein, seit sie in diesem gottverlassenen Nest aufgetaucht ist: es ist beinahe, als würden zwei völlig verschiedene Orte, zwei völlig verschiedene Zeiten gezwungen, sich ineinander zu verschlingen, sich zu kreuzen, wo eine Kreuzung unmöglich ist, und damit eine Verzerrung des Universums zu bewirken. Seines privaten jedenfalls. Er schaut hinunter auf diese verlorene Liebe, diese treulose Ehefrau, dieses vertrauensvolle Kind, das jetzt die eigenen Hände zwischen den Beinen vergraben hat und dessen Hüften immer noch unkontrolliert stoßen («Bitte, Richard!» bettelt sie leise durch zusammengebissene Zähne, Tränen in den Augen), und denkt: Es ist immer noch eine Geschichte ohne Schluß. Aber mehr als das: der Anfang und die Mittelstücke sind auch nicht alle da. Aus ihrem Gesicht ist alles Blut gewichen, als sei es in andere Körperteile geströmt, aber ihr Hals zwischen den auf und ab wogenden weißen Brüsten brennt beinahe buchstäblich mit einer lebendigen Röte. Er berührt ihn, streichelt die weichen Kugeln, sieht zu, wie die kleinen dunklen Nippel sich erheben wie Patrioten – und plötzlich scheint die Antwort auf all diese Fragen (noch eine, heißt das – Antworten fallen letzten Endes leicht) von selbst zu kommen. «Hör mal, Kleines, ist es in Ordnung, wenn ich –?»

«O ja! O ja! – *Aber beeil dich!*»

Er findet die Cold Cream (Endlich! Er ist so langsam!), trägt sie dick auf und schlüpft in ihren Kanal, seine Knie liegen über ihren Schultern wie ein Joch. Sie führt seinen Kopf zurück in jene tropische Wucherung zwischen ihren Beinen, umklammert dann mit den Armen seine Hüften, die bereits gegen ihre Brust zu schlagen beginnen wie ein Wiedererwecker, und entläßt kleine, explosionsartige Keucher aus ihrer Kehle. Sie versucht, sich auf seine hüpfenden Hinterbacken zu konzentrieren, doch die vermitteln ihr eine so rührende Mischung aus Zynismus und Ehrlichkeit, Müdigkeit und Großzügigkeit, daß es ihr beinahe das Herz bricht und sie schwindeliger macht denn je. Das dunkle kleine Loch zwischen ihnen schaukelt auf und ab wie ein einsamer Überlebender in einer tragisch geteilten Welt. Das ist er! «O Gott!» winselt sie. Und sie! Die Spannung zwischen ihren Beinen ist beinahe unerträglich. «Ich kann nicht mehr!» Alles beginnt auseinanderzufallen. Sie hat das Gefühl, als fiele sie durch einen Spalt im Universum (sie kann nicht auf ihn warten, und sowieso: wo sie hingeht, kann er nicht folgen) aus Zeit und Materie hinaus in einen wunderbaren Glanz. Das rotierende Leuchtsignal blitzt nun wie Sternenschauer durch ihr beschränktes Gesichtsfeld, die Musik schwillt an, alles schwillt an, ihre Augen quellen hervor, ihre Ohren platzen, die Zähne wackeln in ihren Fassungen – «O Richard! So geil! *Ich liebe dich so sehr!*»

Er vergräbt sein Gesicht tief in Ilsas himmlischem Pudding, schleckt seinen süßen Schweiß, spürt, wie es in ihren Lenden reißt und sie sich krampfhaft um ihn zusammenziehen, er weiß wohl, daß sie mit ein wenig Anreiz minutenlang so zucken kann, und pumpt unterdessen, nicht mehr verpflichtet, sich zurückzuhalten, zwischen ihren Brüsten wie ein Verrückter, ist allein auf seine eigene Lust aus. Diese Lust wird nur durch sein Mitleid mit ihrem Mann, diesem heroischen Schweinehund, gedämpft (und vielleicht zugleich gesteigert). Gott, Victor Laszlo ist eigentlich beinahe eine Vaterfigur für ihn. Und während Laszlo bei seiner Untergrundversammlung in der Caverne du Roi ist, wo ihm zweifelsohne sein heiliger Arsch von Kugeln durchsiebt wird, ist er – Rick Blaine, das Schlitzohr von Yankee und überhaupt ein mieser Kerl – hier sicher verborgen in seinen Gemächern und poliert der Frau des Helden die Äpfel, die schwielige Nase in ihrer königlichen Grotte wie ein Späher für eine Abteilung Sturmtruppen. Es ist nicht fair, verdammt noch mal, denkt er und lacht noch darüber, als er kommt, Saft über ihren glatten Bauch unter seinem spritzend, sein Kopf in ihren verschränkten Schenkeln eingeklemmt, ihre Arme fest um ihn geschlossen, als wolle sie ihm den Saft herausquetschen.

Er liegt völlig still, sein Gesicht zwischen Ilsas ermatteten Schenkeln, die Knie über ihren Schultern, die Arme um ihren Unterleib, der nun entspannt unter ihm ausgestreckt ist. Er kann ihre Hände leicht auf seinen Hüften ruhen fühlen, ihren warmen Atem an seinem Bein. Er erinnert sich nicht, wann sie aufgehört haben, sich zu bewegen. Vielleicht ist er eingeschlafen. Hat er alles geträumt? Nein, er rutscht ein wenig und spürt den vergossenen Samen in einer klebrigen Pfütze zwischen ihren verschmolzenen Nabeln. Seine Bewegung weckt Ilsa: sie schnarcht kurz auf, seufzt, küßt die Innenseite seines Beins, streichelt träge über eine Backe. «Die Seife riecht gut», murmelt sie. «Ich wette, jedes Mädchen in Casablanca würde hier gerne ein Bad nehmen.»

«Ja, weißt du, ich betreibe das hier als eine Art Dienst an der Allgemeinheit», grunzt er und kaut dabei auf ein oder zwei Schamhaaren. Immer hat er Louis – und jedem, der es wissen wollte – gesagt, daß er für niemanden den Hals hinhält. Aber am Ende, Scheiße, denkt er, halte ich ihn für jeden hin. «Ich triefe im Grunde vor Nächstenliebe.»

Nächstenverachtung eher, denkt sie, behält aber den Gedanken für sich. Sie kann es sich nicht leisten, ihn zu beleidigen, nicht gerade jetzt. Sie ist noch auf dem Rückweg von dort, wohin auch immer ihr Orgasmus sie geführt hat, und es war eine so tiefe und machtvolle Erfahrung und dabei so losgelöst von ihrer unmittelbaren Ursache – seiner muskulösen Zunge am anderen Ende dieses verdrießlich gerunzelten Kanaleingangs vor ihrer Nase –, daß sie mit einem sehr unsicheren Gefühl zurückgeblieben ist, unsicher, wer oder was sie ist und sogar wo sie ist. Sie weiß natürlich, daß ihre Rolle als gutgekleidete Frau eines mutigen Untergrundführers nur Schein ist, daß sie unter dieser Scharade ganz gewiß jemand – oder etwas – anderes ist. Richards Geliebte beispielsweise. Oder eine kleine Waise, die Vater, Mutter und Adoptivtante verloren hatte, ehe sie auch nur anfing zu menstruieren – das ist sie oft oder meint es zu sein, besonders in Augenblicken wie diesem. Aber wenn ihr Leben als Victor Laszlos Frau nicht wirklich ist, sind diese anderen es denn? Ist sie eine Person, mehrere – oder überhaupt keine? Was hatte sie da über die Kindheit gedacht? Sie liegt dort, umarmt Richards behaarte Backen (Sind es Richards? Sind es Backen?), ihr bleiches Gesicht von seinen angewinkelten Beinen umrahmt, und versucht des Rätsels Lösung zu finden. Seit dem Augenblick, als sie in Casablanca eintraf, haben sie und Richard versucht, einander Geschichten zu erzählen, keine sehr komischen Geschichten, wie Richard bemerkt hat, aber vielleicht auch keine sehr wahren. Vielleicht ist die Erinnerung selbst eine Art Trick, etwas, das Illusionen in Wirklichkeit verwandelt und die wirkliche Welt vor jedermanns Augen verschwinden läßt wie durch Zauberei. Sicherlich kann man darin aufgehen und nichts mehr mitkriegen, das weiß sie. Hat nicht Victor, der weise, sie oft davor gewarnt? Aber Victor ist ein Held. Vielleicht ist die wirkliche Welt zuviel für die meisten Menschen. Vielleicht ist das Geschichtenerfinden eine Möglichkeit, sie alle vor dem Wahnsinn zu bewahren. Eine Träne formt sich in einem Augenwinkel. Sie blinzelt (und was sind diese unwahrscheinlichen Konfigurationen namens «Paris» und «Casablanca», wo um aller Welt *ist* sie, und was ist «wo»?), und die Träne rinnt in die Vertiefung zwischen Wangenknochen und Nase, nimmt dann ihren Lauf zur Mitte der Wange. In ihrem Lied (ja, es ist noch da, tönt irgendwo weit weg wie Mäuse in den Wänden: versucht jemand, sie verrückt zu machen?) lautet eine Zeile: «This day and age we're living in gives cause for apprehension/ with speed and new invention and things like third dimension ...» Sie hatte das immer für einen dummen Fehler des Textdichters gehalten, aber jetzt ist sie sich nicht mehr so sicher. Denn das wahre Geheimnis – das sieht oder besser *fühlt* sie jetzt – ist nicht die vierte Dimension, wie sie immer vermutet hatte (die Träne versiegt halbwegs auf der Wange und beginnt zu trocknen) und auch nicht die dritte ... sondern die *erste*.

«Du hast meine Frage noch nicht beantwortet ...»

Pause. Vielleicht träumt sie vor sich hin. «Welche Frage, Richard?»

«Vor einer Weile. Im Bad ...» Auch er hat über unweit zurückliegende Ereignisse nachgegrübelt, sich nicht nur über die Ereignisse selbst gewundert (sie sind für sich genommen natürlich wunderbar: mehrfache Orgasmen wie diese hat er nicht mehr genossen, seit er sich samt seinem auf Grundeis gehenden und auf die schwarze Liste gesetzten Arsch vor anderthalb Jahren aus Paris abgesetzt hat, und sie sind ja nur Appetithappen), sondern auch über ihre «Frische»: Wann haben sie sich wirklich ereignet? Ist «ereignen» das richtige Wort, oder waren es eher flüchtige Vereinigungen mit dem Absoluten, jenem *anderen* Anderen, das so grenzenlos und maßlos ist wie Zahlen? Und wenn ja, was heißt dann «wann»? Wieviel Zeit ist beispielsweise vergangen, seit er die Tür geöffnet hat und sie in seinem Zimmer fand? Ist überhaupt Zeit vergangen? «Ich habe dich gefragt, was du meintest, als du sagtest ‹Ist das richtig?› »

«Ach, Richard, ich weiß nicht mehr, was richtig ist.» Sie hebt einen Schenkel vor sein Gesicht, wie um seine düsteren Gedanken wegzuwischen. Er streichelt ihn und denkt: Na, was soll's, es ist wahrscheinlich schnurzegal. «Meinst du, ich kann noch was zu trinken haben?»

«Klar, Kleines. Warum nicht.» Er setzt sich neben ihr auf, schüttelt die Kippe aus dem feuchten Handtuch, wischt sich den Bauch ab und gibt ihr das Handtuch. «Noch mal dasselbe?»

«Champagner wäre schön, wenn's geht. Er läßt mich immer an Paris ... und an dich denken ...»

«Sollst du haben, Kleines.» Er stemmt sich hoch und tappt durchs Zimmer, bleibt am Zigarettenkistchen stehen, um sich eine neue anzumachen. «Wenn noch welcher da ist. Dein Alter ist an meine Bestände rangegangen, als wäre es Vichy-Wasser.» Nicht zum erstenmal hat er den Eindruck, beobachtet zu werden. Laszlo? Wer weiß, vielleicht war die Untergrundversammlung bloß ein Trick; sie schien tatsächlich auf den ersten oberflächlichen Blick etwas Blödes, zumal Strasser in der Stadt ist.

Im Kühlschrank ist eine Flasche Champagner, so weit, so gut, aber kein Eis. Er befühlt die Flasche: nicht kalt, aber kühl genug. Ihm fällt ein, daß der Schweinehund jetzt gerade irgendwo draußen auf dem Balkon sein könnte und alles mitbekäme, der und sein ganzer gottverdammter Untergrund. Europäer können manchmal ganz schön daneben sein, besonders diese reichen Spießer mit Titel. Als er Champagner und Gläser zum Kaffeetisch hinüberträgt, die Zigarette wie einen Dartpfeil zwischen den Lippen, ist seinem nackten Arsch plötzlich gleichzeitig heiß und kalt. «Wird dein Mann schon mal gewalttätig?» fragt er durch den Rauch, läßt die Metallklammern von der Champagnerflasche abschnellen und umfaßt den Korken.

«Nein. Er hat ein paar Menschen getötet, aber er ist nicht gewalttätig.» Sie wischt sich nachdenklich lächelnd den Bauch ab. Das Licht vom Flughafen kreist vorbei und hebt einen lackähnlichen Glanz zwischen ihren Brüsten hervor, das nasse Funkeln eines Zahns in ihrem offenen Mund, einen ungewöhnlichen Schimmer auf ihrer Nase. Der Korken knallt, Champagner strömt über die Tischplatte und einiges davon in die Gläser. Dies scheint irgendwie eine Enthüllung anzudeuten. Oder eine weitere Erinnerung. Das Lied umwogt sie wieder, wie befreit. «Mein Gott, Richard», seufzt sie und springt gereizt auf. «Diese Musik geht mir auf die Nerven!»

«Ja, ich weiß.» Sie ist auf ihre Art beinahe so schlimm wie der deutsche Blitzkrieg, dessen Gehämmer in Paris ihre Liebe untermalte – manchmal schien er sich direkt zwischen ihre Umarmungen zu drängen. Verursachte ihm wahnsinnige Kopfschmerzen. Nun macht die Musik so ziemlich das gleiche, versucht sogar, ihnen zu sagen, wann sie sich küssen sollen und wann nicht. Er kann sie aber aushalten, denkt er und steckt die Zigarette wieder zwischen die Lippen, wenn sie es kann. Er nimmt die beiden Champagnergläser, reicht ihr eines. «Vergiß es, Kleines. Ertränk es damit.» Er hebt sein Glas. «Äh, ich schau –»

Sie gießt ihn hinunter, ohne auf seinen Trinkspruch zu warten. «Und der Leuchtstrahl vom Flughafen», fährt sie fort und schlägt danach, als er vorbeikommt, um ihn wegzuscheuchen. «Wie kannst du hier je schlafen?»

«Man nimmt von niemandem an, daß er in Casablanca gut schläft», erwidert er mit einer weltmännischen Grimasse. Es ist seine beste Miene, das weiß er, aber sie gibt nicht acht. Er drückt die Zigarette aus, füllt ihr Glas wieder auf und bläst melancholisch Rauch darüber hinweg. «He, Kleines, ich –»

«Nein, warte!» insistiert sie mit gespitzten Ohren. «Tut sie es?»

«Was?» Ach Quatsch, vergiß das feierliche Drumherum. Er trinkt seinen Champagner aus, greift nach unten, will sich nachschenken.

«Die Zeit. Vergeht sie? Wie in dem Lied?»

Verdutzt schaut er auf. «Das ist komisch, ich dachte eben –!»

«Wieviel Uhr hast du, Richard?»

Er setzt die Flasche ab und schaut auf sein leeres Handgelenk. «Ich weiß nicht. Meine Uhr muß abgegangen sein, als wir . . .»

«Meine ist auch weg.»

Einen Augenblick lang starren sie einander an, Rick schaut wie in alten Zeiten ein wenig düster drein, Ilsas Lippen sind geöffnet, als wolle sie «Fabel» oder «Babel» sagen. Dann kreist der Leuchtstrahl vorbei wie ein Stichwortgeber, und Rick blinzelt und sagt: «Warte mal – unten in der Bar ist eine Uhr!» Entschlossen schreitet er auf bestrumpften Füßen zur Tür und hält dort einen Augenblick inne, eine Hand auf dem Knauf, um tief Luft zu holen. «Ich bin gleich wieder da», verkündet er, öffnet dann die Tür und (sie scheint ihn rufen zu wollen) tritt auf den Treppenabsatz hinaus. Sofort kommt er wieder zurück. Er schlägt die Tür zu und lehnt sich mit bleiernem Gesicht dagegen. «Sie sind alle da unten», sagt er.

«Was? Wer ist unten?»

«Carl, Sam, Abdul, dieser Norweger –»

«Victor?!»

«Ja, alle! Strasser, die verdammten Bulgaren, Sascha, Louis –»

«Yvonne?»

Warum zum Teufel fragt sie nach Yvonne? «Ich habe gesagt alle! Sie stehen einfach da unten! Als würden sie auf etwas warten! Aber... auf was?» Er kann anscheinend das verdammte Quieken in seiner Stimme nicht abstellen. Er möchte cool und ironisch distanziert, ja zynisch bleiben, weil er weiß, daß es von ihm erwartet wird, nicht zuletzt von ihm selbst, aber er ist immer noch erschüttert von dem, was er unten in der Bar gesehen hat. Natürlich wäre es hilfreich, wenn er seine Hose anhätte. Dann hätte er wenigstens ein paar Taschen, in die er die Hände stecken könnte. Aus irgendeinem Grund starrt Ilsa auf seinen Sack, als läge das wirklich Entsetzliche darin. Vielleicht versucht sie auch durch ihn hindurch auf die stumme Menge unten zu sehen. «Es ist, ich weiß nicht, als hätte der Laden ein Leck bekommen oder so etwas!»

Sie kreuzt die Hände vor den Schultern, zieht die Ellbogen an, umschlingt ihre Brüste. Sie scheint Plattfüße bekommen zu haben, stellt die Füße nach außen, der Hintern, in den schräg einfallenden Schatten irgendwie verloren, hängt herab, das Rückgrat ist krumm. «Ein Leck?» fragt sie sinnlos. Sie sieht aus wie eine Schwimmerin, die aus dem Wasser in die kalte Luft gekommen ist. Richard, der in sich zusammengesunken an der Tür gegenüber steht, starrt sie an, als sei sie eine völlig Fremde. Oder vielleicht ein Spiegel. Er sieht irgendwie älter aus, müde, seine Brust ist eingefallen, und der Bauch steht vor, die Beine sind eingeknickt, die Genitalien dazwischen geschrumpelt wie Trockenobst. Kein schöner Anblick. Natürlich ist Richard kein schöner Mann. Er ist klein und übellaunig und ziemlich kaputt. Victor nennt ihn Abschaum. Er sagt, in Richards Nähe fühle er sich schmierig. Und es stimmt, es ist etwas Ordinäres an ihm. In Victors Nähe fühlt sie sich immer frisch und sauber, bei Richard jedoch wie ein schwitzendes Schwein. Wie konnte sie sich also überhaupt mit ihm einlassen? Na ja, sie war einsam, sie hatte nichts, nicht einmal Hoffnung, und er schien so glücklich zu sein, als sie seinen Penis in die Hand nahm. Wie Victor oft sagt, hat jeder von uns ein Schicksal, zum Guten oder zum Schlechten, und ihr Schicksal war Richard. Nun scheint dieses Schicksal bestätigt – oder besiegelt – von all diesen Leuten unten. «Sie warten auf nichts», sagt sie, als ihr die Erkenntnis dämmert.

Es ist aus.

Zur Erwiderung grunzt Richard. Er hat sie wahrscheinlich nicht gehört. Sie empfindet einen schrecklichen Verlust. Er schlurft in seinen schwarzen Socken zum Zigarettenkistchen. «Scheiße, sogar die Glimmstengel sind alle», murmelt er schwermütig. «Weshalb mußtest du überhaupt nach Casablanca kommen, verdammt noch mal; es gibt andere Orte ...» Der Leuchtstrahl hebt im Vorbeigleiten einen Ausdruck angespannter Konzentration auf seinem hageren Gesicht hervor. Sie weiß, er versucht zu verstehen, was nicht verstanden werden kann, zu lösen, wofür es keine Lösung gibt. Amerikaner sind so. In Paris hatte er sich immer gefragt, wie es kam, daß sie so schnell von einem Ort zum anderen gelangten. «Es ist, als sei alles beschleunigt», keuchte er und griff ihr wie im Delirium zwischen die Beine, während ihr Appartement um sie herum in Wallung geriet. Nun fragt er sich wahrscheinlich, warum es keinen Ort für sie zu geben scheint und warum Zeit plötzlich so ungefähr das einzige ist, was sie haben. Er ist letzten Endes doch ein unschuldiger Mensch; dies ist wahrscheinlich seine erste Affäre.

«Ich wäre nicht gekommen, wenn ich gewußt hätte ...» Sie läßt ihre Schultern los, hebt ihre Rüschenbluse auf (die Knöpfe sind weg), und legt sie um wie einen Umhang. Als der Leuchtstrahl vorbeikreist, scheint der Raum sich im Licht zu weiten, als atme er. «Siehst du irgendwo meinen Rock? Er war hier, aber – wird es dunkel oder was?»

«Ich meine, von allen Kaschemmen in allen Städten der ganzen –!» Er hält inne, schaut auf. «Was hast du gesagt?»

«Ich habe gesagt, wird es –?»

«Ja, ich weiß ...»

Beklommen schauen sie sich um. «Es scheint, daß jedesmal, wenn dieses Licht vorbeistreicht...»

«Ja...» Er starrt sie an, wie sie in sich zusammengesunken vor der Couch sitzt, ihren Strumpfgürtel wie einen Rosenkranz zwischen den Händen dreht und aussieht, als habe ihr gerade jemand den Stecker rausgezogen. «The world will always welcome lovers», deutet die Musik an, nicht so sehr spöttisch wie traurig. Er denkt an all diese Leute unten, so schweigsam, so bewegungslos: beinahe ebenso fühlt er sich innerlich. Wie etwas Sterbendes. Oder etwas Totes, das ans Tageslicht gekommen ist. Ach Scheiße. Hat sich das schon einmal ereignet? Ilsa sieht beinahe aus wie eine Erscheinung in diesem fahlen, statisch aufgeladenen Licht, als trage sie ein Gespenst ihrer selbst auf der Haut. Und in welche der beiden ist er verliebt gewesen, fragt er sich. Er sieht, daß sie zittert und ihr eine Träne die Nase entlangläuft, jedenfalls sieht es so aus, es ist schwer zu sagen. Er fühlt sich, als werde er blind. «Hör mal, vielleicht, wenn wir von vorne anfingen...»

«Ich bin zu müde, Richard...»

«Nein, ich meine, wieder da anfangen, als du reinkamst, verstehst du – die Transitbriefe und all das. Vielleicht haben wir einen Fehler gemacht, ich weiß nicht, vielleicht, als ich meine Hände auf deine Titten legte oder so, und wenn –»

«Ein Fehler? Du denkst, deine Hände auf meine Titten zu legen, war ein Fehler –?»

«Sei doch nicht beleidigt, Kleines. Ich meinte nur –»

«Vielleicht war es ein Fehler, daß ich meine Titten heute abend hierhergebracht habe! Vielleicht war es ein Fehler, daß ich nicht *geschossen* habe!»

«Komm schon, werd doch nicht gleich so fuchsteufelswild, verdammt noch mal! Ich versuche doch bloß –»

«Oh, was für eine Idiotin ich war, mich in dich...»

«Gott, Ilsa, weinst du...? Ilsa...?» Er seufzt ungehalten. Nie wird er die Frauen verstehen. Ihr Kopf ist gesenkt wie in Resignation: so hat man sie oft gesehen, wenn Laszlo in der Nähe ist. Sie scheint auf die leeren Knopflöcher ihrer Bluse zu starren. Vielleicht ist sie dümmer, als er dachte. Als das schwächer werdende Licht vorbeistreift, glitzern Tränen in ihren Augenwinkeln, kleine Lichtpunkte in den dichter werdenden Schatten auf ihrem Gesicht. «He, wisch die Tränen weg, Kleines! Ich möchte doch bloß, daß du da drüben zu den Vorhängen gehst, wo du warst, als ich –»

«Kann ich dir eine ... Geschichte erzählen, Richard?»

«Nicht *jetzt*, Ilsa! Herrgott! Das Licht ist beinahe weg und –»

«Es würde sowieso nicht funktionieren.»

«Was?»

«Es noch mal von vorne zu versuchen. Es würde nicht funktionieren. Es wäre nicht dasselbe. Ich hätte noch nicht einmal meinen Strumpfhalter an.»

«Das spielt doch keine Rolle. Wer wird das schon wissen? Komm, wir können wenigstens –»

«Nein, Richard. Es ist unmöglich. Du bist anders, ich bin anders. Du hast Cold Cream auf deinem Schwanz –»

«Aber –!»

«Mein Make-up ist weg, es sind Flecken auf dem Teppich. Und ich würde die Pistole brauchen – wie sollen wir die im Dunklen je finden? Nein, es hat keinen Zweck, Richard. Glaub mir. Die Zeit vergeht.»

«Aber vielleicht ist es gerade das ...»

«Oder was ist mit deiner Zigarette? He? Kannst du dir vorstellen, das ohne Zigaretten durchzustehen? Richard? Das ist ja lachhaft! Wo bist du, Richard ...?»

«Immer mit der Ruhe, ich bin hier drüben. Auf dem Balkon. Laß mich mal nachdenken.»

«Nicht einmal das Licht vom Flughafen kommt mehr.»

«Ja, ich kann hier draußen nicht die Hand vor Augen sehen.»

«Siehst du, du hast immer gesagt, du wolltest ein tolles Ende ... vielleicht ...»

«Was?»

«Was?»

«Was hast du gesagt?»

«Ich habe gesagt, vielleicht ist das ... du weißt schon, was wir immer wollten ... wie ein wahr gewordener Traum ...»

«Sprich lauter, Kleines. Es wird langsam schwer, dich zu verstehen.»

«Ich habe gesagt, *wenn wir ficken* –»

«Nein, das nützt nichts, Kleines, das weiß ich jetzt. Wir müssen irgendwie in die verdammte Welt zurück. Wenn wir das nicht schaffen, werden wir es bereuen. Vielleicht nicht heute –»

«Was? Wir vergessen es also?»

«Nein, ich habe gesagt –»

«Was?»

«Vergiß es.»

«Vergiß was, Richard?»

«Ich habe gesagt, ich glaube, ich hätte mit Sam angeln gehen sollen, als noch Gelegenheit dazu war.»

«Ich glaube, ich kann dich nicht verstehen ...»

«Nein, warte mal! Vielleicht hast du recht! Vielleicht ist es keine gute Idee zurückzugehen ...»

«Richard ...?»

«Statt dessen sollten wir vielleicht vorausdenken ...»

«Richard, ich habe Angst ...»

«Ja, vielleicht könntest du da drüben auf der Couch sitzen, siehst du, wir haben gevögelt, das ist in Ordnung, wen stört das, jetzt trinken wir ein bißchen Champagner –»

«Ich glaube, ich vergesse *jetzt schon ...*»

«Und du kannst mir die Geschichte erzählen, die du mir erzählen wolltest – hörst du zu? Eine gute Geschichte, das tut's vielleicht – irgend etwas Rührendes! Und in der Zwischenzeit, laß mich nachdenken, werde ich, warte mal, setze ich mich – nein, lehne ich mich hier so gegen die Tür und – ups! – Scheiße! Ich glaube, sie haben sie verrückt!»

«Richard?»

«Wer zum Teufel hat die – huch! – gottverdammte Geographie neu angeordnet?»

«Richard, es ist eine verrückte Welt ...»

«Ah, hier! Das fühlt sich so an. Jedenfalls so ähnlich. Also, was wollte ich –? Richtig! Du erzählst eine Geschichte, deshalb, äh, sage ich ...»

«Aber, wo immer du bist ...»

«*Und dann –?* Da, das ist gut. Es ist beinahe, als würde ich mich erinnern. Du hast aufgehört, verstehst du, aber ich will, daß du weitermachst, ich will, daß du rausläßt, was dir durch den Kopf geht, und ich fülle alle Lücken ...»

«... was immer geschieht ...»

«Deshalb sage ich: *Und dann?* Komm schon, Kleines, hörst du mich? Erinner dich an all die Leute unten! Sie verlassen sich auf uns! Denk es: Wenn du es denkst, schaffst du es! *Und dann –?*»

«... mußt du wissen ...»

«*Und dann ...?* Ach Scheiße, Ilsa ...? Wo bist du? Und dann ...?»

«... Ich liebe dich ...»

«Und dann ...? Ilsa ...? *Und dann ...?*»

Robert Coover

Geralds Party

Roman
Deutsch von Karin Graf
400 Seiten. Gebunden

«Ein genial-fieser Roman.»
Münchner Stadtzeitung

«Hätte Agatha Christie unter LSD-Einfluß einen Detektivroman halluziniert, hätten Freud und die Marx-Brothers ihn in Bühnenfassung, mit Besetzung durch Pynchon samt Bühnenbild von Dalí und Programmheft von Sartre fürs Varieté inszeniert – das Ergebnis käme nahe an ‹Geralds Party› heran.»
Michael Malone, Literaturkritiker

Die öffentliche Verbrennung

Roman
rororo 12197

«Als eine Mischung von Fakten und Fiktion ist Coovers Roman ein großes Kunstwerk zu nennen, jene Art von Buch, die einem nur einmal im Leben begegnet.»
Washington Post

William Gaddis

Die Erlöser

Roman

Deutsch von Klaus Modick und Martin Hielscher

320 Seiten. Gebunden

Das Ehepaar Liz und Paul Booth lebt in einem einsamen Haus am Hudson River zur Miete. Paul ist viel unterwegs; er betreibt Public Relations für den Evangelisten Ude, der in einem landesweiten Medienkreuzzug gegen das Böse zu Felde zieht und nebenbei den christlichen Zugriff des «freien Westens» auf die Bodenschätze der Dritten Welt verteidigt. Nicht zufällig unterhält Ude eine Mission im südlichen Afrika, wo ein Bergbaukonsortium eine reiche Goldader vermutet. Doch allein der Geologe McCandless, dem das Haus am Hudson gehört, kennt deren genaue Lage und scheint die Unterlagen in seinem Haus zu verstecken. Unversehens laufen dort die Fäden politischer Machenschaften zusammen. Im stillen Zentrum der furiosen Handlung steht jedoch die scheue, von ihrem Mann vernachlässigte Liz. In einer flüchtigen Affäre mit dem reifen McCandless und bei romantischen Seifenopern vor dem Fernseher gaukelt sie sich eine heile Welt vor. Doch die Wirklichkeit verschafft sich gewaltsam Zutritt.

«Mit John Barth und Thomas Pynchon gehört William Gaddis zu einer Gruppe amerikanischer Autoren, die wesentliche Impulse aus akademisch vorgegebener Bildung und kritischer Haltung zur amerikanischen Gegenwart beziehen und bewußt verschlüsseln ... Im vorliegenden Roman spricht ein Satiriker, der aus Distanz beobachtet und nicht eigentlich die Welt, wie sie ist, sondern das Bewußtsein der Menschen, mit dem sie diese Welt interpretieren, zum Gegenstand seiner durchaus moralisch motivierten Kunst macht.»

Rudolf Haas, Die Welt

Rowohlt

Thomas Pynchon

«Pynchon gilt heute unumstritten als einer der wichtigsten Autoren der amerikanischen Literatur. Seine Texte entziehen sich jeder traditionellen Klassifizierung, weil in ihnen auf der Grundlage einer genial zu nennenden Kunstfertigkeit sämtliche Traditionen und Formen ein- und umgeschmolzen werden: Roman, Sachbuch, Statistik, Comic strip, Film, Trivialliteratur, Pornographie, Pop-Songs – Pynchon beherrscht alle Genres und zaubert aus ihnen eine Mischung, wie sie die Literatur bis dahin nicht gekannt hatte.»

Klaus Modick, Die Zeit

Spätzünder

Frühe Erzählungen
Deutsch von Wulf Teichmann
240 Seiten. Kartoniert

V.

Roman
Deutsch von Dietrich Stössel und Wulf Teichmann
rororo jahrhundert 52

Die Versteigerung von No. 49

Roman
Deutsch von Wulf Teichmann
rororo 5717

Die Enden der Parabel

Roman
Deutsch von Elfriede Jelinek und Thomas Piltz
rororo jahrhundert 57

Rowohlt

Louise Erdrich

Liebeszauber

Roman
Deutsch von Helga Pfetsch
352 Seiten. Gebunden und als rororo 12346

«Louise Erdrich schildert das Schicksal zweier indianischer Familien seit den dreißiger Jahren bis in die Gegenwart. Und sie weiß, wovon sie schreibt. Louise Erdrich wurde 1954 als Tochter eines deutschen Lehrers, der für das Bureau of Indian Affairs arbeitete, und einer Chippewa-Indianerin geboren. Heute Indianer sein, das wird schnell beim Lesen klar, bedeutet Entwurzelung, Entfremdung, ein Minderheitsdasein ohne Chance und politischen Einfluß. Aber die Lust der Autorin am Geschichtenerzählen ist größer als ihre Bitterkeit.» *FAZ*

Die Rübenkönigin

Roman
Deutsch von Helga Pfetsch
448 Seiten. Gebunden

Das letzte, was Mary und Karl Adare von ihrer Mutter sehen, ist die Flagge ihres flammenroten Haars neben dem orangefarbenen Schal des Kunstfliegers, in dessen Doppeldecker sie bei einem Jahrmarkt für immer auf und davon fliegt. Ein paar Stunden später ist auch noch ihr kleiner Bruder fort – entführt von einem kinderlosen Paar. Und schließlich wird Karl auf dem Weg zu einer Tante, bei der die Kinder Unterschlupf finden wollen, von einem Hund angefallen. In Panik rennt er davon und bleibt verschwunden ...

«‹Die Rübenkönigin› ist ein kraftvoller und poetischer Roman. Seine Poesie rührt aus tiefen Einsichten und ausdrucksvollen Bildern, die sich in ganz eigenem, lebendigem Rhythmus Ausdruck verschaffen; seine Kraft beruht auf Louise Erdrichs Fähigkeit, bizarre Komödie und anrührende Tragik miteinander zu verschmelzen.»
The New York Times Book Review

Rowohlt